纸牌屋
2 玩转国王

〔英〕迈克尔·道布斯　著

何雨珈　译

HOUSE
of
CARDS
2

To Play the King

百花洲文艺出版社

1990 年，作为《纸牌屋》的续篇，我开始写作《玩转国王》。下笔创作这本书的原因之一，是我预感到王室这艘"豪华游艇"正面临惊涛骇浪的考验。我在书中写到破裂的婚姻、金融界的丑闻、颇富争议的政治事件和公共场合令王室蒙羞的事件。不出所料，接下来的几年里，伟大的王室简直近乎"吹毛求疵"地忠实于我的原著，各种类似的闹剧紧锣密鼓地上演。有时候甚至像我的书就要拍成电影，各路人物粉墨登场，在公共场合进行着选角活动。我本以为我这本书会成为某种警告，结果完全没起到作用。我写的是《纸牌屋》续篇，而"温莎屋"则经历着史上最糟糕的日子。豪华游艇几乎沉没，有的船员甚至被视为累赘，被远远地抛到了岸上。

我虚构的国王形象并非简单地复刻查尔斯王子一个人。历史上王位的继承人不计其数，爱给自己找麻烦的也多如牛毛。我的灵感不止来源于一人，但总躲不过有人喜欢对号入座。我开始写作本书时，查尔斯王子的婚姻正遭遇危机，濒临破裂。当然，官方一如既往地极力否认。于是，我就没给书里的国王角色配妻子。我可不想写的东西被视为"不敬"，因为这不是我的本意。

王室固然经历了厄运不断、悲惨阴暗的岁月，但不管怎么说，王子和他的"集团"展示了非凡的韧性和

复原能力。几十年来，公众的尊重已然缺失。而今天，
王室却历尽艰辛重获了这种尊重，游艇加足马力，奋
勇向前。

　　FU（弗朗西斯·厄克特）也没有停歇。距离我创造
这个人物已经快三十年了，而如今的他已经有了自己
的人生。各种各样的书籍、全球热播的电视节目把他
捧成了一个明星。议会与媒体频频提起他的名字。你
会不会怀疑，在很多王室成员行宫的角落，他的名字
也在口口相传呢？嗯，你可以这么说，但我不可能就
此发表任何评论。

迈克尔·道布斯

2013 年

国王统统靠边，他们真是太占地方了。

今天，他们就要把他送上断头台了。

两队步兵押解着他，带他穿过公园。四周都是黑压压的人群。昨晚他彻夜未眠，一直在想，人们看到他，会有什么反应呢？眼含不舍之泪？口出轻蔑之语？会不会有英雄劫狱，把他带到安全的地方？还是会有人口吐轻蔑的唾沫让他无地自容？这都要看谁给"那些人"出的价钱比较好了。但人群竟然没有什么大反应。他们安静沉默地站着，形容沮丧，像被恐吓了似的萎靡不振。他们仍然难以相信，很快就有一个人，要以他们的名义被处死了。他走过一个年轻女人身边，她哭喊一声，昏死过去。但眼下结着厚厚霜冻的路中间空空如也，没有人试图阻止前进的队伍。卫兵加快了脚步，无声催促他快点走。

短短几分钟，他们就到了白厅①。他们把他暂时关押在一个小房间里。这是一月的上午，十点钟。他知道随时都会响起一阵敲门声，像死神的召唤。但今天的等待却稍显漫长，一直到下午两点左右他们才来。四个小时的等待中，无形的恶魔不断啃噬着他的勇气，

---

① 白厅是英国伦敦市内的一条街，连接议会大厦和唐宁街。在这条街及其附近有国防部、外交部、内政部、海军部等一些英国政府机关。因此人们用白厅作为英国行政部门的代称。——译者注。以下注释若无特殊说明，均为译者注。

他感觉自己的内心已支离破碎。昨天晚上，他本来已经找寻到了内心的平静，甚至已经可以优雅从容地直面死亡。但随着时间在一分一秒的等待中过去，他不能确知何时才是道路的终点，周围的空气一点一点沉重起来，平静被越来越强烈的恐慌所代替。这种情绪从大脑发源，传遍全身，让他五内俱焚，甚至有点小便失禁的征兆。他的思维开始破碎和游离。经过深思熟虑要展现自己的正义、驳斥他们扭曲逻辑的那些言辞突然都消失不见了。他把指甲深深掐进手掌。他知道自己会把那些言辞找回来的，只是时候未到。

门开了。卫兵队长站在黑漆漆的门洞里，戴着头盔，黯然地略略点了下头。不必说话，大家心照不宣。他们把他带走了，短短几秒，他就来到了宴会厅。他很喜欢这个地方。天花板的画出自比利时著名画家鲁本斯之手。橡木门稳重宏伟，堪称一绝。但今天这里显得格外阴郁，他甚至都看不清大厅里的很多细节。战时，为了更好地防守，高高的窗户外面特意围上了红砖，筑起一道防线。只有远端的一扇窗户前，砖石和障碍物被拆除了，一道刺目的灰白光线射进打开的窗口，看上去就像另一个世界的入口。走廊边站成一排的士兵正在指引他"往这边走"。

神啊，天气可真冷。他从昨天起就粒米未进了，他拒绝吃他们提供的食物，但要求多穿一件衣服。现在是派上用场了，他总算没有冷得发抖。要是他们看见他发抖那可不好，肯定洋洋自得地认为他怕了。

他走上两级高高的木台阶，穿过窗户时低了低头。窗外是临时架起的一个木台子，上面站着六个人。而台子下面和周围到处都挤满了人，成千上万，有的步行前来，有的驾着马车；有的站在屋顶上，有的凭窗观望；还有的站在其他有利位置。现在总该有些反应了吧？但当他出现在光天化日之下，进入他们的视线时，原本熙熙攘攘的人群好似一下冻僵在刺骨的寒风中，挨挨挤挤的男女老少噤若寒蝉，阴郁沉闷，脸上带着难以置信的表情。他们仍然不能接受眼前的事实。

四个大铁钉子被运到台子上。他们会用绳子套住他的颈项，让他站在铁钉子围成的方框中间，免得他挣扎。不过，这又一次显示了他们是多么不了解他。他不会挣扎，他人生的结局不该如此狼狈。他只会对人群说几句话，非常简短，绝不拖泥带水，哭哭啼啼。他希望已经开始发软的膝盖能站得住，不要背叛自己。当然，他遭遇的背叛已经够多了。他们递给他一顶帽子，他仔细地戴上，一丝不苟地把头发全掖进帽檐。表情稀松平常，仿佛只是要和老婆孩子去公园里散步。这是需要好好表现的时刻。他把斗篷解了落在地上，好让人群把他看得更清楚些。

天！冷冽的空气穿透他的身体，刺骨的寒冷仿佛要攫住他怦怦直跳的心，直接将其石化。他深呼一口气，让温热的气息克服突如其来的寒冷。他绝不能颤抖！卫兵队长已经站在他面前了，虽然天寒地冻，队长的眉毛上依然挂着豆大的汗珠。

"请容我说几句话，队长。几句而已。"他在脑子里搜寻着那些早已滚瓜烂熟的言辞。

队长摇了摇头。

"看在上帝的份儿上，就算世界上最卑微的人，也有权利说几句话吧。"

"您的几句话，我担上性命也承担不起，先生。"

"我的几句话也比我自己的生命更重要。是我的信念将我带到这里的，队长先生。我希望最后能再和别人分享一下。"

"不，我不能允许您这么做。我非常抱歉。但我做不到。"

"都到这个时候了，您还要拒绝我吗？"他本来镇定自若的声音此刻慌乱不堪，充满愤怒。一切都没有按想象的进行。

"先生，我没有这么大的权限。请原谅我。"

队长伸手去拉他的胳膊，但困兽犹斗的囚徒往后一退，双眼喷射着谴责的火焰。"你们可以不让我说话。但你们永远不能扭曲我的人格。我不是一个懦夫，队长先生。我不需要你在这儿拉拉扯扯的！"

队长往后退了一步，像做错事挨了骂的孩子。

时间到了。无话可说，无处可藏，不再拖延。他们，还有他自己，都会审视这个将死之人的内心深处，看看他到底是个什么样的人。他再次深呼了一口气，肺里翻滚着灼热的气息。他贪恋这份温暖，抬头看着蓝天，不知自己能不能上天堂。牧师厚重的声音响起，布道辞里说，死亡是最终的胜利，超越世间一切的罪恶与痛苦。但他丝毫不以为然。他没有看到眼前亮起通向天堂的阳关大道，没有来自天国的拯救。只有英格兰的冬天铅灰色的天空。他突然意识到自己一直紧紧攥着拳头，指甲全都嵌在手掌中。他强撑着张开手掌，放在裤缝边。他默默祈祷一番，再次呼吸了一口人间的空气，弯腰感谢上帝赐予膝盖足够的力量，让他能有尊严地站立着。接着他按照昨晚在牢房里反复练习的那样，慢慢低下身子，以优雅的姿势卧倒在粗糙的木台上。

　　人群里仍然没有一点声音。若他说了想说的话，人群可能会骚动起来，群情激奋。不过，现在这样悄无声息也好，起码不会有人找他们麻烦。不公平的对待让他感到愤怒，这种情绪突然排山倒海一般涌来。他甚至没有时间解释。他再次绝望地看了一眼人群中那一张张脸，男男女女，老老少少。双方都曾借他们之名而战斗。而今这些民众安静地站立着，眼神空洞，甚至都不理解眼前正在发生的事情。然而，不管他们如何愚昧，都曾经是他的人民。为了解救他们，他曾坚定地抗击那些为一己私利破坏法制、贪污腐化的人。他输了，然而这正义的抗争终将被天下知晓和承认。终有一天。如果有再来一次的机会，他会义无反顾地选择同样的道路。这是他的职责，没有选择，没有退路。而此时，在这光秃秃的木台上，他也没有选择，没有退路。新搭建的木台还散发着松香树脂和新鲜木屑的气味，但他的生命已经走到尽头了。他们会理解他的，对吧？终有一天……？

　　他的左耳边响起木板嘎吱嘎吱的声音。人群里的一张张面孔仿佛凝固在时间的流逝中，像一幅壁画。大家一动不动。他尿意难忍——是因为天气寒冷，还是绝对的恐惧？还要等多久呢？集中精神，别胡思乱想。来祈祷吧！集中精神！他盯着人群里的一个小男孩，他不过八岁，衣衫褴褛，形容寒酸，脏脏的下巴上还粘着几片面包屑。他手里握着一块面包，刚才一直在吃，但现在停下了，瞪大天真的棕色双眼，满含期待，死死盯着头上大概一英尺①的地方。上帝啊，天可真冷啊！他从未经历过这么冷的天！突然间，他努力想要记起的那些言辞蜂拥而至，如同有人突然释放了他的灵魂。

　　1649年，查尔斯·斯图亚特②，至高无上的君主，基督信仰的护卫者，合法继承大不列颠及爱尔兰王国的国王，被他们送上了断头台，曾经尊贵的头颅应声落地。

　　冬日的清晨，天光尚早。一座宫殿里四下皆寂。查尔斯·斯图亚特往生时，这座宫殿还不存在呢。这座宫殿里有个卧室，窗口能俯瞰四十公顷③的花园。此时此刻的卧室里，查尔斯的一位后代惊醒了。睡衣的领

---

① 1英尺约为30.48厘米。
② 即查理一世。
③ 40公顷为0.4平方千米。

口有气无力地耷拉着，他也睡眼惺忪地脸朝下趴着，枕头上全是汗。然而，他却感觉到彻骨的寒冷，冷得就像……就像死神在身边。他一直坚信梦是有力量的，能够解释不可捉摸的神秘的内心世界。他总会在醒来时尽量写下梦里所记得的一切，所以特意在床边放了一个笔记本。但这次他没有伸手去拿，因为根本不用记下来。他永远也不会忘记梦里人群中散发出来的味道，以及木台上松香树枝和木屑的气息，当然还有铅灰色的阴沉天空和那个冰霜厚重的下午。他还能鲜明地记起那个脏下巴上粘着面包屑的男孩，还有那双天真的棕色双眼中满含的期待。最难忘的是他们不让他说最后几句话时，那种深深的绝望和无力，这让他的牺牲和死亡变得毫无意义，一切成空。不管他怎么努力想把这个噩梦赶出脑海，还是挥不去，忘不掉。

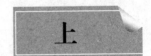
上

第一章

十二月第一周

小心驶得万年船。

——中国谚语

这可不是什么随随便便的邀请。他从来不"随便"做什么事情。这个男人习惯了发号施令，不会花言巧语地对你连哄带骗。他要干吗就得干吗，不能如愿他就会固执地坚持，甚至专横地强迫。他要和她一起吃早餐，也从没想过她有拒绝的可能。特别是今天，要换首相了。前任首相下台，现任首相上台，人民的意志万岁。让各种各样的清算和审判来得更猛烈些吧！

本杰明·兰德里斯亲自开了门，这着实让她吃了一惊。他住的公寓好像是专门给人看的，设计太过做作，毫无生活气息。你会感觉这种公寓就该配个门房，至少也得有个秘书或者个人助理之类的随时站在旁边，咖啡喝完了倒咖啡，客人来了要随时跟着，不时奉承几句，同时防着他们把墙上的印象派绘画偷走。兰德里斯本人就没什么艺术气质，宽宽的脸，随时都涨出一种奇怪的紫红色，一脸

13

的横肉已经开始松弛，就像燃烧的蜡烛滴下的烛泪。这个膀大腰圆的男人有一双很相配的粗糙大手，不知道的还以为他做过苦工，不过他可以媲美苦工的蛮力可是尽人皆知的。谁也不知道，他的"每日纪事"报业帝国一路发展壮大，经历了多少爆发性的大罢工，而他又给多少人使了绊子，毁了他们的事业。最近，他干了一票大的，被毁掉的这个人此刻正等待着驱车前往白金汉宫，将首相的位子连同所有的权力与威望都转手他人。

"奎因小姐。萨利。真高兴你能来。我好久以前就盼着这一天了。"

她心里清楚这不过是场面上的假话。要是他好久以前就想见她，只要动动嘴安排一下就好了。他陪着她来到大客厅，这个房间是这座顶楼豪华公寓的主体。外墙全是特别流行的高强度玻璃，能远眺泰晤士河对面议会大楼壮观的全景。地板上错综复杂的木质花纹，让人不禁揣测是不是砍光了半个热带雨林才达到这个效果。对于一个来自贝斯纳尔格林区后街的平民小子来说，他混得可真不赖呢。

他领着她往前走。映入眼帘的是一套巨大的皮沙发，配了个咖啡桌，上面摆满了热气腾腾的丰盛早餐。亚麻餐巾叠成好看的造型，漂漂亮亮地点缀着各式各样的盘子。这一看就是刚刚才准备的，但却看不到任何人忙碌的身影。她表示不想吃东西。他也没恼，只是脱下外套，对着面前的一盘食物大快朵颐。她拿起一杯清咖啡，等着他开口。

他专心致志地吃着早餐，吃相和餐桌礼仪可真是不敢恭维。偶尔也闲聊一两句，但给予盘子里鸡蛋的注意力显然比给予她的多。有那么一会儿她甚至认为，面前这个人肯定觉得邀请她来是个错误了。从进门到现在这短短的时间，她已经感觉有点儿不堪一击了。

"萨利·奎因，出生于马萨诸塞州多尔切斯特。现年三十二岁。年纪轻轻就作为著名民意测验专家崭露头角，在波士顿小有名气。在这么个全是蠢货男人的城市里，一个女的要混出些名堂，可不容易。"这话可是说到她心坎里了，她之前嫁的就是个波士顿的"蠢货男"。兰德里斯显然是做足了功课，把她陈芝麻烂谷子的事情全都挖出来了，简直对她了如指掌。他眼珠子滴溜溜转，窥探着她的表情，直视着她浓密睫毛下的双眼。"不过波士顿也算个很不错的城市啦，我去过很多次的。那你跟我说说，为什么抛下在那里功成名就的一切，跑到英国，重新来过，白手起家？"

他停顿了一会儿，但没有等到回应。

"是因为离婚，对不对？还有孩子的夭折？"

她的下巴一下子僵住了。他不知道接下来她是要暴怒地发一顿脾气，还是直接起身拂袖而去。不过他心里很清楚，眼前这个女人不会流泪。她不是那种哭哭啼啼的类型，从她那双眼睛就看得出来。萨利身材很好，是那种很自然的苗条，很符合时下对女性身段的审美。她的美比较古典，臀部大概稍微宽了那么半寸，但曲线都恰到好处。这还真是个完美的"尤物"，脸上的皮肤光洁无瑕，肤色微深，比任何一朵英伦玫瑰都更容光焕发。上帝在制造她的五官时，一定怀着雕刻家的情怀，一刀一斧地悉心雕琢过。两片饱满的嘴唇仿佛诉说着无尽的心事，高高的颧骨，浓密的长发是那种迷人的深黑色，令他不禁推测萨利是不是有意大利或犹太人的血统。但这张脸上最令人拍手叫绝的莫过于那个鼻子，小巧而挺拔，鼻端平平的，随着她说话的节奏一皱一皱的；当语气比较重或感情比较强烈时，小小的鼻孔微微张开，煞是可爱。阅尽莺莺燕燕的他还没见过这么富有美感、这么令人意乱情迷的鼻子呢。他忍不住去想象在枕头上逗弄这个小鼻子的情景。然而，萨利的一双星目把他的心收了回来。这双眼睛不应该长在这样一张脸上。这是一双杏眼，黄绿色的瞳仁充满秋日的味道，那种洞察一切的透明让人想起神秘的猫。他想，这双眼睛里原本应该是有属于一个女人的神采与光芒的，但现在已经消失了，取而代之的是怀疑和不信任，随时都像在隐瞒着什么似的。

她往窗外看去，躲避着他的探究。几个星期之后就是圣诞节了，但却寻不到一点儿欢庆的气氛。人们早就把节日的精神丢进了臭水沟。今天给人的感觉并非是一个首相新官上任的良辰吉日。一只海鸥被北海的风暴赶到了内陆地区，它在窗外翻了个筋斗，尖厉的鸣叫划破长空，穿过厚厚的双层玻璃，仿佛在嫉妒屋里的人们有着丰盛的早餐和暖和的房间。最终，无计可施的海鸥跌跌撞撞地消失在怒吼的狂风中。她注视着鸟儿的身影，一直到眼前只剩一片灰白惨淡的天空。

"您可别觉得会惹恼我，兰德里斯先生。是啊，您有钱又有权，可以尽情地把我调查个够。但我不觉得这有什么了不起，也没觉得被您调查了自己就是个人物了。中年生意人总是把我作为谈资，我都习惯了。"她是故意说这番话来讽刺他的，想让他知道自己睚眦必报，也并非善类，"您想从我这儿得到点儿东西。我完全不知道是什么。但我会听您慢慢说的，只要是公事就行。"

她把两腿交叉起来，故意做得慢吞吞的，好让他注意到这个动作。

从孩提时代起她就非常确定，男人们垂涎她的身体。而来自这些雄性动物的过分关注，让她从未有机会爱惜自己的羽毛，把这天生的性感作为珍品好好保护，而是一路将其作为工具，在这个荆棘满布、道阻且长的世界劈出一条"血路"。很久以前她就下定决心，如果"性"就是人生中流通的货币，她就会把这货币变成商业资本，敞开那些本来紧闭的门。有时候，它对男人这种用下半身思考的动物就是这么好用。

"你说话可真直接，奎因小姐。"

"我这人喜欢单刀直入，千万别拐弯抹角，而且您这游戏我也玩儿得来。"她靠在沙发上，开始掰起精心做过指甲的左手手指，"本·兰德里斯，年龄……嗯，大家都清楚您这个人特别爱面子，我就不说具体年龄了，就说您还没到男性的更年期吧。人品嘛，基本上是个狗娘养的，出身低贱，一无所有，现在却掌握着国内最大的媒体集团之一。"

"很快就要去掉'之一'了。"他平静地打断了她。

"很快就要接管《联合报》了。"她点头赞同，"现在这个首相基本上就是您一手捧出来的啊。您提了他的名，全力支持他，选举里面也一路护着他。几个小时以后他就正式就职了。他肯定要帮您去除些小麻烦，把前任首相规定的那些对兼并和垄断的限制都去掉。您肯定整晚都在庆祝吧。说实话，看到您有胃口吃早餐我还真是吃了一惊。但您的大胃口是出了名的，对什么都狼吞虎咽，要吃要拿。"她慢条斯理地说着，故意把声音弄得很滑润，很柔和，但又带着点不卑不亢的味道，几乎有诱惑的意思了。她想让别人注意

17

到她，记住她，觉得她与众不同。所以她仍然保留着新英格兰的发音，相较于伦敦腔来说拖得比较长，也有些慵懒。而声音里传达的情绪又有点粗犷豪迈，仿佛来自多尔切斯特等着发失业救济金的队伍。"您葫芦里卖的是什么药呢，本？"

出版业大亨橡胶般的厚嘴唇旁浮现出一丝隐秘的微笑，但他的眼神里没有丝毫松懈的意思，只是紧紧盯着她。"我们之间没什么交易。我支持他只是觉得他是这个位子的最合适人选。私底下不存在收买和被收买的关系。我这是在碰运气，和别人一样。"

她怀疑这是这场谈话中的第二个谎言，但没有抓住不放，只是一笑了之。

"不管发生什么事，这都是一个新纪元。首相的改朝换代会带来崭新的挑战与机遇。我觉得比起亨利·科林格里奇[1]，他会更放手让人们去赚钱，没那么多束手束脚的东西。这对我来说是个好消息，对你的潜在的好处也很多。"

"现在经济指数都在下滑，怎么还有潜在的好处呢？"

"你说到点子上了。你的民意调查公司开了……多久了？快两年？你起步起得不错，取得了业界的认可和尊重。但你还是个虾兵蟹将，未来几年很容易就被人捏死了。不管怎么说，你肯定也和我一样，不愿意再干本小利薄的营生吧。你想要做大做强，成为业界翘楚。要达成这个目标，你需要钱。"

"要钱也不要您的钱。要是收了报纸的钱，我辛辛苦苦建立起

---

① 《纸牌屋》第一部中被弗朗西斯·厄克特算计并最终下台的英国首相。

来的公信力就毁了。我必须要做客观的分析，可不能因为一点点蝇头小利，就去帮别人宣传，把自己弄得全是污点，搞得跟那些卖裸照上位的小明星似的。"

他厚厚的舌头在嘴边转了一圈，像是要清除夹在缝里的早餐。"你真是低估了自己。"他咕哝道。说着，不知从哪里变出来一根牙签，特别夸张地往下巴深处的牙齿间刺来刺去，像个吞剑表演者。"民意调查可不是什么客观的分析，而是新闻。要是报纸的编辑想制造一个事件，他会给你这样的人付钱，做一些调查。他很清楚自己想要的答案，也早已想好了头条的标题。他只需要少量的数据，让整件事情看上去有点公信力。民意调查就是内战的武器，可以扼杀一个政府，可以让整个国家看到道德已经下了地狱，甚至可以断言我们都爱巴勒斯坦人，讨厌苹果派。[①]"

他越来越接近主题，激动得有些手舞足蹈。他把手从嘴上拿了下来，在面前抓来抓去，就好像面前有个能力不佳的编辑。牙签不见了，也许他把食物全咽了下去，这真是他的行事风格，什么都要吞进肚里。

"信息就是力量，"他滔滔不绝，"也是金钱。你在伦敦城里做了很多调查，比如说，有关于那些参与收购竞争的公司的调查。那些公司能从你的调查中看出股东和金融机构会有什么样的反应，是会支持他们呢，还是为了赚点快钱就把他们抛弃掉。收购竞争就是战争，对于参与的公司来说意味着生与死的差别。你的那些信息

---

① 形容民意调查的结果可以很荒唐。

价值连城。"

"我们做这种工作本身就收费很高。"

"我说的可不是几千几万块钱。"他不屑一顾地大声打断了她，"在伦敦城里，这点小钱算什么？我们在这儿说的信息，你怎么开价都可以。"他停了一下，试探她会不会觉得这是对职业道德的侮辱而发出抗议。但她一言不发，只是脱下外套，搭在沙发的靠背上。她胸部的线条暴露无遗，非常夺人眼球。他把这看做一种鼓励。

"要把公司做大，你就需要钱。抓住民调产业的命脉，变成毫无争议的'民调天后'。不然你就等着一直走下坡路摔得四仰八叉吧。那可真是太浪费了。"

"您跟个当爹的一样关心我的死活，我还真是受宠若惊啊。"

"你不是来这儿受宠若惊的。你是来听我一个提议的。"

"接到您的邀请我就料到有这么一回事了。不过我刚还以为您要长篇大论一直说下去呢。"

他没有回应这句冷嘲热讽，只是有些费力地从椅子里站起身来，走向窗边。铅灰色的云朵越压越低，外面又开始下雨了。威斯敏斯特大桥下，十二月的罡风将以往平静的河水变得浑浊泥泞，脾气暴躁，表面飘散着脏污的碎块和油脂。他凝视着议会大厦的方向，双手紧紧握住帐篷一般宽大的裤子边缘，给自己挠着痒痒。

"那边有我们这个国家的领袖，他们英勇无畏地捍卫着这个国家的繁荣和富强。他们的工作中尽是各种各样的秘密，在'圈子'里都是心照不宣的啦，只等着有人去把这些信息挖出来，添油加醋地炒作一番，引起轰动，家喻户晓。而且只要能达到个人的目的，那里的每一个杂种都会毫不犹豫地泄密。内阁会议结束之后的一个小时，城里的每个政治版编辑都会对会议内容了如指掌；在争取国防预算的会议开始之前，每个将军都泄露过机密的报告。另外，我可以跟你打赌，你绝对找不出任何一个政客行得正、坐得直，从没试图传过竞争对手私生活不检点的谣言。"他的双手在裤袋里来回摆动，仿佛一艘大船的风帆，正要好风凭借力，开足马力向前。"最倒霉的就是首相啦。"他轻蔑地哼了一声，"要是首相麻烦缠身，他们想把他除掉，那就等着他某次在媒体亮相之前，放出他酒后失态的样子，或者对婚姻不忠的传言。这就相当于给了媒体将他生吞活剥的武器。内幕消息。世界就是靠这个来运转的。"

"也许这就是我从未涉足过政坛的原因。"她若有所思。

他转过身面对着她。而她马上低头，假装全神贯注地从衣服上抓起一根掉落的头发。等她确定自己已经得到了他全部的注意力，就不再玩这样的把戏，靠在沙发靠背上，倚着自己那件丝棉外套，颇有点"犹抱琵琶半遮面"的味道。"那您要建议我做些什么呢？"

他在沙发上坐下来，紧挨着她。他没有穿外套，只套着一件量身定制、大小刚好的衬衫。在男人的外形这个问题上，她一向以紧跟潮流、眼光毒辣著称。而隔着这么近的距离，这个男人的身形和气质，竟然惊人地合她胃口呢。

"我要提出的建议，就是你不要再做'千年老二'。你一个女人，奋斗这么多年，想跻身行业翘楚，成绩当然是有的，但绝对称不上功成名就。我建议你找个搭档，也就是我。你的专业领域，"——两人都心知肚明这"专业领域"就是刚才所说的内幕消息——"再加上我的经济影响力来支撑，我俩联手，绝对所向披靡。"

"但我到底能得到什么好处啊？"

"绝对能生存下去的保证。赚大钱的机会。达到你心中的终极目标。把别人踩在脚下，成为俯瞰一切的王者。让你的前夫看看，离了他，你不仅能生存下来，甚至还能够出人头地。这不就是你想要的吗，对吧？"

"那到底怎么来操作呢？"

"我们一起经营共有的资源。你的信息，我的钱。无论伦敦城里有什么风吹草动，我都希望能了如指掌，参与进去。只要能比别人先行一步，潜在的收益都是巨大的。无论得了什么好处，我们俩都五五分成。"

她用食指和大拇指撑着下巴，小鼻子像想要强调什么似的抽动着："对不起，但我不得不直说，要是我没理解错您的意思，这样的行为是不是不太合法啊？"

他沉默着，没有回答，只是露出非常厌倦的眼神。

"而且接下来您应该告诉我这样做的风险了吧？"她继续追问。

"风险是人生不可避免的东西。我不介意和一个我了解并信任的伙伴一起承担风险。假以时日，我俩肯定会非常信任彼此的。"

他伸出手抚摸着她的手背，她眼里闪过一丝不信任的神情。

"我知道你想问什么。跟你上床绝不是这个交易的核心部分——不。你别那么生气啦，跟我在这儿装无辜是没用的。从你进门坐下开始，就故意把那对奶子若隐若现的，别以为我不知道。好吧，我们直截了当摊开了说，不来这些虚招子。把你压在身子下面绝对是人间美事，但我们现在是在谈生意。在我的字典里，生意永远是第一位的。我绝对不会用下半身思考，毁掉这种千载难逢的生意。我们要搞的是竞争对手，不是对方。所以……咱们怎么说，你感兴趣吗？"

就跟算好了似的，他话音刚落，房间远端的电话清脆地响了起来。他恼怒地咕哝一声，费力地站起来。但他走到房间那头去接电话时，心里也是满怀期待的。因为他在办公室里定了很严格的规定，他不在的时候，不要打电话打搅他，除非……他简单对着电话嗯嗯啊啊了几句，又回到沙发上这位美丽的客人身边来。他原本攥得紧紧的拳头松开了。

"太棒了，我真是太高兴了。唐宁街捎了口信来。我们新官上任的首相希望他一从宫里回来就能和我见面。那么恐怕我得稍微抓紧点时间了，可不能让他等我啊。"他那油光满面的脸上挤出一个大大的笑容，却扭曲得有些狰狞。这么说她能吸引他注意力的时间也就只剩短短一小会儿了，另一个地方和另一个合作伙伴在召唤着他。他已经开始忙不迭地穿大衣了。"那么，请你让今天变得更特别。接受我的提议吧。"

她伸手拿沙发上的包，结果被他逮了个正着。他那双苦工一样的大手完全包住了她的纤纤玉手。两人离得非常近，她能感觉到他身上不断向外散发的热量，嗅到他特有的气息，还能感觉到这庞大的身躯中隐含的巨大力量。要是他愿意，现在就把她像蚂蚁一样踩死也未尝不可。但他的态度却丝毫不带威胁，他的触摸有着令人惊讶的温柔。在那么一瞬间她觉得自己已经缴械投降，甚至有点"性"

致盎然。她的鼻子抽动了一下。

"那您就快去考虑贸易收支平衡这样的国家大事吧,我来算算我自己的收支平衡问题。"

"仔细考虑一下,萨利,但时间别太长了。"

"我得去观观星象,占个卜什么的。我会跟您联系的。"

此时此刻那只海鸥又尖叫着卷土重来了,不停回旋着用翅膀拍打着窗户,结果玻璃上沾满了鸟粪。他骂了声娘。

"这应该是个吉兆吧。"她轻笑一声。

"吉兆?!"他一边领她出门一边咆哮道,"你去问问那些洗窗户的,他们可他妈的有得烦了!"

第二章

若不想行宫落入他人之手,则永不可酣睡榻上安然入眠。

眼前的景象和他预想的不太一样。围观的人群比过去那些年要少得多。王宫大门口只稀稀拉拉站了二十来个人,撑着伞,穿着塑料雨衣,跟缩头乌龟似的蜷曲着。事实上,这根本就称不上是"人群"。也许大不列颠的公众们根本就不在乎谁来做首相。

他坐在车后座上,在高级皮革的衬托下,显得隐忍自制,但又有种随时随地可以脱颖而出的气质。嘴角那一丝疲惫的笑容好像在有意无意地表达对这个任命的漫不经心,甚至有点不情愿被推到权力的风口浪尖上。岁月不饶人,他脸上的皮肤已经有了时间的痕迹,但下巴上的肉仍然绷得紧紧的,很是严峻,如一尊罗马胸像。柔软的银沙色头发,一丝不苟地梳在脑后;穿着惯常的炭灰色双排扣西装,胸前的小口袋上冒出丝质手帕的一角,颜色很亮,图案华丽得有点浮夸。他是刻意这样做的,可不能跟威斯敏斯特那群家伙一样,清一色圣诞袜子一样的领带和玛莎西装,简直太没新意了。每隔几秒他就会弯下身子,伸展一下筋骨,再偷偷拿起藏在车窗边的烟抽上两口。只有从这个行为，才能看出他心中翻腾的紧张与兴奋。他深深吸了口尼古丁，有那么一会儿，一动也不动，感觉嗓子慢慢变干，等着自己的心跳慢慢平复下来。

尊敬的议员弗朗西斯·尤恩·厄克特阁下乘坐专门给部长级人员配备的"捷豹"汽车，缓缓经过白金汉宫的大门，进入前院。他在后座上朝路边寥寥无几、挤成一团的旁观者草草挥了挥手，甚为敷衍。妻子莫蒂玛本想摇下车窗，好让来自各家媒体的摄影师好好给两人拍拍照的。结果她发现，官用汽车车窗的厚度竟然超过了一英寸^①，而且是牢牢封死的，根本摇不下来。司机拍胸脯保证说，除非是拿迫击炮发射穿甲弹直接来轰，不然什么东西都打不开这窗户。

刚刚过去的几小时显得特别滑稽。昨天傍晚六点钟，首相的选举结果公布以后，他就匆匆忙忙赶回家，和妻子一起等待着。等待什么呢？两人都不是很清楚。他现在要做什么？没人告诉他只言片语。他一直在电话旁边焦急地等着，但铃声特别固执，就是不响。他期待能接到个祝贺的电话，可能来自议会的同僚，可能来自美国总统，或者至少来自自己的姨妈。但对于同僚们来说，过去的平辈突然间变成了上司，他们一下子变得拘束和谨慎，生怕行差踏错半步。美国总统只会等到他被王室正式任命为首相后才会来电祝贺。而他年迈的姨妈显然认为他的电话绝对已经成了水泄不通的热线，打算过几天再打。他和莫蒂玛是多么希望和谁分享一下这份喜悦啊，结果他们打开大门走了出去，摆出各种姿势让记者们拍照，还跟他

---

① 1 英寸 =2.54 厘米。

们友好地交谈起来。

　　弗朗西斯·厄克特，常被人们称为"FU"，本身并不是个合群的"社交能手"。他的童年颇为孤独，唯一的玩伴只是一条狗和满背包的书本。他们家曾在苏格兰富甲一方，拥有广袤的地产。幼小的厄克特和自己的"伙伴"在这片布满石楠花的土地上游荡，早已习惯这茕茕孑立的孤独。但他的内心从来没有满足过。他需要接触社会，接触别人，并非仅仅要寻找一份认同，而是要在与人比较的过程中享受"鹤立鸡群"的优越感。这种渴求，驱使他毅然南下。当然，让少年厄克特背井离乡的，还有在苏格兰高地遭遇的家庭"财政危机"。祖父撒手人寰，去世前没来得及做出任何安排，贪婪的财政部趁机攫取了家族大部分财产；父亲又多愁善感，没有担当，刻板地遵守传统，丝毫没有开源节流的头脑。于是乎，家道中落成了必然的趋势。少年厄克特亲眼见证了父母的财富和社会地位如风雪中开花的苹果树般迅速凋敝，房产被一处处抵押，沉重的债务开始成为这个家庭挥之不去的阴影。趁着家里还有些东西可捞，厄克特带着有限的身家退步抽身。父亲为了家族名誉，时而苦苦哀求，时而流着眼泪严厉地谴责，但厄克特仍然毫不在意地狠心离去。他来到牛津，情况也并没多少改善。诚然，年少时大量的阅读让他在学术上如鱼得水，甚至在《经济学刊》上开专栏，还有一群忠实的读者，但这种生活他始终不能适应。学校那皱巴巴的灯芯绒制服让他厌恶；大多数同事总是满嘴仁义道德，实际上不知所云，这也让他嗤之以鼻。这些人仿佛要在这样虚伪平淡的生活中过一辈子了。查韦尔区[①]的河面上每日迷雾茫茫，导师在晚餐桌上尽显缩手缩脚的小家子气和趋炎附势的伪君子嘴脸，厄克特对这一切越来越厌倦。一天晚上，高级教工的休息室里人声鼎沸，人人都激动不已，大家在围攻一个财政部的小官员，把他批驳得体无完肤。对在场的大多数学者来说，这只不过证明了他们的观点，显得威斯敏斯特那帮政客无能；但对厄克特来说，却是无限的机遇。于是，他几乎一言不发，在唇枪舌剑和口诛笔伐中保持了缄默。这让他获得了官员的好感，开始在仕途上平步青云。与此同时，他殚精竭虑，维持着自己作为一个学者的好名声。周围的同僚们感到自愧不如，在政治圈里，这意味着你已经成功了一半。

到晚上八点半左右，他只接了两个电话。不过在这之后，电话铃就重新恢复了生机。先是宫里打来的，说话的人是女王的私人秘书，问他明天早上九点方不方便去一趟。他欣然回答说"没问题，谢谢"。接着铃声就响个不停了，电话像潮水一样涌来。议会的旧同僚终于按捺不住了，都想从他这儿探探口风，看明天自己是官居原职、新官上任还是轰然落马。报纸的编辑们也纷纷来电，有的溜须拍马，小心翼翼；有的则口气颇大，一副舍我其谁的神气。但目的都是想抢到第一个独家专访。行政机构热心的普通官员，要从他这儿提前知道政策走向，好尽早安排，确保滴水不漏，万无一失。党派公关

---

① 英国英格兰东南区域牛津郡的一个非都市区。

机构的主席，因为高兴异常饮酒过度，不停地在电话那头打着嗝儿，语气激动过头。当然，少不了本·兰德里斯，两人之间并没有交谈，只听那边传来哈哈大笑和香槟塞子"砰"地弹出去的声音。厄克特觉得他听到背景音里至少有一个女人在咯咯地浪笑。兰德里斯在大肆庆祝，他有这个权利。他是厄克特第一个也是最直接、最坚定的支持者。两人配合默契，手段用尽，把可怜的亨利·科林格里奇玩弄于股掌之上，搞得身心俱疲，最终灰溜溜地提前退休。厄克特欠兰德里斯多少钱多少情，他自己也算不清。不过，这个报业大亨行事一向特点鲜明，他没有跟厄克特"亲兄弟，明算账"的意思。

他一直想着兰德里斯这个"恩人"，突然惊觉捷豹车已经驶过了白金汉宫的右拱门，进入了宽大的中庭。司机的速度一下子慢了下来，脚随时都放在刹车上。在这里，你自然而然地感到堂皇庄严，君威至上。当然还有更实际的原因，这里四处都安装着自动报警装置，一旦你这四吨重的"装甲"捷豹来个急刹车，不但车里重要的乘客会觉得不舒服，那些装置也马上会将一级警报传送到苏格兰场——伦敦警察厅所在地。每逢白金汉宫开放日，大多数游客都会久久徘徊在大门前那些漂亮的古希腊多立克式柱子下，但捷豹并没有停在那下面，而是来到中庭边一扇小得多的门前。女王的私人秘书带着热情的微笑，早早迎候在那里。他看似从容却非常迅速地开了门，一位侍从走上前来，与莫蒂玛·厄克特礼貌说笑间，把她引去喝咖啡了，而私人秘书则领着厄克特，走上狭窄却装饰精巧的楼梯间，来到一间宽阔挑高的休息室。周围挂满了描绘维多利亚时期赛马的油画，屋子里还摆着一座雕像，虽然规模不大，但雕刻的文艺复兴时期艺术家群像却惟妙惟肖，颇有些无拘无束、天马行空的态度。两人停留片刻，欣赏这些艺术品。这个过程中厄克特没特别注意到私人秘书看过表，但他突然就宣布说："时间到了"，接着走向房间尽头两扇高耸的门，敲了三次，推开，示意厄克特进去。

"厄克特先生，欢迎你的到来！"

这里就是国王的起居室，高大的落地窗前，厚重的深红色锦缎窗帘提供了高贵肃穆的背景，国王本人就站在那里。厄克特恭顺地鞠了个躬，他以表示尊敬的点头回礼，然后示意厄克特往前走几步。新官上任的首相迈着不疾不徐的步子往房间那头的国王走去，两人仅有咫尺之遥时，国王往前一步，伸出手，厄克特身后的门早已在不知不觉间悄然关上。现在屋里只剩下两个人，都是这个国家的统治者；一个天生血统高贵继承了王位，一个在腥风血雨中拼杀出自己平步青云的道路。只剩下这两个人。

厄克特不易察觉地自言自语了一句，说这屋里可真冷。相比起常人觉得舒服的温度，这里至少低了两到三度。另外，来自国王的握手是这么笨拙，丝毫没有优雅从容的王家风范，也让他大吃一惊。两人面对面站着，四目相对，都有点"不知从什么地方开始"的尴尬。国王紧张地整理了一下袖口，勉强挤出一个微笑。

"别担心，厄克特先生。请您记住，这对我也是头一遭呢。"国王在王储的位子上待了大半辈子，不到四个月前才终于加冕为王。这位"新手国王"带着他走向一个做工精良的白石壁炉架，两边各有一把椅子。墙边是一排锃光瓦亮的大理石柱子，高耸无比，支撑着天篷之下的天花板，上面全是浸润着艺术家们心血的女神浮雕。

壁龛中两根石柱之间，挂着浓墨重彩、硕大无朋的王室先祖肖像，都是由不同时代最伟大的艺术家绘制而成。精美的手工家具围绕着一块华丽的羊毛织花地毯，从这个巨大房间的一边延伸到另一边，上面装饰着红色镶金边的花朵图案。这只是个起居室而已，但能住进来的人只能是皇帝或者国王。这里面的陈设可能百年来都没有变过，唯一有些扎眼的是一个书桌，放在远远的角落里，大约是想离靠花园的窗户近一些，好借一些天光。桌子上全是纸张、小册子和挂钩夹子等乱七八糟的东西，一台电话被埋在里面，只能勉强露出个头。国王认真批阅文件和阅读书籍的态度是出了名的，从这张桌子看来，果真是名副其实啊。

"我都不知道从何说起，厄克特先生。"两人在椅子上就座，国王亲切地说，"别人都觉得我们在创造历史。不过这样的场合可没有什么定势可循。我没什么好给你的，不会絮絮叨叨给一大堆建议，也不会交给你首相官邸的印章。我也不用请你亲吻我的手或者宣誓什么的。我唯一需要做的，就是要求你组织一个政府。你会的，对吧？"

国王陛下真实诚挚的态度让他的来客露出轻松的微笑。厄克特六十出头了，比国王年长十岁，不过单看两人外表可没那么大的差距。年轻一点的脸上已经有了岁月的痕迹，发际线有明显变高的趋势，腰身也在渐渐蜷曲，显得和年龄不符。外界传闻说，国王毫不在意物质生活，一生只追求对灵魂的严厉拷问和修行。这种生活带来的影响清楚地显现在他的外貌上，而厄克特脸上时刻挂着随和的微笑。作为政客，他谙熟寒暄招呼之道；作为学者，他也不缺超然和清高。他训练有素，懂得何时收敛锋芒、韬光养晦，也知道必要时要瞒天过海。这一切他做起来轻轻松松，而国王却丝毫不具备这些气质。厄克特丝毫不觉紧张，只觉这房间里好冷。事实上，他有点可怜眼前这个"年轻人"被困在这么个庄严冷漠的地方了。他向前倾了倾身子。

"是的，陛下。能够代表您组建一个政府，我感到无限荣幸。我只希望昨天大选结果公布之后，同僚们都不忘初心。"

最后这句有点反讽的幽默，但国王没反应。他在想别的事，前额逐渐皱起。这张脸家喻户晓，在无数的纪念性马克杯、盘子、茶盘、T恤、毛巾、烟灰缸上都出现过，偶尔还被印在马桶上呢，大多数纪念品都出自遥远的东方。"实话跟你说，我希望这一切都吉星高照，新王登基，新首相上任。要办的事情还有很多啊。新千年正在招手，新视野就在前面。跟我说说你的计划吧。"

厄克特特别夸张地摊开双手："我没有……时间太仓促了，陛下。我大概需要一周左右的时间，重组政府，讨论一下工作重点……"这完全是在打哈哈。他知道话不能说得太具体，否则就是给自己找麻烦，而且多年扶摇直上的仕途给他提供的也多是经验，少有全面的措施。对于所有政策上的条条框框，他以学者的态度给予天生的漠然和蔑视。那些年轻的对手拼命用十分具体的计划和承诺弥补自己资历的不足，结果却发现步子迈得太快，把自己的弱点全都暴露了，只能任人摆布。目睹这一切的厄克特总有种残忍的快感。面对记者咄咄逼人的问题，厄克特的策略就是泛泛地提一提国家利益这样的老生常谈，然后再给他们上头的编辑打电话让治治这些不听话的小卒子。精于此道的他成功度过了那喧嚣骚动的十二个首相竞选日，不过他自己心里也有困惑，这样的策略能为自己保驾护航多久呢？

"我想我的第一要务就是听听大家都怎么说。"

这都是些陈词滥调，厄克特自己说出来都吃惊得很，但听者却往往洗耳恭听，愉快地当了真。这真是让人摸不着头脑。眼前这位至高无上的君主默默地点头表示赞同。他坐得相当不安稳，只贴着椅子的沿儿，紧绷的身体轻微地来回摇晃："竞选的时候，你说到，我们国家正处在一个十字路口，准备迎接新世纪的挑战，同时在上世纪最优秀的遗产基础上开创新局面。"

"继承传统，鼓励创新。"厄克特重复了一句滚瓜烂熟的台词。

"太棒了，厄克特先生。现在你手里握着更多权力了。这是个很棒的工作，就跟我一样。"他双手交叉，突出的指节仿佛组成了一座教堂的尖顶，眉间的褶皱依然"阴魂不散"。"我希望我能够——当然是在征得你同意的情况下——以某种方式，协助你做些工作。"他的语气竟有些怯生生的，好像被人拒绝惯了，老是失望似的。

"当然，太荣幸了陛下。我真是欣喜若狂……您有什么具体的想法吗？"

国王握住领带结，那是一条老式窄版领带，国王把它拧成很纠结的形状："厄克特先生，具体的想法是属于党派政治的，那是你该负责的领域，我完全不应该插手。"

"陛下，您如果有任何想法，我会很感激的，请言无不尽吧……"厄克特机械客套地回复道。

"真的吗？你真的愿意听？"他语气里带着一丝急切的渴望，本想用一声轻笑掩饰过去，却没能成功，"但我必须万分小心才行。

过去只是王储的时候，我还能有自己的观点，有时候甚至还能畅所欲言一下，但国王可不能让自己陷入党派争论的旋涡。我的顾问每天都长篇大论跟我讲这个道理。"

"陛下，"厄克特轻轻打断了他，"这里只有你我二人。您提什么建议我都洗耳恭听。"

"不，还不是时候。你事情还很多，我就不耽误你了。"国王站起身来，是送客的意思，但并没有往门那边走，只是继续十指紧扣，突出的指节很是引人注目。他的鼻孔微微张开，还在沉思之中没有回过神来，仿佛正在虔诚地祈祷。"也许……要是你同意的话……我只说一点。最近我一直在看报纸，"他朝乱糟糟的书桌扬扬手，"维多利亚大街上工业部那些旧楼要拆了。那些楼样子真是太丑陋了，一点也没有 20 世纪的面貌。真是该拆。要是可以的话，我亲手开推土机去铲平都行。但那是威斯敏斯特最重要的地方之一，离议会大楼很近，紧挨着西敏寺①本身，那可是我们最神圣、最伟大的纪念建筑之一啊。你不觉得这是个非常难得的机会吗？我们应该抓住这个时机，创造与时代相符的伟大建筑，可以骄傲地传给下一代作为宝贵遗产。我衷心希望你，你的政府，能够确保这个地方得到应有的建设……怎么说合适呢？"他说得断断续续的，感觉像个寄宿学校的小孩在怯生生地向老师要什么东西。他在绞尽脑汁地寻找一个合适的"外交辞令"："要'合乎气派'。"他显然很满意这样的措辞，点点头表示对自己的肯定。厄克特认真的注视又让他更大胆了

---

① 又称"威斯敏斯特教堂"，整个威斯敏斯特建筑群最重要和引人注目的建筑。

些。"'继承传统，鼓励创新'，就像某个聪明的家伙曾经说的那样。我知道环境事务部大臣正在考虑好些不同的方案。坦率地说，有些方案真是太奇怪了，真那么做，恐怕流放罪犯都不够格。我们就不能改一改'铁公鸡'的性格吗？就这么一次，定个好点的方案，与西敏寺目前的风格搭调，能够显出对先祖们成就的尊重，而不是让某些肤浅的现代主义者去标新立异，侮辱咱们的传统……"他的嘴唇因为愤怒而微微颤抖起来，"设计坟墓一样阴森森的钢筋大厦，里面的人也会很压抑，外面看那一堆钢筋水泥心情也不会好！"他刚才的羞怯荡然无存，全是义愤填膺的激情，双颊浮现一片潮红。

厄克特用微笑告诉国王"包在我身上"。这种表情他用得可谓轻车熟路，像呼吸空气一样自然："陛下，我可以向您保证，政府……"他本想说"我的政府"，话到嘴边又咽了下去，"……会把与环境的协调放在首位的。"这更是老掉牙的老生常谈了，不过这种情况下你让他说什么呢？

"哦，但愿如此。我刚才有点失态，抱歉了，但我觉得环境事务部大臣随时会做出决定，所以有点着急了。"

在那一瞬间，厄克特本想提醒国王，这是一个"准司法"①事务，之前投入了数月的时间和数百万金钱，经过了详细的规划和调查，现在就等相关大臣以所罗门王般的智慧来深思熟虑，作出决定了。厄克特本想告诉国王，他这时候横插一脚，无异于法庭上陪审团不遵守规定，私自扰乱法官的视听，但他把这些话都吞进了肚子里，"我

————————————————
①　"准司法"一般是指与现代法律制度中心的法院（司法）相接近的其他事务解决方式。

35

会关注这件事的，陛下。我向您保证。"

国王那双淡蓝色的眼睛永远都是向下看的，让他的表情看上去很真挚，还总带着点忧伤的感觉，好像背负着某种罪恶感在生活。然而，现在他的瞳孔中毫无疑问闪烁着无限的热情。他握住厄克特的手："厄克特先生，我们俩一定会相处甚欢的。"

房间那端的两扇门又一次毫无预兆地打开了，国王的私人秘书看似自作主张地站在门口。厄克特谦恭地对国王鞠了个躬，向门口走去。他已经迈过了门槛，身后响起国王的高喊，"再次感谢您，首相！"

首相。是的。有生以来第一次，他坐上了首相的位子。

"那么……他说了些什么？"夫妻俩乘车前往唐宁街的路上，妻子的问题将他从沉思中拉了回来。

"什么？哦，没说什么。祝我一切顺利。谈了谈未来的巨大机遇，还提到了威斯敏斯特附近的一个建筑工地，说什么一定要仿造都铎王朝风格什么的……就那些乱七八糟的呗。"

"你会顺着他的意思办吗？"

"莫蒂玛，要是真诚这码事儿能当饭吃，那整个英国都要被撑死了。幸好现在不是中世纪了。国王要做什么？开开花园派对，帮我们省省选别人做头儿的麻烦就得了，别到处都想去插一脚。"

莫蒂玛扑哧一笑，表示赞同，一边心烦意乱地在包里翻找着口红。她出生于大名鼎鼎的柯宏家族，是古时苏格兰国王的直系后代。很久以前，这个家族就被剥夺了祖传的地产和遗物，但莫蒂玛从来都以"苏格兰王室后裔"的骄傲身份自居，同时将很多现代贵族视为"入侵者"，包括"现任王室"。对，私下里她总是这么说。说白了，王亲贵戚要么是会投胎，要么是会选另一半。不过有时候也逃不开兴衰更替、起义夺权甚至血腥杀戮。谁坐王位怎么说得清呢？不是姓柯宏，就是姓温莎，都是靠天时地利人和而已。有时候一谈起这个话题，她就会喋喋不休，让人兴味索然。厄克特决定赶快转移她的注意力。

"我当然要顺着他的意思办啦。这个国王还算是有点良心，有点想法的。我最不需要的就是宫里那些人吃不到葡萄说葡萄酸了。不管怎么说，还有其他的硬仗要打呢。我希望他能成为我坚定的后盾，利用他在民众中的影响力来支持我。这可是很有用的。"他的语气很严肃，双眼望着远方，仿佛在审视即将到来的挑战，"不过，说到底，莫蒂玛，我是首相，他是国王。他得照我说的做，而不是来指挥我。他的工作就是做出一副高高在上的样子，出席一些仪式，仅此而已。他只不过是个君主，不是他妈的规划师。"

汽车经过白厅的宴会大厅，慢慢减了速，接近唐宁街街口的路障。比起白金汉宫门口门可罗雀的冷清状况，这里的人多了些，他们纷纷他们向他挥手欢呼。记者的镜头看上去也要积极和开心得多。厄克特松了口气。他看到人群中有几张年轻的脸甚为熟悉，也许党派总部派出了那些专门出席这些场合的人群。妻子懒洋洋地抬手，帮他捋顺一撮竖起来的头发。他开始思考自己要站在门阶上宣布的政府改组决定以及要说的话。这可是要向全世界转播的。

"你准备怎么做？"莫蒂玛认真地问。

"其实没什么关系。"厄克特从嘴角挤出这几个字。车已经开进了唐宁街，他要随时保持微笑，以便记者拍照。"这个新国王没什么经验，而且作为立宪君主①，他也没有实权。估计我们的国王天天如履薄冰，'咬人'的力度还不如一只橡胶鸭子。不过，幸运的是，这件事情上我恰好同意他的观点，现代主义靠边站！"一个警卫走上前来，打开沉重的车门，他亲切地挥了挥手，"所以这件事真不值得操什么心……"

---

　　① 英国实行君主立宪制，即在宪政体制下由世袭或选举产生一个立宪君主作为国家元首。立宪君主没有实权，只是名义上的国家元首。

第三章

忠诚是卑贱者的美德。我自当凌驾其上。

"把文件放下，戴维。看在上帝份上，求你别埋在里面了。你能抽哪怕一分钟陪陪我好吗？！"女人的声音在颤抖，与其说是生气，不如说是紧张。

那双灰色的眼睛无动于衷，依然盯着面前那一沓厚厚的文件。自从在早餐桌旁坐下，他的注意力就没离开过。他脸上唯一的反应就是那修剪得一丝不苟的小胡子不时愤怒地抽动一下，"再给我十分钟，奥菲娜。我真的得把这些文件看完。特别是今天。"

"我们还有其他事情要做。所以把他妈的文件给我放下！"

戴维·米克罗夫不情不愿地抬起眼睛，正好看见妻子的手剧烈地颤抖，杯子里的咖啡都快溢出来了，"到底有什么事？"

"你，和我。就这个事。"她努力控制自己的情绪，"我们这场婚姻没剩下什么了，我想离开。"

这位国王的新闻官兼主要新闻发言人自动转移到了"外交模式"："有话好好说。咱们别吵架好吗？现在不是个好时候，我很忙，而且……"

"你难道还没醒悟吗？我们从来不吵架。这就是问题所在！"杯子从茶托上掉下来，打翻在桌上，桌布被浸上了褐色的污迹，又逐渐扩大，仿佛魔鬼的把戏。他终于放下手里那沓文件，一举一动都小心翼翼，就像平时做人那样。

"我看看能不能休个假吧。今天明显不行。但……我们可以一块儿出去走走。我知道我们俩很久没机会好好聊聊了。"

"不是因为你没时间，戴维！就算我们天天都待在一起，也不会有什么区别。问题在于你，和我。我们为什么从来不吵架，因为没得可吵。什么都没有。我们之间没有激情，什么都没有。我们有的就是一个夫妻的空壳子。我以前还做过美梦，一旦孩子们都独立了，一切可能会改变，"她摇摇头，"但我已经很累了，不想一次又一次让自己失望。不会有什么改变的。你永远不会改变。我想，我也不会。"这话说得痛心疾首，她不断拭去眼角的泪水，但并没有失控。这不是一时闹脾气。

"你还……好吗，奥菲娜？女人到了你这个年纪……"

他这居高临下的语气在她眼里就是无知和愚蠢。"四十多岁的女人，戴维，她们也有需要，也有感情。但你怎么会了解呢？你多久没把我当女人看过了？你多久没看过女人了？"她毫不犹豫地回敬，故意要刺伤他的自尊心。她知道，必须摧毁戴维在自己周围筑起的那道高墙，才能取得突破。他的喜怒哀乐从不外露，总是戴着面具生活。这个男人个子比较小，为了弥补自己身体上明显的缺陷，他努力做到举止万分得体，从不行差踏错半步，做什么事情都一丝不苟。他的脑袋很小，像个男孩子，但头发永远一丝不乱。就连印堂周围那一缕悄然滋生的灰白也没给人岁月老去的感觉，反而平添一份优雅。早餐这么轻松休闲的时光，他也总是一本正经地穿着外套，扣得整整齐齐的。

"听我说，这事不能等等吗？你知道的，我必须随时在宫里⋯⋯"

"又是他妈的宫里，宫里！那就是你的家，你的生活，你的情人。现在，唯一能让你表露感情的就是你那可笑的工作和你那位可怜的国王。"

"奥菲娜！你太不讲道理了。别把他拉进来。"他那一撮胡子都竖起来了，明显是相当生气。

"怎么能不把他拉进来呢？你服务的是他，不是我；他的需要总是第一位的，比我不知道重要多少倍。他简直是个好帮手，帮你毁了我们的婚姻，比什么情妇啊，外遇啊，威力大多了！所以，我才不会跟别人一样，卑躬屈膝地去奉承他呢。"

他心烦意乱地看了看自己的表："亲爱的，看在上帝份上，我们能今晚再讨论这事儿吗？也许我可以早点回来。"

她用餐巾在那块咖啡污迹上不停地点来点去，尽量避免和他有眼神的交流。她的声音平静些了，带着一种决绝："不行，戴维。今晚我就和别人在一起了。"

"别人？"他噎住了，显然从没想到这一出，"什么时候开始的？"

她不再关注桌上那块怎么也清理不掉的污迹，昂起头来，眼睛里没了刚才的躲闪，而是气定神闲，咄咄逼人。已经走到这一步了，她躲也躲不掉了："我们结婚两年后，戴维，我就有了外遇。只有一个，再无他人。你从来没满足过我，但我也从没怪过你，真的没有。只不过是阴差阳错而已。让我寒心的是你根本没努力过。我在你眼里一直都没那么重要，你没把我作为一个女人来看待和尊重过。我一直只是个管家，负责给你洗衣服，二十四小时给你做女仆，必要时作为一件东西被你带着出席一下晚宴，给别人看看，让你在宫里显得体面。就连孩子们也只是你做戏的工具。"

"不对。"他简短地反驳道，但声音里察觉不到一丝丝激动，就像这段名存实亡的婚姻。她一直都很清楚，两人的性生活很不愉快，不合拍。他把全部的精力和热血都投入到了工作中，而最初她还挺满足的，因为丈夫在宫里担任要职，夫妻俩社会地位很高，去哪里都有羡慕和尊敬的目光。然而，这种满足的感觉可谓转瞬即逝。事实上，她甚至都无法确定第二个孩子的父亲是不是他。不过，就算他有疑问，也没显出什么在乎的样子。有一次他说，自己已经尽到了"责任"，于是两人的夫妻之事就这样戛然而止。就连现在，她用给他"戴绿帽子"这样极端的方式，竟然都没能够激起他的愤怒、悲伤，哪怕一点点的情绪。再怎么说也应该有点自以为是的愤怒吧？他不是一直标榜敢爱敢恨的骑士精神吗？但眼前这个男人似乎内心已经空空如也。两人的婚姻是个迷宫，他们各行其道，只是偶尔碰巧有个交集，接着又分道扬镳，渐行渐远。现在她要勇敢跨出一大步，从这迷宫里走出去了。

"奥菲娜，我们难道不能……"

"不，戴维，我们不能。"

突然电话铃声大作，一声又一声，坚持不懈，不可抗拒，召唤着他去履行职责。他全身心投入了这项事业，而现在需要牺牲自己的婚姻了，"我们还是有过好时候的，是不是？"他本想争辩挽回，但他能回忆起的，也只是那些还说得过去的时候，并且已经是很久很久以前了。在他心里，她一直是第二位的，而且地位比第一位要低很多很多。他并非故意，但现在一切摊开，这个事实简直无可辩驳。他看着奥菲娜，妻子的眼中含着泪水，诉说着无尽的痛苦，好像又在祈求名义上的丈夫的原谅。他不恨她，但他很怕。他的世界里，很容易遭遇到情绪和事态的大起大落，而婚姻就像备用的巨锚，让他不至于在狂风骤雨中太过颠簸而被吹向鲁莽大意、肆无忌惮的方向。如果婚姻真如大家所说，是一副枷锁，那么他的婚姻真正起到了这个作用。因为这个婚姻有名无实，总让他想起在安普尔福斯度过的沮丧暗淡的学生时代。学校里一遍又一遍地诵读着《圣经》中的诗篇，令他厌倦迷茫。婚姻当然是负担，但对他来说，这也是必要的负担，多多少少分散了一些繁重工作带来的压力。这是他克己的方式，也是自我保护的方式。然而，如今这副巨锚的锁链被拦腰斩断了。

奥菲娜一动不动地坐在餐桌对面。桌上散乱地放着吐司、蛋壳碎屑和骨瓷餐具。整个家看起来凌乱散碎，仿佛象征着两人共度的生活已经走到了尽头。电话铃还在毫不停歇地召唤着他。他没有多说一句话，站起来去响应使命的召唤了。

第四章

初尝胜利滋味，不可盲目，不可昏头。直到匕首插入敌
人身体，一刀致命，游戏才算结束。

"蒂姆，你进来，把门关上。"

厄克特坐在内阁会议厅，只有他和进来的那个人。棺材形状的会议桌前摆着一些椅子，但只有一把有扶手。他坐在那把椅子上，面前只有一个简洁的皮面文件夹和一部电话。除此之外，桌上再无他物。

"并没有很奢侈嘛，是不是？但我竟然开始喜欢上这里了。"厄克特轻轻一笑。

蒂姆·斯坦普尔环顾四周，惊讶地发现竟然没有别人。半个小时前，厄克特刚刚完成了从党鞭长到首相的委任交接。在那之前蒂姆一直都忠心耿耿地担任着厄克特党鞭长的副手。党鞭长这个位置相当神秘，而副手就更加是"神龙见首不见尾"的低调角色。但两人只要合作默契，就能结成一股力量，其影响之大，不容任何人小觑。因为党鞭办公室赖以生存的基础，就是对议会党纪律的把控，而把

44

控的手段则多种多样，需要精明的头脑进行判断：何时该发挥团队精神；何时该在各种力量之前纵横捭阖；何时又要干净利落地出手，除掉前进路上的障碍。

从素质上来说，斯坦普尔是担任这个角色的理想人选。他有一张扁平瘦长的脸，黑眼睛异常闪亮，看上去就像一只雪貂。他本人做起事来也像雪貂一样，尤其擅长在同僚们私生活的阴暗角落翻箱倒柜，抓住各种小辫子。这份工作说白了就是和漏洞打交道，一方面把自己的生活弄得滴水不漏，严丝合缝；一方面努力去发现别人的弱点。他是长期追随厄克特的门徒，比师父年轻十五岁，入行前在埃塞克斯郡做房地产代理，后来被厄克特身上与自己截然不同的气质吸引。这位前辈老练优雅，学术气息浓厚，从外表到气质都无懈可击。这些东西那时候的斯坦普尔一点都不具备，他只是个穿着英国杂货联营店粗糙成衣西服套装的毛头小子。然而，两人的共同之处也许才是最重要的，他们都拥有无限的野心，也明白权力能给自己带来什么。当然还有种遗世独立的傲然，一个来自学术背景，另一个则是与生俱来。在厄克特问鼎权力高峰的道路上，两人的组合有着令人意想不到的效果。斯坦普尔一定会收到回报，这句话虽然没说出口，但两人之间一直有这个默契。现在，他被召唤到这儿来，要得到这份盼望已久的回报了。

"首相先生。"他像站在戏剧舞台上似的，尊敬而又夸张地鞠了一躬，"首相先生。"他又重复了一句，但音调有所变化，好像回到自己做房地产中介的日子，想卖厄克特一处不动产。他的一举一动看上去平易近人，这使他可以藏匿刀锋，暗箭伤人。两位亲密战友哈哈大笑起来，空气中流动着嘲笑和阴谋的味道，仿佛两个飞贼刚刚经历了收获颇丰的一晚，但斯坦普尔小心翼翼地把握着节奏，适时地先收住了笑。比首相笑得长可不是什么好事。最近几个月，两人一同经历的事情太多太多了，但他心里非常清楚，无论哪一届首相都会不自觉地疏远过去的同僚，就连一起谋划权柄的左膀右臂也是一样。所谓"飞鸟尽，良弓藏"，而厄克特自己也很快收起了笑。

"蒂姆，我一直想咱俩单独谈谈。"

"啊，我是不是要挨一顿臭骂了？我做错什么了吗？"他的语气听起来颇为轻松，但厄克特注意到斯坦普尔嘴角向下撇的细微表情，清楚对方内心的焦急。他发现面对这个浑身不自在的同僚，他竟很享受这种手握"生杀大权"的感觉呢。

"坐下，蒂姆，就坐我对面。"

斯坦普尔在椅子上坐定，看着对面的这位老朋友。这一幕已经完全表明了两人关系的巨大变化。厄克特正襟危坐，背后是一幅巨大的油画肖像，画中人是罗伯特·沃波尔，英国史上第一任首相，也有不少人认为是最伟大的一位首相。他的肖像已经在那里悬挂了两个多世纪，见证了这里面一路走来的各种权力斗争和各色入主人士。有的强悍弄权，有的虚伪不堪，有的悲惨不幸，有的迷茫脆弱。厄克特是他的继任者，站在同僚们的肩膀上，受到了君主的承认，现在正式入主此处。他手旁的电话可以左右政客们的命运，也能够指挥整个国家投身于战争。这样的权力集于一人之手，整个国家再无第二人。的确，他再也不是一个普通的男人了，不管他最后做得好还是坏，都将被载入史册。至于史册中的他不过是一个小小的注脚，还是会占据篇幅颇长的篇章，我们只能拭目以待。

　　厄克特感受到了对面这位后辈内心的五味杂陈和情绪翻涌，"不一样了，是不是，蒂姆？我们永远都无法让时光倒流。片刻之前我还没什么感觉呢。在官里的时候没什么感觉，站在门前接受媒体采访时没什么感觉，甚至走进来的时候也没什么感觉。一切都像在舞台上演戏，我只是在扮演自己规定的角色罢了。然而，当我跨过那道门槛，唐宁街的每一个工作人员都聚集在门厅，上至官居显赫的高层人员，下至清洁工和电话接线员，大概有两百人左右。他们向我问候，充满了热情，好像马上就要向我献上美丽的花束。那掌声听起来可真让人心花怒放啊。"他突然叹了口气，"我开始找到点儿感觉了。不过，我很快想起来，差不多一个小时之前，他们也是这样例行公事地站在那里，送走我那马上就要被遗忘的前任。这群人大概也会在自己的葬礼上机械地鼓掌吧。条件反射而已。"他舔舔自己薄薄的嘴唇，这是他回想和思考时的习惯动作，"接着他们把我带到了这儿，内阁会议室。我独自在这儿待着。真是太安静了，仿佛能听到时间的流逝。一切都井井有条，一丝不苟，只有首相坐的椅子是被抽出来的，这是为了我啊！我用每一根手指触摸这把椅子，感受这把椅子，才意识到，如果我大摇大摆地坐下，不会有人冲我吼。我终于找到感觉了。这不是简单地换个工作，换把椅子。这是世界上独一无二的位置。你了解我的，我天生不是个谦卑的人。天哪，该死的，在那么一瞬间我竟然觉得自己特别渺小。"他话音落地，两人陷入长长的沉默，直到厄克特一巴掌拍在桌面上，"不过别担心，我现在正常啦！"

厄克特再次哈哈大笑，笑声里弥漫着阴谋弄权与春风得意，而斯坦普尔只能勉强挤出一个微笑，他很不耐烦地盼望着厄克特赶快结束这段回忆，宣布自己的命运。

"言归正传，蒂姆。好多事等着做，和以前一样，我需要你做我的左膀右臂。"

斯坦普尔脸上的笑舒展了些。

"你是我的党主席。"

斯坦普尔脸上的笑容迅速消失了，取而代之的是掩饰不住的困惑和失望。

"别担心，会给你再安个部长级的闲职好让你在内阁占个位子，兰开斯特公爵领地事务大臣之类的。不过现阶段，你一定要帮我紧紧抓牢整个党派。"

斯坦普尔的下巴猛烈颤动着，想把堵在胸口的话组织得有条理些："但是离上次选举才刚刚六个月，下次还遥遥无期，三年，或者四年。在各个选区的主席之间劝架，整理整理文件什么的，可真不是我的强项啊，弗朗西斯。我们一起经历了这么多事情，你应该了解我的啊。"他急得把两人的交情都搬出来了。

"你冷静下，好好想想，蒂姆。我们在议会的多数席位不过区区二十二席；最近领导层的你争我夺又弄得党内特别分裂，而且肯定要面临新一轮经济衰退的打击。我们现在的支持率还不如民调的时候，我们的多数席位根本撑不了三年或四年。每次补选①我们肯定

---

① 补选即递补选举，指组织中席位出现空缺时进行的选举。

都会被打得落花流水。等这届政府结束的时候，估计丢掉十几个位子是板上钉钉的了。除非你能给我保证不会出现补选；你能施展魔法，确保我们那些尊敬高贵的同僚没有一个会在'鸡窝'里被抓个现行；没有一个会被发现盗用慈善基金；或者，最直接的，大家都能抗拒生老病死，在这几年里没有高龄告退或者头疼脑热什么的。"

"但是做党主席，真是没什么乐子啊。"

"蒂姆，未来几年肯定是地狱了。我们的多数席位可能都不够撑过经济衰退的。要是党主席会觉得痛苦，那首相肯定要他妈的在生死泥潭中挣扎了。"

斯坦普尔沉默着，显然没有被说服，但也不知道该说些什么。片刻之前那些兴奋和梦想突然间暗淡了。

"我们的未来就是以秒来计算的。"厄克特滔滔不绝，"可能接下来会出现短暂的繁荣，大家会观望一段时间，先给新首相一点支持，看看他做得如何。这是我和他们的'蜜月期'。但这撑不过三月份的。"

"你给的这个时间也太准确了吧。"

"是很准确。因为三月份我们必须拿出财政预算的方案，就是这个王八蛋会毁了我们的。为了赢得上次选举，我们把市场的一切都放任不管，做了很多小动作。现在现世报就要来了。我们拆了东墙补西墙，现在东墙西墙都得补了。这可不讨大家的喜欢。"他顿了顿，迅速眨着眼睛，组织着语言，"这还没完，文莱那边还会打击我们的。"

"什么？"

"那个弹丸之地，石油特别丰富。文莱的苏丹①是个大亲英派，他手里的英镑数量可能谁都比不上。这位苏丹是我们忠实的朋友。不幸的是，他不但知道我们的麻烦特别多，他自己的日子也不好过。所以他会抛掉一些英镑，至少三十亿。这些钞票就要在市场里面流窜了，就像无家可归的孤儿。这样一来，货币流通就受了影响，经济萧条的时间至少还要持续一年。看在过去交情的份上，他也说了，会按我们的建议去抛售，也就是说在下一轮预算出来的时候。"

斯坦普尔咽了一口口水，但发现嘴巴已经干得冒烟了。

厄克特仰天大笑，可笑声里找不到一点轻松："还有呢，蒂姆，还有！先说最糟糕的一件事，整个司法部长办公室都心照不宣，复活节之后立刻开始对加斯帕·哈罗德爵士的审判。复活节是三月二十四号，你别查了。你对这个加斯帕爵士知道多少？"

"应该就是那些大家都知道的吧。白手起家的大财主，富可敌国；全国最大电脑租赁公司的主席；与政府各部门以及地方政府来往密切。罪名是为了保住合同，四处给官员大量回扣。不过我好像记得他也很喜欢做慈善吧，因为这个才封了爵位的。"

"他之所以封爵是因为他是我们党最大的金主。这么多年了，一直忠诚而谨慎地站在我们背后。"

"那现在有什么问题呢？"

"过去只要我们一有需要，他就会给予帮助；现在他身陷囹圄，也希望我们对他同样忠诚，去跟检察官勾兑一下。我们当然不能这

---

① 苏丹是某些伊斯兰教国家统治者的称号。

么做啦，但加斯帕绝对不会那么通情达理的。"

"还有，对吧？我知道，肯定还有……"

"他特别固执，说要是真的闹到法庭那一步，他可能管不住嘴，要透露那些巨额党派捐款的去向了。"

"所以呢？"

"全都是现金付费，装在公文包里送到本人手里的。"

"这个天杀的老狐狸。"

"不管多少钱，都够让我们喝一壶的了。所有人都没法安如泰山。他不仅是核心党组织的金主，而且还为几乎每一个内阁成员提供了支持，特别是在他们各自选区的活动中。"

"你可千万别跟我说这些钱在账面上有没记成选举开销的。"

"我的每一笔开销账面上都是清白的，经得起他们查。至于其他人嘛……"厄克特挑起一条眉毛，"有人跟我说，今天下午，我们的财政大臣为了保住光荣的后座议员①席位，挪用这个钱打发了一个很麻烦的情妇，那小贱人威胁说要公开一些信件。支票都已经写给她了，哈罗德居然把支票给取消了！"

斯坦普尔向后推了推椅子，险些坐不稳，直到椅子的后腿勉强找到了平衡。这个动作给他一些完全无用的心理安慰，好像这么一来就能离这荒唐的一切远些："我的天哪，弗朗西斯，现在这些烂摊子足够把我们撞得稀巴烂了，而且就近在眼前，你还想让我做党

---

① 后座议员是指英国议会下院中坐在后排议席的普通议员。这是英国下议院的惯例，执政党议会党团领袖、在政府中任职的议员以及反对党影子内阁的成员等重要议员坐在前排，普通议员则坐在后排。

主席？要是你不介意的话，我干脆现在就收拾收拾包袱去利比亚做难民算了。复活节之前吧，你看行不行？不管是谁卷进了这他妈一摊子烂事儿里，一辈子都他妈活不过来了啊。"

他绝望而茫然地挥舞着自己的双臂，仿佛一瞬间精气神都被抽空了似的，但厄克特却非常认真努力地向前倾着身子，全身充满了张力，甚至有些僵硬。

"对，到复活节。也就是说，在那之前，我们必须取得进展，蒂姆。好好利用这段'蜜月期'，狠狠打击反对党，预防经济衰退，尽量争取多数席位，至少数量要经得起一次又一次的炮轰，直到我们全身而退。"

斯坦普尔有气无力："争取多数席位。你的意思是说要举行一次选举吗？"

"就安排在三月中旬，所以我们有整整十四个礼拜，不过在我宣布这个消息之前只有十个礼拜了。我希望你这个党主席好好把握这段时间，把选举机器给我好好运转起来，牢牢把控住。我们要制订周密的计划，尽量筹集资金，好好羞辱我们的对手，但不能打草惊蛇，不能让任何人看出我们有举行选举的打算。"

斯坦普尔用尽全力打起精神，试图跟上厄克特的思维，他的椅子又咔嗒咔嗒地回到了原位，"该死的党主席。"

"别担心。就干十四个礼拜。要是一切顺利，到时候你想去哪个部门都行，但如果出了岔子……嗯，我们俩都不用担心了，从此别想在这里混了。"

第五章

天下政客皆无友。

　　"这也太吓人了。"莫蒂玛·厄克特一边巡视整个房间，一边嫌弃地皱起鼻子。好几天前科林格里奇一家已经把所有的细软都搬离了唐宁街10号楼首相专用的小公寓，现在的起居室看上去就像个三星级酒店。缺乏个性，没有"人味儿"。毕竟，上一个主人已经把自己所有的私人物件装箱打包带走了。陈设倒是井井有条，不过缺乏美感，看上去很像火车站的候车室。"太讨厌了，这样可不行。"她不断重复着，嫌弃地看着墙纸，上面有些淡淡的痕迹，看形状，之前应该装饰了一排陶瓷鸭子，以她对上一位第一夫人的了解，这像她的品位。走过一面长长的落地镜前，她的注意力暂时转移了，不动声色地审视着自己的一头红发。这发色很是显眼，是她在等待最终的首相选举结果那一周去染的。造型师把这叫作"吉星高照"，但这颜色显然是有点过了，不自然，谁都看得出来是故意去染的。她在电视上看到自己的时候，也情不自禁地调节起电视的色平衡，心里掂量着是换台电视还是换家理发店。

53

"这家人还真是'有品位'啊。"她小声嘟囔着，象征性地拂了拂香奈儿套装上并不存在的灰。丈夫的下议院秘书寸步不离地陪她"视察"，一边马不停蹄地在笔记本上记着什么。这位年轻的女秘书挺喜欢科林格里奇一家的，不过对眼前这位莫蒂玛·厄克特的印象更深刻些。新首相夫人双眼放着寒光，看她的眼神就像看着猎物。看得出长期在节食减肥，以对抗半老徐娘日益无法控制的脂肪，好穿得下这一身的名牌。她身上无时无刻不显露出一种不耐烦，至少和同性待在一起时是这样，特别是那些比她年轻的。

　　"问问怎么才能把这些东西统统处理了，翻新的预算是多少。"厄克特夫人突然开了口，疾步穿过短短的走廊，来到公寓幽暗的内间，边走边用手指敲打着下巴，好像在责备谁似的。走过左手边的一扇门，她突然警醒地尖叫一声，因为门后面有个狭长的小厨房，里面有个不锈钢水槽，地上贴着红黑相间的塑料瓦，没有微波炉。接着她们来到餐厅，这个房间压抑得能让人患上幽闭恐惧症，气氛跟上了锁的棺材没两样，直接就能看到脏兮兮的阁楼和房顶。这下她的沮丧情绪达到了顶点，快步退回到起居室，坐在扶手椅上。椅子上喷绘的玫瑰花大而无当，跟大象的脚似的，笨重不讨喜，这显然也不符合她的审美。她失望地摇着头，门廊那头突然响起了敲门声。

　　"请进！"她满怀凄凉地应着，又想起前门居然连锁都没有。相关人员跟她说是出于安全的考虑，但她怀疑更多的是为了那些公务人员能够更方便地来来往往，商量事情，交着急的文件什么的。"这破地方居然也能叫家！"她悲叹一声，演戏似的用双手捂住面颊。

　　再次抬起头打量来客时，她眼里的光芒又回来了。来人三十多快四十的年纪，瘦长身材，留着干净利落的平头。

"厄克特夫人，我是罗伯特·因索尔督察，政治保安处的。"他的伦敦腔很重，"在首相选举期间我一直负责您丈夫的安保细节。现在，承蒙抬举，我被任命为唐宁街的安保总负责人。"他脸上带着微笑，传达出一种自然而然的魅力，令莫蒂玛·厄克特感到莫名的温暖。她情不自禁地欣赏起眼前这个气派的男人。

"我很放心，你一定会保护好我们的，督察先生。"

"我们会竭尽全力。不过您现在到这儿了，有些规矩和以前不一样了。"他直奔主题，"要是您有时间的话，我得跟您解释一下。"

"过来随便坐吧，这些家具太丑了，遮着点儿最好，督察先生。好好跟我讲讲……"

兰德里斯在围观公众的掌声中挥了挥手。其实这些人根本不知道这辆劳斯莱斯银刺豪车那深色的窗户后面坐着哪位大人物，但这是历史性的一天，他们也想参与其中。唐宁街那沉重的铁门带着毕恭毕敬的感觉缓缓打开了，值班的警察行了个简洁的手礼。兰德里斯感觉很好，当看到他目的地对面的街道上挤满了相机和记者时，更是感到舒服至极。

"他会给你个活儿干吗，本？"他庞大的身躯吃力地从车后座中出来，无数声音都不约而同喊出了同一个问题，默契得像个合唱团。

"我有活儿干啦！"他大吼一声，给众人抛去他那著名的、仿佛能够掌控一切的瞪眼。他享受着这种关注，从容不迫地把外套的扣子扣好。

"也许帮你拿到一个爵位？在上议院去弄个什么职位干干？"

　　"贝斯纳尔格林的本男爵？"他那堆满横肉的脸上全是不屑，"怎么听起来跟个音乐剧似的？"

　　那边一阵哄堂大笑，兰德里斯转身走过那扇光滑的黑色大门，踏入门厅，但一位信使竟然已经先于他站在那里了。他抱着一束巨大的鲜花，各色各款，目不暇接。玄关摆满了各种各样的花束和花篮，都还没有拆开，每时每刻都还不断有新的送来。看来伦敦的花商至少短时间内可以忘掉经济萧条的悲苦了。有人上前来领着兰德里斯，踏着从前门一直延伸到内阁会议室的深红色地毯，一路走向狭长过道的那一端。他发现自己的脚步竟然有点急切，连忙舒缓下来，慢慢享受当下的感觉。他已经不记得几时曾有这么兴奋了。一个态度殷勤的公务人员领着他直接进了内阁会议室的大门，然后安静地离开，关门的动作轻得没人察觉。

　　"本，欢迎之至。请进。"厄克特挥了挥手表示问候，但没有站起身来，只是伸手示意兰德里斯坐在桌子对面的一把椅子上。

　　"好日子啊，弗朗西斯，是我们大家的好日子。"兰德里斯朝斯坦普尔点了点头。后者正靠着暖气，像个古罗马禁卫军士兵似的一动不动。兰德里斯突然发现自己很讨厌第三者在场。之前他跟厄克特见面都是一对一的，毕竟，当两人在一起谋篇布局，试图把前任政府首脑赶尽杀绝的时候，可没邀请现在这个观众啊。那些日子厄克特一直都是有所求的弱者，而兰德里斯是掌控一切的强者。然而，此时此刻，他往桌对面一看，不得不注意到，情况已经有了翻天覆地的变化，两人的角色对调了。天王老子都不怕的兰德里斯突然间局促起来，伸出手表示对厄克特的祝贺，结果这一举动相当不合适。厄克特不得不放下手里的笔，把那把大椅子往后推，站起来，使劲伸过手来，结果发现桌子太宽了，两人根本握不到手，只能碰碰指尖。

"干得好，弗朗西斯。"兰德里斯怯怯地咕哝了一声，坐下了，"你当上首相的第一天上午，就邀请我到这里来，这对我来说意义太重大了。特别是你还想得那么周到，那么体面。我还以为必须要走后门从垃圾堆那边溜进来呢。那么多的照相机和摄像机，我感觉好极啦。公众显得相当有信心啊，我很高兴，弗朗西斯。"

厄克特摊开双手，通常他不知道该说什么的时候，就会做这个动作缓解下尴尬。斯坦普尔适时地插了话。

"首相先生。"他开口道，故意把这四个字说得很重，故意要谴责这位出报纸的太不拿自己当外人了，但兰德里斯丝毫没有注意到这个细节，还是满脸堆笑地坐着。"对不起打断你们的谈话了，大法官五分钟之内到。"

"原谅我，本。我已经渐渐发现首相根本不是什么高官，而是一个奴隶，被时间表指挥得团团转。我们直接说正事吧，要是你不介意的话。"

"我就喜欢这么直来直去的。"兰德里斯充满期待地往前挪了挪身子。

"你稳坐'每日纪事'报业集团，而且也出了价，准备收购联合报业。现在政府需要来决定这样的收购是否符合公共利益。"厄克特看着自己的记事本，好像演员在读台词，又好像法官在宣判。

兰德里斯很不喜欢他突然变得这么一本正经，和先前谈起这件事时的样子简直判若两人。

厄克特又摊开了双手，欲言又止的样子。终于，他双手攥拳，脱口而出："抱歉，本，你不能收购联合报业。"

周围的空气凝固了，三个人都变成雕塑一般。这句话久久盘旋在房间上空，仿佛秃鹫在寻找猎物，终于俯冲而下，打破僵局。

"你他妈的什么意思？我他妈的不能收购？"他把骂娘的本事全用上了，发音也变成了那种底层人士的发音，一切伪装都被撕开了。

"政府认为这不符合国家利益。"

"全他妈的是屁话，弗朗西斯。我们说好了的。"

"整个竞选过程中，首相先生都非常谨慎，从没跟谁许过什么愿。不信咱们翻翻记录。"斯坦普尔抢着为上司辩白，但兰德里斯完全把他当空气，只是死死地盯着厄克特。

"我们说好了的，你心里明白，我也很清楚。"

"我刚才也说了，本，首相经常要做些身不由己的事情。我根本挡不住反对这次收购的意见。全国的纸媒份额你已经占了超过30%。要是收了'联合'，就要将近40%了。"

"我这30%可是一路全力支持着你的啊，我的40%也会。这是我们谈好的条件啊。"

"而剩下的那60%多绝对不会原谅政府，一直会耿耿于怀。你看，本，这些数字一目了然，根本不符合国家利益啊，也不符合我们新政府的形象。我们提倡竞争，为消费者而不是大公司服务。你要配合啊。"

"这他妈的都是什么话？！我们说好了的！"兰德里斯巨大的拳头重重地砸在光秃秃的桌面上。

"本，这不可能的。你一定要明白。我这首相新官上任，不可能第一把火就让你给英国报业重新洗牌。生意不是这么做的，政治也不能这么搞。坦白说，要是让你如了愿，其他报纸头版一定会登些特别难看的标题。"

"但是'洗'了我头版就会特别好看了是吧？"兰德里斯涨红脖子，伸着脑袋，像一头被激怒的公牛，下颏的肥肉因为愤怒而颤抖，"所以你他妈的才让我从前门进来，你这个浑蛋。他们都看见我春风得意地进来了，也会看见我灰头土脸地出去，简直被你整得死翘翘了。你在全世界的镜头前公开给我宣了判。脑满肠肥的资本家作为献祭的羔羊，为了公众利益牺牲了！我警告你，弗兰基。从此以后我处处都会跟你作对，不惜一切代价。"

"这样就只有70%报纸加上所有的电视和广播节目会为一个富有公众精神的首相歌功颂德了。"斯坦普尔语气傲慢地插了句话，漫不经心地看着自己的手指甲，"无所畏惧，大义灭亲，为了国家利益，毅然拒绝了最亲密的朋友。这些放在头版真是太棒了。"

兰德里斯腹背受敌，无路可退。他涨红的脸微微发着紫，整个身体都沮丧地颤抖着。他已经想不出什么讨价还价或者据理力争的话了，也没有什么资本来再做个交换或者威胁恐吓了。一无所有的他困兽犹斗，攥紧的拳头冰雹般地砸在桌面上，"你这该死的狗杂……"

门突然开了，莫蒂玛·厄克特匆匆走了进来，"弗朗西斯，不可能，完全不可能。那房子太吓人了，那些装饰可真恶心。他们还跟我说预算不够了……"话还没说完，她看见兰德里斯的拳头悬在桌子上方，愤怒地颤抖着，马上就噤了声。

"你看，本，首相连自己住得怎么样都决定不了。"

"你他妈还跟我讲这些大道理。"

"本，你冷静下来好好想想。把这次收购忘了，还会有其他机会的。你还会遇到其他有赚头的大生意，我到时候会帮你的。在唐宁街有个朋友还是能发挥点作用的。"

"我支持你竞选首相的时候就是这么想的，都是我的错。"兰德里斯终于控制住了自己的情绪，双手放了下来，冷冰冰的眼神定定地注视着厄克特，只有颤抖的下颌还能看出他内心的翻江倒海。

"很抱歉，刚才打扰你们了。"莫蒂玛突然唐突地说了一句。

"兰德里斯先生可能也急着要走了，我想。"斯坦普尔依然站在暖气旁边，保持着护卫的姿势。

"很抱歉。"莫蒂玛重复道。

"没关系。"兰德里斯的眼睛依然死死盯着她的丈夫，"我也待不了了。刚想起必须去参加一个葬礼。"

第六章

君主都是困兽，住在豪华镀金笼中。专注于镀金的多少，便是他的福祉；看到禁闭他的栅栏，便是他的不幸。

"我不愿意再听到这种话了，戴维。"

真是太荒唐了。米克罗夫整个人都忧心忡忡，混乱不堪。他感受到很多说不清道不明的困惑和隐忧，根本不敢细想，希望能和国王好好聊聊，这样对两个人都好。结果他只吐出了几个字，还有满口消毒水味浓重的水。两人正在宫里的游泳池锻炼。这是国王每天雷打不动的运动，唯一的改变就是从自由泳变成蛙泳，这样米克罗夫稍微能跟上他的速度。就是这近乎固执的坚持，让国王保持了一副好身材，也让伴君左右的所有人苦不堪言，要为了他这个爱好付出很多。

国王认为婚姻非常重要，总是说，先成家，后立业。所以，米克罗夫觉得自己有必要表明态度。"这是两全其美的办法，陛下。"他坚持道，"我这些事儿不能把您也给卷进来。我需要一些时间处理一下。我辞职，对大家都好。"

"我不同意。"国王吐出一口池水,终于决定到岸上去进行这个对话了。他往镶了大理石的池边游去,"我们大学时候就是好朋友了,某些卑鄙的八卦专栏记者可能会大肆宣传你的私人问题,我可不会因为这个就把过去三十年的交情一笔勾销。我甚至觉得很吃惊,你居然觉得我会考虑让你辞职。"他头上的水珠亮闪闪的,又一次一个猛子扎进水里,游到台阶旁边,"我这儿要是一个公司,你就是公司领导层的一员,这一点不会变的。"

米克罗夫像只狗似的猛地甩了甩头,想把千头万绪理顺些。当然,他提出辞职的原因不仅仅是离婚,还有很多其他方面的压力,从四面八方向他涌来,他快被压得喘不过气来了,时时刻刻都焦虑不安,满腹苦恼。要是他连对自己都做不到坦诚相见,还怎么让国王理解呢?但要说出这些话是非常需要勇气的。

"突然间我觉得一切都不一样了。房子、街道、朋友们,就连我自己看自己都觉得不同了。我的婚姻就像一个镜头,多年来给我一个特定的角度来看世界。现在,这个镜头一撤掉,什么东西都变样了。这真有点儿让人害怕……"

"你和奥菲娜的事情,我真心觉得遗憾。毕竟,我是你们大孩子的教父,这事我也该管的。"国王伸手拿过浴巾,"不过还真烦人啊,女人做事儿让人捉摸不透,我简直搞不清她们在想什么。我只知道一点,戴维,你这样强撑着要一个人解决所有的问题,是行不通的。你不能既失去了婚姻,又要放弃你在这儿的一切啊。"他伸手搭在米克罗夫湿漉漉的肩膀上,"全世界都认识我,但真正懂得我的又有几个?而你,你懂我。我需要你,不会允许你辞职的。"

米克罗夫注视着面前这位老朋友瘦削的脸庞，发现自己竟没想离婚之类的急事，而是情不自禁地想，国王这么瘦，所以看上去精神不太好，而且比实际年龄老，再加上日益有秃顶倾向了，老态愈重。国王的内心仿佛有个熔炉，炉火太旺，把国王的精气神消耗得太快。唉，也许是米克罗夫自己太在意了吧。

太在意，可能吗？奥菲娜用一纸离婚协议把米克罗夫抛回了漩涡中，他在深不可测的水中挣扎着，始终踩不到底。他突然想到自己这大半辈子从未踩到过底，一次也没有。原来他不是太在意，而是从没在意过任何事情。这电光石火间的恍然大悟让他感到恐慌，急急地扑腾着，想在灭顶之灾前赶快逃离这一池浑水。他的感情生活空无一物，没有根基，没有实质的关系。只有在宫里才能找到些归属感，现在也成了他唯一的支柱。那时候，大学的喷泉池结了冰，眼前这个男人穿得一本正经的，却被他推着在冰面上滚过；两人在盥洗室里躲在隔间嚼着烟草，享受偶尔的叛逆。现在，这个只在自己面前放纵过、其他一切时候都谨慎克己的男人告诉他，他对自己很重要。突然之间，这话对他而言变得意义重大，非常重大。

"谢谢您，陛下。"

"我见过的所有婚姻，不管是王室的，普通的还是那些低俗的，都会有矛盾、有麻烦的。遇见这事的时候你可能觉得全世界就自己最不幸了，却忘了你认识的所有人几乎都钻过这个'火圈'的。"

米克罗夫想起在这段婚姻中，他和奥菲娜在分离中度过了多少夜晚，想象她在每一个那样的漫漫长夜中是如何熬过来的。的确是有很多火圈啊，但他连这个都不在乎。那他到底在乎什么呢？

"我需要你，戴维。我用了一辈子等来了今天的位置。你还记得大学时，我们经常彻夜喝酒畅谈吗？那时候说了好多雄心壮志，一旦机会来临要做这做那。我们，戴维，你和我。现在，机会来了，我们可不能白白丢掉。"一名穿着制服的男仆把一个银托盘放在池边的桌子上，上面是两杯花草茶。国王停顿了一下，接着说道，"要是和奥菲娜之间真的没希望了，就忘掉她，和我一起向前看。我人生最重要的阶段已经开始了，不能失去我最信任的、交情最深的朋友啊。要做的事情还有很多，对我们俩来说都是。"他使劲擦干身上的水，仿佛马上就要摩拳擦掌大干一番似的，"现在别轻易做任何决定。先坚持几个月，要是还觉得需要休息，我们再来商量。但请你相信我，待在我身边。一切都会好起来的，我向你保证。"

　　米克罗夫并没被这番推心置腹的话说服。他很想逃离，但逃向哪里呢，逃去找谁呢？他一点头绪都没有。要是逃得太远，他会找到什么呢？真是不敢想。这么多年了，他终于自由了，但却不清楚自己能不能把控住自由这个东西。他静静地站着，水从鼻端滴滴答答浸湿了胡子。他这么困惑，眼前的君主却这么笃定，究竟孰轻孰重呢？他找不到方向，只有责任感还在支撑自己的神志。

　　"那么，你觉得呢，老朋友？"

　　"我只觉得太冷了，陛下。"他挤出一个虚弱的笑容，"我们赶紧去冲个热水澡吧。"

第七章

　　吾辈竟有"原则"压身。唯愿手执刀斧，将如此束缚手脚之物一一铲除。

　　"四处走走，弗朗西斯。笑一笑。记住，这是个庆祝会。"

　　厄克特接受了妻子的建议，在人挤人的房间里勉强走起来。他非常讨厌这种场合。这个聚会本来是专门感谢那些帮他入主唐宁街的功臣的，但不可避免的，莫蒂玛插了进来，把这个晚上变成了她喜欢的那种聚会，只要是她想见的人，全都邀请来了。人们摩肩接踵，拥挤不堪。"选民就是喜欢热闹点儿嘛。"她为自己辩白，和每一个自尊心很强的柯宏后裔一样，她一直想掌控自己的"王室"。所以，厄克特的眼前不是原定计划邀请的少数几个同僚，而是一个全是人的大旋涡，有演员、歌剧明星、编辑、商界人士和鱼龙混杂的所谓社会名流。他很清楚，自己有限的寒暄技巧是撑不过这一晚上的。

　　来客们在十二月的暗夜中一路谈笑而来，走进了唐宁街这个狭长局促的空间中。10号楼的门口摆着一棵很大的圣诞树，是莫蒂玛·厄克特指示放在那儿的，好让那些在电视上关注他们的人觉得这不过是个普普通通的家庭，也和老百姓们一样盼望着庆祝圣诞，而各界名流们此刻心无芥蒂地跨过了门槛，浑然不知隐蔽在某处的扫描装置已经悄悄检测了他们身上是否带有武器和易燃易爆物品。他们脱下大衣外套，相关负责人员报以微笑，递过来一张衣物寄存票，接着客人们就在楼梯间里排起长队，耐心等待。楼上屋子里的厄克特夫妇正在一一接待问候。各位风流人物沿着楼梯慢慢往上走，旁边的墙上挂满了历任首相的肖像。等待的时间不算短，他们绝不东张西望，也不会总看着其他的来客。一定要尽量装出熟稔的样子，好像之前已经来过无数遍。大多数人跟政治一点不沾边，有些甚至都不是政府的支持者，但莫蒂玛·厄克特问候他们时那种十足的热情令每个人印象深刻。名流济济、热闹喧腾的气氛让他们情不自禁深陷其中，让他们觉得在这里当座上客实在与有荣焉。如果权力就是一场阴谋，那他们是心甘情愿走进来的。

厄克特强迫自己撑过了漫长的十分钟，他对自己基本上不认识的宾客寒暄问好，眼珠一刻也没有停息，瞟瞟这边又瞅瞅那边，仿佛高度警戒的士兵或马上要发起攻击的野兽。他煎熬地听着商人们关于市价行情的抱怨，还有谈话节目主持人对于社会问题开出的幼稚可笑的"药方"。他终于忍不住了，伸出手抓住蒂姆·斯坦普尔的胳膊，把他拉到角落，心中充满对这位形影不离的手下的感激。

"你好像有什么心事，弗朗西斯？"

"我只是在想，亨利离开的时候心里得有多解脱，因为不用再忍受这样的事情了。这个位子真值得我经历这样的折磨吗？"

"野心家是不应当这样寒暄的。"①

"如果你非要引用莎士比亚，至少应该做到原文一字不差吧。还有，我请你别选《恺撒大帝》里的台词。这台词说出来之前恺撒就被开膛破肚了，你应该记得吧？"

"您责怪得对。今后只要您在场，我只引用《麦克白》②。"

面对下属的冷幽默，厄克特扬扬嘴角，皮笑肉不笑。他真希望这是个空闲的晚上，能和斯坦普尔好好唇枪舌剑一番，并且认真谋划下一次选举。正式上任还不到一个星期的时间，民意调查就显示政府领先三个点。选民们对于领导层的新面孔很是买账，当然整个白厅焕然一新，整装待发的面貌，政府中几个不受民众待见的人被扫地出门的事件，都是民调领先的原因之一。"'蜜月期'床单和被套的颜色挺讨他们喜欢的，"斯坦普尔报告说，"欣欣向荣，干脆利落，牺牲的人数恰到好处，让他们看到你在做实事。"这个斯坦普尔，说起话来还真是自成一派。

拥挤的房间里处处都是寒暄与交谈，但他们仍然能听到莫蒂玛·厄克特爽朗的笑声。她全身心投入到一场倾心交谈中。对方是一位意大利男高音演员，与近几年伦敦迎来的其他歌剧演员相比，他的演唱水平算是中上，不过要论时尚程度，那可是圈子里首屈一指的。莫蒂玛使尽浑身解数，一边殷勤奉承，一边施展女性魅力，想让他晚些时候给大家表演助兴。她年纪快到半百，但保养得很好，

---

① 此句化用的是莎士比亚在作品《恺撒大帝》中所写到的一句话："野心家是不应当如此仁慈的。"剧中说此话的背景是恺撒被刺杀后，马可·安东尼在罗马民众面前发表演讲，怒斥叛徒布鲁图，为恺撒正名。

② 莎士比亚四大悲剧之一，男主角麦克白谋杀了国王后，自己坐上主位。

对仪表的修饰也是万分谨慎严苛。那意大利人已经半推半就地难挡美人之托，获得肯定回答之后，她赶快跑去问唐宁街10号有没有钢琴了。

"啊，迪奇①。"厄克特夸张地喊了一声，跟唱歌似的，伸手抓住一只胳膊。胳膊的主人是个十分矮小的男人，脖子上顶着个不成比例的大脑袋，还安了一双严肃的眼睛。他目标明确地在人群中推来搡去，终于来到厄克特身边。迪奇是新上任的负责环境事务的国务大臣，新内阁中最年轻的成员。他是个业余马拉松运动员，对自己的工作充满热情，也是以事必躬亲著称的实干家。上任之初厄克特告诫他，要保住政府在环保上的好名声，做绿色卫士。年轻的迪奇被这番慷慨陈词深深震撼。他上任后，各方都欢呼喝彩，表示支持，只有那些最激进的，常跟政府唱反调的绿色组织还按兵不动，拭目以待。不过，此时的迪奇看上去可一点都不高兴。他眉毛上挂着亮晶晶的汗珠，他有烦心的事。

"早就想跟你聊聊了，迪奇。"厄克特没等对方一吐胸中块垒，就抢先开了口，"维多利亚街那块工地怎么样了？你过问了这事儿没？要用混凝土来造还是什么？"

"我的天哪，不，首相先生。我仔细研究了所有的方案，觉得应该取消所有奢侈浪费的设计，选择比较传统的建筑方式。千万别再盖一栋钢筋玻璃的空调楼了。"

"那么，里面的办公环境会是最现代化的吗？"斯坦普尔发话了。

---

① 迪克的昵称。

"会很符合威斯敏斯特区的古朴环境的。"迪奇有些不自在地说。

"这完全是两回事。"党主席又把问题抛了回去。

"要是我们想把威斯敏斯特变成芝加哥的市中心，那些遗产保护团体肯定会爆发的，抗议示威处理不过来啊。"迪奇语气强硬地回答。

"哦，我听明白了，我们怎么做倒要看这些团体的眼色了。"斯坦普尔露出一个嘲讽的笑容。

环保大臣完全没想到同僚会这么跟自己针锋相对，一时间有点慌乱，但厄克特马上来解救他啦："你别在意斯坦普尔的话，迪奇。才在党派总部待了一个月，他就不习惯跟这些团体卑躬屈膝了，真是好了伤疤忘了疼。"他被自己的幽默逗笑了，这比听各种来客长篇大论自己的雄伟计划要有趣多了，不过此时迪奇背后正站着两个身材高大的女慈善工作者，随时准备抓住他滔滔不绝。为了保护咱们的"小矮人"，他把迪奇拉近身边，"你还有什么事？"

"之前北海沿线的海豹不知道感染了什么神秘的病毒，死了好多。后来那些搞科学的家伙说病毒已经消失了，结果刚才我接到报告，说诺福克①发现了好多被海水冲上来的海豹尸体。病毒卷土重来了。明天早上就会有一队摄制组和'新闻猎犬'跑到那边去，拍很多海豹尸体或垂死的照片，登在各大报纸上。"

厄克特扮了个鬼脸。"新闻猎犬！"他很多年没听过用这个词来形容记者了。迪奇可真是个非常严肃和无趣的人啊，真是选对人了，

---

① 英国东部的一个郡。

他就是对付那些环保人士的最佳人选。双方都一本正经，语重心长，言辞恳切，能互相磨上好几个月了。只要相安无事地待到三月份以后……"你这么办，迪奇。明天早上你要比他们先一步去海滩，表达政府对此事的关切，亲临现场处理那些来自……'新闻猎犬'的问题。"他用眼角的余光看到斯坦普尔在拼命憋住笑，"希望明天中午的新闻上能看到你的面孔和那些死去的海豹一起出现。"斯坦普尔已经快忍不住了，不得不用一块手帕捂住嘴，但迪奇却浑然不觉，很认真地听着，鸡啄米一般地点头。

"如果有必要的话，我能宣布政府要介入调查吗？"

"可以，当然可以，亲爱的迪奇。你想对他们说什么都可以，只要不承诺给金银财宝就行。"

"那么，如果我天亮前就要到那儿，最好现在就动身。那就恕我早退了，首相先生。"

环保大臣摆出一副重任在肩的样子，朝门口走去。斯坦普尔再也憋不住了，双肩不停地颤抖，笑出了眼泪。

"你别笑。"厄克特扬起一条眉毛责备道，"海豹是非常严肃的问题。它们会把那些讨厌的鲑鱼都吃掉，你又不是不知道。"

话音刚落，两个人都大笑起来。两个慈善工作者瞅准这个机会，想趁机插进来攀谈两句。厄克特眼尖地发现了她们抖动的双乳，连忙背过身去。眼前是一个年轻的女性，很是迷人，一双大眼睛里闪烁着令人好奇的倔强，更显得优雅美丽。比起那两个老女人，这显然是个更有趣的谈话对象。厄克特伸出一只手。

"晚上好，我是弗朗西斯·厄克特。"

"萨利·奎因。"她很冷静，没有大多数客人见到他时的咋咋呼呼。

"很高兴您光临寒舍。您的丈夫……"

"长眠地下了吧，我真心希望。"

厄克特听出对方口音里鼻音微微有些重。他非常谨慎但满怀欣赏地打量着她。剪裁得体的高雅品牌红色长外套，袖口开得很大。唯一的装饰是那些小而华丽的金属扣子。这一身既引人注目，又正式得体。在枝形吊灯的灯光之下，她那头乌黑的头发散发着淡淡的光泽。

"很高兴见到您，奎因夫人……小姐。"她的一举手一投足传递着非常丰富的信息，他都接收到了。她身上散发的独立气质让他着迷，当然，紧闭的嘴唇也没有逃过他的眼睛。这个美丽的女人有心事。

"您还玩得高兴吧？"

"坦白说，不是很高兴。男人一听到我是单身，就跟苍蝇似的围着我转，甩都甩不掉。"

所以这就是她的心事了。

"我明白了，跟我说说是哪个男人？"

"首相先生，我是在生意圈混的，做长舌妇可走不远。"

"那就让我猜猜吧。他应该是没带夫人出席的，很自命不凡。在这个地方会放心出手，应该是政界的人。应该挺有魅力的吧？"

"这个变态一点魅力都没有，连'请'都不会说。这可能是我最讨厌的地方。他以为连礼貌的邀请都不用说出口，我就能对他投怀送抱。我还以为你们英国人都是绅士呢。"

"那么……没带老婆来，自命不凡，政界人物，不懂礼貌。"

厄克特环顾四周，一边躲避着老女人们抛来的犀利眼神，她们等得很烦了。"是不是那个人，穿特别夸张的细条纹三件套的那个？"他指了指一个大腹便便的男人，看上去刚刚步入中年，正用一块波点手帕擦着自己的眉毛，显然拥挤的房间里迅速上升的温度让他全身汗流不止。

她笑了起来，有惊讶，也有佩服："您认识他？"

"应该认识。他是我的新住房事务大臣。"

"您好像很了解手下的男人嘛，厄克特先生。"

"这是我最重要的政治资产。"

"那么我也希望您能如此了解您的女人们，甚至需要比了解住房事务大臣那个白痴更了解……当然，我说的不是传统意义上的了解，是政治上的了解。"她思忖片刻又补充了一句，露出一个有些无礼的笑容。

"我不太明白你的意思。"

"女人，占全部选民52%的女人。你们觉得这是一种奇怪的生物，做枕边人还可以，但和你们男人平起平坐就不行了。女人们算是看透了，政府表面上说要维护女性权益，实际上还不是跟漏风的弹性内裤似的，靠不住。"

如果她是个英国女人，这么直言不讳就可以说是非常失礼了，不过对于美国人来说，坦率直接可以说是性格使然。他们的说话方式、饮食习惯和穿着打扮都不一样。据厄克特所知，连床笫间的表现都不太一样，不过这一点上他倒是没有亲身体验过。也许他应该问问住房事务大臣。"应该没这么糟糕吧……"

"过去两个月来，每选择一个新的领导人，您的党派就往这泥潭里前进了一步。没有一个候选人是女性。而且，女性选民们都在说，您谈到的那些议题没有一项与她们关系重大。年轻女性的意见最大。从您的态度看，您好像觉得她们就是丈夫的影子似的。她们很不高兴，您正在失去她们的支持，这很糟糕。"

厄克特意识到奎因小姐正在逐渐成为这场谈话的掌控者。她这一番话给他带来的影响，可比那些慈善工作者要大多了。哦，那两个老女人已经失望地另寻他人了。他试图回忆上次对民意调查的深度剖析，结果完全想不起来了。他在仕途上一路拼杀的时候，全靠政治家的直觉和思想，没有那么多选举学家拿着数据和电脑来主宰政治局面，而他的直觉一直很准，至少目前来说是的。然而，眼前这个女人让他突然觉得自己老了，过时了。远处，一架钢琴正被推到硕大会客厅的角落里。

"奎因小姐，我很想多听听你的看法，但现在可能要去履行其他的职责了。"他的妻子已经拉着男高音走向了钢琴，厄克特清楚她马上就要找他来介绍那个演员了。"你什么时候还有时间呢？看来我对女人的了解真比我想得贫乏很多啊。"

"看来今晚政府的各位长官还真是瞧上我了啊。"她微微笑道。她的外套敞开了，里面的穿着同样简洁优雅，大大的皮带扣显出纤细的腰身，他也初次目睹了她的身材。她在他眼里看到了关注和欣赏，"那么我希望您这位长官至少知道说'请'。"

"我当然知道。"他笑了，一边漫不经心地朝妻子喊他的方向走去。

第八章

十二月第二周

　　王宫虽美，危机四伏。置身王位，烦扰不请自来；侍于王侧，伴君如伴虎。此地处处门窗，人人耳目，明枪易躲，暗箭难防。

　　今年的圣诞节快到了，虽然比平时冷清些，但温馨舒缓的节日气息仍然脉脉流动在城市的空气中。米克罗夫的工作压力也减轻了不少，因为记者们都丢开他们的文字处理器，跑到哈姆雷玩具店①哄抢给孩子们的礼物，或者成群结队涌进卡拉 OK 酒吧进行年末的狂欢了，而走在这一片欢乐祥和中的米克罗夫却步履沉重。他漫无目的地在潮湿的街道上走着，要找什么呢？自己都不太清楚。找某个东西，随便什么东西，只要能让他逃离坟墓一般冰冷沉默的家。今年的圣诞减价开始得挺早，现在正是购物的好时机。然而，商店门口挨挨挤挤的不是顾客，而是一群年轻人，操着北方口音，伸出脏

_____

　　① 英国伦敦著名的玩具店，号称世界最大的玩具店。

74

兮兮的手讨要钱财。是今年情况特殊，还是他以前太忙了，根本没注意到他们？他打起精神，想在国王大道沿路来个圣诞大购物，但很快就泄了气。他根本不知道自己的孩子想要什么礼物，也不知道他们对什么感兴趣。还有，他们肯定是和他们的妈妈一起过圣诞节。

"他们的妈妈"，不是"奥菲娜"，他注意到自己这么快就用这没有爱的称呼来代替多年的结发妻子了。他盯着一家店的橱窗，里面摆着能挑动每个男人荷尔蒙的女式情趣内衣，他不知道自己的女儿是不是也会穿这样的内衣。正想着，一个年轻的女孩打断了他的沉思。虽然化着厚厚的妆和"烈焰红唇"，这女孩子看上去也就十七八岁。天气很冷，还下着毛毛雨，她的塑料雨衣却没扣。

"你好啊，帅哥。圣诞快乐！是不是想买点东西放在圣诞树上啊？"她翻动着雨衣，里面露出好大一片白花花的青春的肉体，"圣诞特价专卖，只要三十英镑。"

他久久注视着她，幻想着把雨衣全部脱下，在塑料、人造皮革和内衣之下，是这样一个女人，充满着逼人的青春活力，紧实、坚挺的肉体。红唇皓齿，那笑容甚至让他差点错觉是真心的。三天多来，他跟别人谈的全是正事、工作、离婚……他很清楚，自己是那么渴望单纯的陪伴，就连和妻子吵嘴争论哪种牙膏品牌比较好都比现在死一般的寂静好多了。他需要和人交流，与温热的肉体接触。他不会有罪恶感的，特别是奥菲娜出了这么档子事之后。眼前就是个报复她的机会，他不能就这么愚蠢窝囊地被戴了绿帽子。他又看了一眼这个女孩，尽管心里涌起复仇的渴望，他还是觉得强烈的反感。一想到她一丝不挂地站在自己面前，露出乳头、体毛和腋窝下被抓挠过的痕迹，身体散发出独有的味道，他就恶心想吐。这女孩子的主动求欢让他十分尴尬和恐慌。万一有人看见了呢？不过，更让他吃惊的是自己的感觉。他的身体本能地排斥眼前这个女人——只是因为她和奥菲娜一样都是女性吗？他恍恍惚惚地拿出一张五英镑的钞票，匆匆塞给她，大吼大叫起来："走开！看在上帝份上，走开！"接着他更恐慌了，想着会不会有人看见他给了一个妓女钱，于是他赶紧转身跑了起来。女孩跟着他跑，在他后面大喊，害怕错过这单生意，特别是这个什么都还没做，就大方地给了五英镑的男人。他跑出七八十米的样子，才意识到自己还是在大街上出着丑。恰好看到一个酒吧的门，他赶紧冲了进去，肺里和胃里全都灌满了寒气。

　　接过他大衣的男人脸上充满了嘲讽，他装作没看见，径直走向吧台，点了一大杯威士忌。过了好一会儿，他的呼吸均匀下来，心绪镇定下来，这才冒着可能跟谁四目相接的危险，环顾了一下周围。酒吧本身平淡无奇，经过了一番改造，四面黑墙，有很多镜子和旋转的迪斯科灯。酒吧一头有个升高的舞台，但灯光没亮，点唱机也没开。时间还早，吧台周围的顾客稀稀疏疏的，大家都漫不经心地看着眼前的好几个电视屏幕，其中一个正放着马龙·白兰度①的老电影。不过开了静音，因为酒吧的伙计们正开着管乐吹奏的圣诞歌曲取乐呢。墙上贴着白兰度的大幅照片，都是早期影片的剧照，几乎都穿着帅气的机车皮衣。还有普雷斯利、杰克·尼克尔森和一些他认不出来的年轻电影明星的海报。和培尔美尔街上米克罗夫常去的

———————————

　　① 美国20世纪50—80年代著名电影演员。

那些绅士俱乐部相比，这里太奇怪，太不一样了，真是鲜明的对比。酒吧里没有座位，专门就是要你站着喝酒，走来走去的，千万别一屁股坐下，整个晚上对着半品脱"杯中物"痴痴傻傻地发呆。他还挺喜欢这设计的。

"你刚才进来得蛮急的啊。"一个男人在他身旁说道。他看上去三十多岁，仪表堂堂，听口音是伯明翰人，"不介意我和你一起喝一杯吧？"

米克罗夫不置可否地耸耸肩。他还在为刚才街上的遭遇头晕目眩，自信的缺乏和本身的修养使他无法拒绝这样一个友好的声音。这位陌生人穿得很休闲，不过干净利落。水磨蓝的牛仔裤非常合身，包裹着他的双腿。上身的白衬衣也完美贴身，衣袖精心地高高卷起，十分干练，很显然这是个爱锻炼的主儿，透过衬衫能看到他凸起的肌肉。

"看上去好像你在逃离什么东西。"

几口威士忌下肚，米克罗夫的身体渐渐暖和过来。他需要放松。借着陌生人的问话，他哈哈大笑："是躲一个女人。居然想做我的生意！"

两人同时哈哈大笑起来。米克罗夫注意到陌生人在仔细打量他。他没有提出抗议。那双眼睛非常温暖，带着关切和兴趣。他也顿时来了兴致，欣赏着对方眼睛里那一抹金棕。

"一般来说是反着的，女人从我身边逃开。"他继续说道。

"这么说你是个猛男哦？"

"不，不，我不是这个意思……"米克罗夫咬咬嘴唇，圣诞节

77

时孤身一人的痛苦和耻辱突然全都涌上心头，"我老婆跟我离了。二十三年的婚姻啊。"

"我很遗憾。"

"你为什么要遗憾？你又不认识她，也不认识我……"他感觉自己再一次被困惑包围了，"对不起，我太失礼了。"

"别在意，要是能让你好受点，就冲我吼吧，我不介意的。"

"谢谢。我还真有可能这么做呢。"他伸出一只手，"我叫戴维。"

"我叫肯尼。记住，戴维，你不是一个人。相信我，这世界上有成千上万和你一样的人。圣诞节的时候根本不用这么孤单。上帝关上一扇门，就会打开一扇窗。把这当作你新的开始吧。"

"我有个朋友也说过类似的话。"

"所以这是真理啊。"他的笑容很舒展，很亲切。他面前没有酒杯，直接就摆着一瓶墨西哥啤酒，一片酸橙浮在瓶颈，充满异域风情。米克罗夫看了看自己手上的威士忌，心想自己是不是也该尝试下新口味？不过他紧接着又想，都这把年纪了，别折腾了，习惯不是那么容易改过来的。他努力回忆上次在工作之外做的新尝试或新认识的人，但一片模糊。

"肯尼，你是干什么工作的？"

"机组人员，为不列颠航空卖命。你呢？"

"公务员。"

"听上去可真枯燥啊。不过，我的工作听上去好像特别棒，其实也就那么回事儿。头等舱那些影后什么的，真的很难对付，久了就烦了。你经常旅行吗？"

米克罗夫刚想回答，店里轻松愉快的管弦乐"铃儿响叮当"突然停了，点唱机传来尖锐的轰鸣声。人们的夜生活开始了。他必须要弯腰低头，和肯尼靠得很近，才能和他交谈。肯尼身上的味道很清新，还能隐隐闻出须后水的香味。他凑到米克罗夫的耳边以便他能听到，说两人不如出去找个地方吃饭，离开这吵翻天的地方。

米克罗夫再次颤抖起来。不仅仅是因为要独自回到那冷冰冰的街上，可能会发现刚才那个雏妓还在等着纠缠他，或者直接回到坟墓般空空如也的家；也不仅仅是因为多年来第一次有人对他本人而不是他伴君左右的身份感兴趣；甚至不是因为肯尼那随和的笑容让他感到浑身暖和，感觉这一周以来前所未有的好。他颤抖的最大原因，是他发现，不管自己怎么掩饰辩解，心中依然充满了极大的渴望，想深入地了解肯尼。非常非常的深入。

第九章

啊，我们伟大的国王陛下，马后炮放得多么好。《宪法》与他的良心之间悬着一条紧绷的钢丝，而走钢丝的陛下是那么的盲目。瞧，像条沙丁鱼似的，多可笑。

两个男人正在湖边散步。一个穿得很暖和，宽松的骑马夹克和长筒防水靴；另一个则在薄薄的开司米大衣中颤抖，小心翼翼地瞧着脚下，不想让草地上的水毁了自己那双上好的手工皮鞋。

两人的身边，一辆家用拖拉机正在耕地。这一大圈毛茸茸的草地都被绳子围了起来，而绳子圈住的范围之外，两个植树工人正把一棵棵幼苗和稍微高一点的小树填进坑里。这本是一片美丽的草坪，如今越发成了丑八怪了。推土设备的轮胎印仿佛草地上的一道道伤痕，触目惊心，深色的泥土在阴沉的冬日里弄得到处都是。虽然国王兴高采烈，信心满满，厄克特可一点儿都不觉得白金汉宫的花园能恢复往日的荣华。

散步是国王的主意。这是他们第一次的周例会，讨论国家大事。一见面国王就紧握住厄克特的双手，热切地感谢在西敏寺那块地的处理方式上遂了他的心意。那个消息是早上才宣布的，遗产保护团体认为这是一次伟大的胜利，欢欣鼓舞；而很多杰出的建筑师则站出来激烈地反对这一决定，但厄克特在内阁会议上一锤定音，建筑师能有几张选票呢？国王天真地以为他的意见多少左右了最后的决定，甚至可能占了很大比重；厄克特也聪明地不去毁掉这种美好的幻觉。当首相的谁不是整天被失望、悲观和气愤的人包围着，此刻面前这个人却有着发自内心的真挚热情，真令他眼前一亮，有焕然一新的感觉。

国王兴致勃勃，他个性十分鲜明，如斯巴达勇士一般大大咧咧，也因为如此总照顾不到别人的感受。他坚持要带厄克特去看看刚刚启动的王家花园改造工程现场："厄克特先生，那里本来是大片大片的荒地，过分修剪的草坪，举目一看连个荫蔽的地方都没有。我想把这里变成市中心的一处绿色圣殿，在伦敦被钢筋水泥闷死之前，重现一块自然的栖息地。"

厄克特小心翼翼地在新耕过的草坪上走过，尽量拣好点儿的路走，虽然万分谨慎，还是免不了沾一些讨厌的泥巴和草屑，而国王则热衷于走在这泥泞的小道上。"就这儿，我要在这儿开一个野花园，由我亲手开垦。哈哈，提着一大桶泥巴，或者亲手修剪维护一棵树，你根本不知道那会给我多大的满足感。"

厄克特想起历史上记载的上一个喜欢园艺、爱养花种草的君主是现任国王很遥远的一个先祖，乔治三世。他被诊断为永久性的精神失常，曾经在温莎大公园时下了马车，为一棵橡树封爵。他在位期间还失掉了大片美国殖民地，最终被关进与世隔绝的幽宫禁院，了却残生，但厄克特觉得提起这茬儿太不符礼数了，于是没作声。

"我想把更多的野生动物引入这个花园里，这个简单的行动可以带来很多好处呢。把适宜生长的树种混在一起，有些地方让草自由生长到本来的高度，这样就形成很多自然的阴凉地。我让他们安上这些巢箱。"他指了指一个工人，那个工人正爬到一架高高的梯子的半截，把木箱子安到高高的砖墙上，而那砖墙长长地延伸着，将花园围了一圈。

国王低头走着，双手合十呈尖塔的形状，他陷入沉思时总会做出这种类似祈祷的手势。"伦敦所有的公园和大花园都可以这么做。这可以完全改变这个城市乃至全国所有城市的野生动植物。过去我们白白错过了太多大好时机……"他转身面对着厄克特，"我想跟你说个想法。我希望能借我俩每周例会的时机，讨论一下政府如何推广这类事业，还有我能提供什么样的帮助。"

"我明白了。"厄克特若有所思。一对野鸭子扑扇着翅膀贴地飞往湖畔，引起的一阵风传来刺骨的寒意，让他的左腿好一阵痉挛，"这当然是个好建议了，陛下。但我不希望环境事务大臣误会我们在挑战他的权威。我必须要保持团队的人心情舒畅……"

"你说得很对，我非常同意。所以我才提前亲自和环境事务大臣聊了这个问题。我可不想提什么让你尴尬的建议。他说他不会介意，而且很高兴，还说定期可以跟我简要聊聊相关情况。"

迪奇真是他妈的大蠢货。很显然他没有什么幽默感，现在看来他什么感都没有。

"今天你看这里还是一片泥地，"国王接着说道，"但未来几年这可能就变成我们所有人全新的生活方式啦。你展望这远景吗？"

厄克特没法展望。他眼里看到的只是随处可见的泥土堆，仿佛新埋了人的坟墓。湿气从他的鞋缝中侵入，他浑身上下万分难受："您一定要谨慎，陛下。环保事务越来越成为党派政治争论的焦点。您要远离这些卑鄙肮脏的勾当啊，这很重要。"

国王大笑起来："别怕，首相先生。要是我真的成心在党派政治里插一脚，《宪法》里会允许我投票的！不，这种事情我是不做的。在公众面前我一定会守住口风，只谈最宽泛的原则，只是鼓励他们，提醒他们有更光明的未来之路可以选择。"

厄克特越来越烦躁了。他的袜子已经完全被浸湿。还有，听听国王这是什么论调，高高在上地告诉民众们，相比他们目前走的这条路"有更光明的未来之路可以选择"。不管怎么谨慎措辞，一定还是会正中反对党的下怀，会被他们添油加醋，大做文章。国王热切的期望只让他感到心神不宁，但他什么都没说，希望自己的沉默能让这场谈话早早结束。他希望泡个暖和舒服的澡，喝一大杯威士忌，不想再听这个会投胎的幸运国王对他的工作指手画脚了。

"事实上，十天后我要给一些慈善机构做个演讲，我正打算把这一点好好阐述一下呢。"

"环境问题吗？"厄克特的语气中开始显露出烦躁和不耐烦的情绪，但国王看上去丝毫没有注意。

"不，不，厄克特先生。只是发表一篇演说，号召人们团结一心，提醒他们我们已经取得了很多成就，还能不断前进，创造国家的辉煌。就是那些宽泛的原则，不涉及具体的事物。"

厄克特松了口气。原来是要激发民众对国家的母性啊，这是无害的。

"在这么多力量企图分裂我们的情况下，各个慈善基金会仍然竭尽全力，"国王继续侃侃而谈，"让没那么富裕的人们走向成功；繁荣的南方要关注凯尔特系①；在城中心建立祥和美好的郊区社会。鼓励一下这个圣诞节能在家中吃饱穿暖的家庭，稍稍关注下那些流浪街头无家可归的人们，这没什么坏处吧？过去我们步子迈得太快，好像把很多东西忘在了脑后。而此时此刻，对那些潦倒的人们伸出援手真是再好不过了，你不觉得吗？提醒一下大家，我们要全国上下团结一心，共同向前。"

"您准备说这些话？"

"意思差不多。"

"完全不可能！"

这句脱口而出的话真是个错误。厄克特也是过于沮丧，加上冷得昏了头，才会如此唐突冒失。与国王谈话时的礼仪没有明文规定，没有法律支持，所以，你只需要牢记最重要的一点，永远装出欣然赞同的样子。可以进行讨论，但永远不可争执。不管你们的观点是多么对立。因为，这官场王宫中的人与人，搭建起了一个纸牌屋，每一张牌都有相应的位置。国王不能当众和首相意见相左；首相当然也不可公开反对国王的看法。然而，话已出口，覆水难收。一句不耐烦的牢骚侵犯了其中一个的权威，此刻两人都岌岌可危。

---

① 凯尔特系外缘人口，指英国国内的苏格兰、爱尔兰、威尔士和康沃尔人的后裔，通常是偏远贫穷地区人口的代名词。

国王马上大惊失色，从小到大还没人这么冒犯过他呢。他左颧骨上有道坠马时落下的疤痕，此刻突然显得异常明显，甚至有些紫红的充血迹象。他的眼神毫无掩饰地怒气冲冲。厄克特只好将错就错，为自己打圆场。

"您不能说得好像这个国家不存在似的。人们会误认为您话里有话，说现在是两个国家，两个阶级，人与人之间有上下之分，上等人和下等人之分。您的话里全暗含着这个国家的不平等和不公正。这行不通的！陛下。"

"首相先生，你太夸张了。我只不过是想让大家注意一下治国的原则，就和我在给英联邦国家的圣诞讲话中说的一模一样啊，那讲话稿你的政府也批了的。不管北方南方，第一世界还是第三世界，都需要保证穷人的生活水平得到提高，让世界社区的不同部分更加融合。"

"那是不一样的。"

"怎么个不一样？"

"因为……"

"因为他们是黑人？住在世界遥远的角落里？手里没选票？您是这个意思吗，首相先生？"

"您低估自己话语的力量了。这跟您本来的意思没关系，关键要看别人怎么去解读。"厄克特恼怒地甩着自己快要冻僵的胳膊，想暖和起来，"反对党会利用你的话，在每一个边缘选区去攻击政府。"

"我只不过泛泛地发点圣诞节的感慨，他们不会荒唐到认为这是对政府的批评的。圣诞节不仅仅是那些有银行存款的人才能过的。

这个国家的每所教堂都会敲响钟声，讲起《明君温塞斯拉斯》^①的故事。你难道会说这位国王在政治上也有歧视倾向？另外，你也说了，那些都是边缘地区的席位……我们才刚刚进行了一场选举，又不是说很快就要进行另一场。"

厄克特知道自己该示弱了。他可不能暴露自己举行选举的计划——宫里当差的那些官员嘴巴大是出了名的。而且他也不想和君主个人之间起什么龃龉。他敏锐地察觉到其中的危险："原谅我，陛下。也许是因为太冷，我过分敏感了。我就这么说吧，任何与这个一样感情丰富、含义深邃的主题都会有潜在的危险。请容许我建议您给我们看看演讲的草稿，提一些小细节上的改动，确保数据正确，措辞不会引起歧义。我相信这是惯例吧。"

"检查我的演讲稿？厄克特先生，你这是在对我搞审查吗？"

"天哪，千万别这么想。我保证您会觉得我这个建议是很有用的。我们的态度会很积极正面的，我保证。"他脸上又挂起了那种政客的微笑，想缓解一下紧张的气氛，但他知道现在恭维的话是远远不够的了。国王是个刻板固执的男人，坚守着多年来苦心孤诣建立起来的原则，他可不会眼睁睁看着一个政客用虚假的微笑和承诺就扼杀掉这一切。

"我换个角度说吧。"厄克特继续道，腿又开始痉挛了，"很快，未来几周，下议院就要投票决定新的王室专款了。相信您也应该知道近几年拨给王室的费用越来越有争议。下议院会冷静地重新审视

---

① 《明君温塞斯拉斯》是一首流传甚广的圣诞颂歌，讲述的是国王温塞斯拉斯冒着冬日严寒恶劣的天气，在圣诞节第二天把救济物送给农民的故事。

您的经济财政状况，在这个节骨眼上，您要是陷入了政治争议，那对您、对我都没有好处。"

"你是想用钱买我的沉默！"国王言辞犀利，语气愠怒。这两人都不是以耐心著称的，现在真是杠上了，在对方不断的刺激下，冲突加剧了。

"要是您想咬文嚼字，那么我就跟您直说了，整个君主立宪和王室专款的概念就刚好是您说的，我们用钱来买您的沉默和积极配合。这是您工作的一部分。但我现在是真心地……"现在首相丝毫不掩饰自己的恼怒了，"我只是在提出一个明智的解决办法，对您、对我都好，能够避免一个潜在的难题。我想您明白这里面的道理。"

国王转过身看着被挖得七零八落的草坪，双手背在身后，烦躁地把玩着小拇指上的印章戒指。"我们这是怎么了，厄克特先生？刚刚不还好好地在谈论光明的新未来吗？现在居然开始讨价还价，还像你说的，咬文嚼字起来了。"他回转身看着厄克特，眼里有无法掩饰的痛苦，"我是个充满激情的男人，有时候激情过了头，难免丧失理智。"这算是他给厄克特最低姿态的道歉了，"当然你应该看看我的演讲稿，因为政府总是会看君主的演讲稿的。当然我也会接受你提的一切建议。我想我是没得选吧。我只想请求你，让我扮演个什么角色，不管多么微不足道，都让我尽一份绵薄之力，推进一下我所深信不疑的那些理想吧，当然要合乎礼数规范。我希望这个要求不算过分。"

"陛下，我诚挚地希望在未来的多年岁月中，您和我，作为君王和首相，能一起回忆今天的小误会，共同开怀大笑。"

"你可真是个不折不扣的政治家。"

厄克特不知道这话是赞扬还是批评："我们也有我们的原则。"

"我也有。你可以让我沉默，首相先生，那是你的权利。但你不能让我违背自己的原则。"

"每个人都有坚守个人原则的权利，连君主也是一样。"

国王挤出一个稀薄的微笑："听着有趣儿，没准儿能成为新的《宪法》草案。我期待下次能和你深入谈谈这个。"这是逐客令了，例会到此结束。

厄克特坐在全副武装的捷豹汽车后座上，徒劳地想把鞋子上的泥土刮干净。他又想起乔治三世，给橡树授爵完毕，又转身封了自己的马为将军。这位国王的脑海中充满了一幅荒唐的图景，热热闹闹的乡村，轭与犁再次大行其道，城市街道上全是腐烂的马粪，而这一切都是光荣的，是王室的委任。他的双脚仍然僵着还没暖过来，看样子是要感冒了。他的环境事务大臣是个彻头彻尾的傻瓜。离他召集再次选举只剩下短短九个星期的时间了，他不能抱着任何侥幸心理，也没时间犯错误了。不能有人跳出来和政府辩论是不是有"两个英国"的倾向，政府必输无疑。不可能，不可能。他绝对不能冒险，一定要阻止国王。

第十章

政治原则正如偏房小妾，需得赐予华服美衣，随时带上厅堂，给众人欣赏过目；偶尔还需专宠其中之一以博得眼球，但绝不可花费过多时间或金钱，否则"她们"将得寸进尺，束缚你的手脚，让你动弹不得。

来家里接她的出租车晚了七分钟，这让她怒火中烧。这是最后一次了。这一周出租车就迟到了三次之多。萨利·奎因可不希望被看作别的女人，和顾客会面的时候习惯性地迟到，到了之后露露美腿，调笑几句就敷衍过去。当然她不介意必要时露露美腿，但非常讨厌为迟到找借口。所以，她总是算好时间，不管去哪儿都确保比别人先到五分钟，做好万全准备，掌控整个过程。早起的鸟儿不仅有虫吃，还能决定别人吃什么虫子。明天早上她要做的第一件事情就是把现在用的出租车公司炒鱿鱼。

她关上家门准备出发。这里是伊斯灵顿区非常现代时尚的区域。她住在一栋联排小别墅中，房间小巧别致，各项收费也比较合理。这花光了她在波士顿那场不幸婚姻中努力榨出来的所有积蓄；但她

89

为了开公司贷了很多款，在银行眼里，这房子是她还不上钱时最好的抵押品，所以眼下她可不会跟那些财大气粗的竞争者一样，出入奢华的大酒店和娱乐场所。这栋房子有两个卧室，其中一个一开始是个婴儿房，也是她最先改头换面的房间。原来的墙纸上到处都是蹦蹦跳跳的小熊，她实在无法忍受，而且带来的回忆更是令她痛苦不堪。现在的房间里摆满了毫无人情味儿的文件柜和书架，上面摆的是一摞摞厚厚的打印资料，代替了原来的婴儿爽身粉和乳液。她不想过多地思念自己的孩子，她无法承受这种情绪。那不是她的错，其实不是任何人的错，但这并不能阻止那潮水一般涌来的负罪感。当时她坐在孩子身边，看着宝宝的手握住她的小指头，这是她全身上下小男孩唯一能握住的地方。他小小的眼睛疲乏无力，每一声呼吸都是在挣扎，身上插满了冷冰冰的管线，周围摆满了叫不出名字的外科设备。她久久地坐在那里，久久地凝视着自己垂危的孩子。他渐渐地不挣扎了，小小身体中的力量和精神完全退却了，一切都结束了。不是她的错，每个人都这么说。真的是每个人，除了她那猪狗不如的丈夫。

"您刚才说，去唐宁街？"出租车司机丝毫没在意萨利讽刺他不守时的话，自顾自地问道，"您在那儿工作，是吗？"发现她只不过是另一个讨生活的普通人之后，司机好像松了口气，开始驾轻就熟地抛出对政治领袖们的一连串抱怨和"观察结论"。他也不是说对政府有多痛恨，因为他的所有收入都是现金，所以基本上不会交什么所得税。不过这事也好像让他遗憾少了很多谈资似的。"哎，就是街上看上去太冷清啦，简直糟透了。一个星期后就是圣诞节了，一点气氛都没有。商店里顾客不多，招出租车的人也越来越少；就算招车的人给的小费也越来越少啦。不知道你在唐宁街那些朋友怎么说，但你帮我跟他们说一句，苦日子就要来啦。老弗朗西斯·厄克特可得加把劲儿啊，不然他可待不长，他前面那位是谁来着？……科林格里奇。"

前首相下台还不到一个月，他就开始从公众的记忆中慢慢淡出了，多残酷，多无情。

她没理会司机的喋喋不休。出租车缓缓开过下着毛毛雨的昏暗街道，经过考文特花园和翻修过的七面钟纪念建筑，这里是真正的老城区，狄更斯时代这里曾经是伦敦最糟糕的贫民窟。伤寒流行，杀人无数，强盗出没，谋财害命。现在这一片林立着众多剧院，这里又是中心之中心。出租车经过一个剧院，里面漆黑一片，空无一人。在一年中本该最繁忙的时候，表演却早已散场。小苗头能看出大事件，她默默想起兰德里斯的警告，或者说星星之火可以燎原。

她在唐宁街头下了车，尽管司机非常明显地暗示说要小费，她也没有给。铁门旁的警察掀起雨披，对着腰间的步话机询问了几句，那边传来不甚清晰的回答，然后就放行了。几百米以外的地方，那道黑色的门若隐若现，她还没踏上台阶，门就开了。门厅十分寂静冷清，只有几个站岗的警察。她以来访者的身份登了记，丝毫没有她预先想的络绎不绝的访客与繁杂忙碌的场景，更和她初见厄克特那晚的人声鼎沸大相径庭。那晚才有个圣诞节的样子。现在则是节日之后，热闹全无。

三分钟之内她就已经经了好几双手，公务人员们拿腔拿调的本事一个比一个强，看上去一个比一个重要。她被专人领着上了楼梯，走过长长的走廊，经过装满精美瓷器的展示柜，最后进入一个位置很靠里的办公室。门在她身后关上了。房间里只剩下两个人。

"奎因小姐，你能光临真好。"弗朗西斯·厄克特熄灭一支香烟，伸手示意她坐到角落里那排舒服的皮椅上。房间光线昏暗，摆着很多书籍，充满男子气概。没有顶灯，唯一的光源来自一盏台灯和两个侧灯。这里令她想起某个女士聚会夜去的帕尔马尔街那些绅士俱乐部。那里的时间仿佛不曾流逝，永远烟雾缭绕，氤氲着淡淡尼古丁的味道。

他去给她倒喝的，而她则仔细打量着眼前这个男人。引人注目的鬓角，一双眼睛虽然微露疲态，却仍透露着目空一切的霸气，里面闪烁着永远不曾熄灭的光芒。他比她大了整整三十岁。他为什么让她到这儿来？他到底对什么样的研究感兴趣呢？他忙于准备两杯威士忌，令她不禁注意到那双柔软的手，样子很完美，修长的手指和精心修剪过的指甲，和她前夫的手相比实在是大相径庭。这样的手应该不会紧紧攥成拳头，直直地捶在她脸上或肚子上导致她流产吧？那是压垮他们疯狂脆弱婚姻的最后一根稻草。男人啊，都不是好东西！

她接过对方递过来的水晶酒杯，啜了一口威士忌，脑子里还被过去那些痛苦的回忆纠缠着。这杯酒不合她的意："您有冰块和苏打水吗？"

"这是纯麦威士忌啊。"他抗议道。

"我是个纯单身的女人。妈妈总是告诉我千万别喝纯的酒，免

92

得失态。"

他似乎被她的坦率给逗乐了："当然得听妈妈的话了。不过我请求你再多喝两口，就两小口。这个威士忌很特别的，是在我的出生地苏格兰高地附近酿造的，只能加一点点水，加了别的就毁了。你喝个两小口感觉一下味道，要是还不喜欢，你要多少苏打水和冰块我就给你多少。"

她又啜了一口，果然感觉没那么烈了。她点点头："今晚算是长见识了。"

"年长的好处之一就是我对男人和威士忌的理解比较深入。不过，对于女人嘛，我好像还是很无知。这是你说的话。"

"我带来了一些统计数字……"她伸手去拿包。

"看这些数字之前，我还有另一个话题。"他靠在椅子上，双手握着酒杯，脸上浮现出沉思的表情，好像一位大学教授要出题考他的研究生，"告诉我，你有多尊敬王室？"

这个问题倒是出乎她的意料，她思考着这个问题背后的深意，无意识地皱起鼻子："从专业角度来说，我完全没有立场。我做工作和赚钱并不是去尊敬某个人或某件事的，而是去进行分析。就我个人来说嘛……"她耸耸肩，"我是美国人，来自保罗·列维尔地区的乡村。以前在我们那儿，要是看见国王的人，就一枪把他给毙了①。现在嘛，我觉得王室不过就是娱乐大众的一种形式罢了。你听了不会生气吧？"

---

① 美国曾经是英国的殖民地，美国独立战争期间两国矛盾较大。

93

他没有回答这个问题："国王非常热切地想要发表一番关于国家统一的演说，号召大家团结一心，将国内的分裂势力团结起来。这是很流行的主题吧，你觉得呢？"

"当然啦，一个国家的君主理应有这样的感情。"

"这么说来也是个很有力、能见效的主题吧？"

"这就要看情况了。要是你去参选坎特伯雷大主教，那必然是很有帮助的。宣扬的是一个国家的道义良心之类的大主题。"她停顿了一下，想从他那里得到一点暗示，看自己是不是在往正确的方向走，但他不动声色，只是像个大学教授听学生发言那样微微扬起一条眉毛。这么说她得完全凭着自己的直觉说下去了，"但在政治上就是另一回事了。政客们是应该说到这些，但这就像电梯里本来就应该有背景音乐一样。选民们在乎的不是音乐，而是他们乘坐的电梯到底是往上还是往下——说得更准确一些，是他们感觉电梯在往上还是往下。"

"那就说说他们的感觉吧。"他很有兴趣地研究着眼前这个女人，目的已经不像个学者那么单纯了。她的话说到他心上了，样子也非常讨喜。她说话的时候，特别是再加上丰富的表情和肢体语言，小巧的鼻尖忽上忽下，仿佛在指挥自己思想的交响乐。他看得入迷，甚至险些为之倾倒。

"如果你在一条没人买得起鞋的街上长大，现在你有很多鞋了，却又成了街上唯一没有买车、没钱度假的人，那你只会感觉自己更穷。你回忆童年，会觉得那是更为美好的时光，和别人一样光着脚丫跑到学校是那么欢乐。而现在，你不能像别人一样开车去上班，这让你心里怨愤难平。"

"于是矛头就指向了政府。"

"这是自然。但在政治上，重要的是这条街上有多少人感觉一样。这些人一关起家门来就什么仁义道德都不管了，他们去投票的时候，对整条街街里街坊的关心完全不重要，重要的是自己买不买得起最新款的车。靠道德良知可没法养家糊口和供车供房。"

"我可从来没试过从这个角度想。"他一副很受启发的样子，"那么其他方面的分裂呢？贫穷的凯尔特系人和富裕的南方；有房一族和无家可归的人们。"

"我就明人不说暗话了，您在苏格兰的支持率已经低于20%了，那里的席位就算丢光也没多少。至于那些无家可归的人嘛，你说说，如果一个人的地址是'硬纸板城D排第三个箱子'，他能进行选民登记的概率有多大？逻辑上讲这些人不用那么看重。"

"有些人可能会说你这想法太玩世不恭了。"

"您想做道德评判的话，还是叫牧师来好了。我只分析，不评判。每个社会都存在分裂。你不能面面俱到，把谁的感情和生活都照顾到。谁要努力去做到这一点，那简直是痴人说梦，浪费时间。"她那漂亮的鼻子略带挑衅地抽动着，"重要的是要赢取大多数人，至少让他们相信自己站在正确光明的这边。"

"那么，现在到接下来的几周，这大多数人会认为自己站在哪一边呢？"

她略略思忖片刻，想起和兰德里斯以及出租车司机的谈话，以及大门紧闭的剧院："您在民意调查中领先，但是优势很微弱，非常不稳定。他们其实还不了解您呢。事态怎么发展都有可能。"

他透过眼镜框直直地看着她："别说什么事态了。我们就说公开的战争吧。你的民意调查能够看出谁能赢得这样的战争吗？"

她坐在椅子上，身子前倾，好像想离他近一点，分给他一点信心："民意调查就像雾气重重的水晶球，它们能帮助你预测未来，但也要看你问了什么问题。还有您是不是一个本领超群的吉卜赛①。"

他眼中腾跃着欣赏的火光，丝毫没有掩饰。

"我无法准确告诉您谁会是这战争的赢家，但我可以帮助您进行某种操作。民意调查是武器，有时可谓法力无边。在合适的时间问正确的问题，得到正确的答案，把风声透给媒体……若您真是从非常专业老练的角度去策划一场竞选，那完全可以让对手在意识到战争已经开始前就弹尽粮绝，宣告死亡。"

"告诉我，吉卜赛小姐，为什么别的民调专家没来找我呢？"

"首先，很多民调专家比较关心的都是今天现在当下人民在想什么，而我们所说的是把民意从现在的状态引导到你所预设的未来。这就叫做政治领导力，很少有人能具备这一素质。"

他听出这是一句奉承话，很是受用："第二个原因呢？"

她喝了一口杯中的威士忌，双腿交叉，拿下眼镜，甩了甩一头深色的秀发："因为我比别人都优秀。"

他微微一笑，算是回应。不管把萨利看作一个专业人士还是一个女人，和她相处都很愉快。唐宁街有时是个很令人孤独的地方。

---

① 吉普赛人以擅长占卜闻名。

他一个内阁，负责各部门的部长应该都是该领域的专家，他们的职责就是决策，对大多数问题的决策；而他呢，只需要幕后指挥，或者在其他人出了大乱子时出面背个黑锅。除非他自己开口要，不然很少有政府文件会主动交到他手上。配备精兵强将的保安团队，防弹门窗和巨大的铁门可谓固若金汤，保护着他，也阻隔了他与外面的世界。莫蒂玛呢？总是不在，天天出去上劳什子的晚课……他需要一个人，这个人能听他侃侃而谈，收集他源源不绝的灵感和看法，再融会贯通地整理好；这个人要自信满满；这个人和他不是下属和上司的关系；这个人要有姣好的容貌；这个人相信她自己是最好的。

"我也想你就是最优秀的了。"

两人四目相对，享受着当下的心有灵犀。

"所以你认为会有一场战争啰，弗朗西斯？关于'国家统一'这个话题吗？和反对党吗？"

他有些疲惫地靠在椅背上，看着远方，努力想辨清看不见的未来。这已经不再是虽然热烈却纸上谈兵的学术观点交流，也不再是高级官员休息室的晚宴桌上那些愤世嫉俗的老头们聊以自慰的无用争论。现实那恐怖的恶臭窜进了他的鼻腔。回答她的问题的时候，他语气缓慢，字斟句酌："不仅仅是和反对党，也许还是和国王本人——如果我遂了他的心愿让他发表了这番演讲的话。"她眼中没有出现警惕的神色，只有强烈的兴趣，这让他很是高兴。

"向国王宣战……？"

"不，不……只要我能避免的话就绝对不会。我不想和宫里有任何正面的交锋，这是真心话。说实话，我的对头够多的了，一点儿也不想跟王室和英国那些狂热的王室支持者作对。但是……"他顿了顿，"我们就假设一下，如果真的走到了那一步，我可能需要很强大的吉卜赛法术了，萨利。"

她皱起双唇，说出的话同样谨慎万分："如果您想这样的话，那么记住，您只需要说一声'请'，我能帮您的都会帮。"

她鼻尖上一小圈一小圈的褶皱突然带着些兽欲的诱惑，在厄克特眼里，既撩拨人心又精巧美丽。两人默默对视了好久，都不想先开口，害怕毁掉这无言的默契。空气中弥漫着暧昧和一触即发的激情，双方都十分享受。活了大半辈子，厄克特只有一次——不，两次——在给学生辅导功课的时候与对方享受了鱼水之欢。那两次要是被发现了，他一定会被扫地出门，然而正是这其中的风险让那变成了他前所未有的男欢女爱，不仅仅超越了学生轻柔的身体，同时也让他自己超越了刻板单调的教学生涯导致的平庸与小气。他清楚地知道，在那个能俯瞰公园的大学的房间，在那张垫得厚厚的"切斯菲尔德"舒适大床上，自己变成了一个不一样的男人，一个更出色的男人。

肉欲的满足还帮助他摆脱了一些不堪的回忆。回忆的主人公是年长他很多的哥哥，阿里斯泰尔。二战中，他为了保卫法国某个特别爱惹是生非的地区而牺牲了。从那以后，厄克特就在过世兄长的阴影中生活。他努力挖掘着自己的巨大潜力，全力以赴地去变得出色；但在整日为哥哥悲恸的母亲眼中，这始终无法填满失去长子的伤痛。她仿佛被神秘的力量施了魔法一般，常年沉浸在无边的忧伤之中。当弗朗西斯考试取得优异的成绩，妈妈会提醒他，阿里斯泰尔曾是学校的学生会主席；而弗朗西斯成为年轻有为、晋升最快的大学教授时，母亲却认为换了阿里斯泰尔，也许早就统领全校了。小时候弗朗西斯常常爬到妈妈床上，希望能得到一点舒适与温暖，但看到的只是顺着母亲脸颊无声滑落的泪水。对于童年和母亲，他能记住的感觉只有被拒绝、被抛弃的痛苦，以及长期得不到鼓励带来的自卑。长大成人之后，他从来没有完全将母亲痛苦沮丧和茫然无措的表情忘记；进入任何一个卧室，他都觉得这种表情如幽灵般如影随形。少年时期他从未和女孩在床笫间发生关系，因为一来到床边，他就会想起，对于母亲来说，他就是个"千年老二"。当然也是有那么些鱼水之欢的，但从来没在床上发生过。在地上，在帐篷里，在废弃的乡间小屋中顶着墙也做过。最后，终于，辅导时间，在切丝菲尔德的大床上，他有了自己的第一次。

"谢谢你。"他语气轻柔，打破了默默流转的情愫，也中断了令他心潮澎湃的回忆。他晃晃手里剩下的威士忌，仰着脖子一饮而尽。"不过现在我得来处理这份演讲稿了。"他从咖啡桌上拿过一摞纸，朝她挥了挥，"引他偏个道，转个向，能绕出来最好。也许你能有更好的说法。"

"改演讲稿可不是我的工作和强项，弗朗西斯。"

"但，是我的。我会以最崇高的敬意来对待它，像个外科医生那样。改完之后还会是一篇措辞优美、占领道德制高点的文章，充满了君主对国家高尚的感情和余音绕梁令人过目难忘的词句。不过等我把稿子给回陛下的时候，里面不会有什么实质性内容了，把里面的男子气概都拿掉，就这样。"

第十一章

十二月第三周

滚滚政坛如战场一般，三支军队毁坏力最强：一致意见、妥协退让和男欢女爱。

侦探在车座上扭了扭身子，下半身都麻木了。他在车里已经坐了四个小时，外面下着雨，他又不能下车走走。一根接一根地抽烟让他嘴里也麻麻的，味道跟个耗子窝似的。一定要戒烟，明天就戒。与往常的无数次一样，他再次起了誓，明日复明日。他拿出一个保温杯，从里面倒出热乎乎的咖啡，自己一杯，身边的司机一杯。

他们坐在车里，眼睛直勾勾地盯着那栋小房子，名字很奇特，叫"亚当夏娃屋"。屋子前面是伦敦最时尚、最前沿的购物大道，但小房子被保护得很好，丝毫没受到城市喧嚣的影响，静静地伫立着。不明就里的人一眼看过去，会觉得特别乏味，缺少生机。

"天哪，我觉得她现在意大利语应该说得贼溜了吧。"司机漫不经心地嘟囔着。过去两周来，他们一共来过这里五趟，每一趟都会表达类似的想法，而英国警队政治保安处的侦探和司机发现这成了他们永恒的话题。

侦探放了个屁，算是回答。咖啡下肚，他万分想去方便一下。当然，他的基础训练中包含了这项内容，如何假装对汽车进行临时的小修理，在车旁边避人耳目地撒个尿，既解决了个人问题，又没有离开车和监听的无线电。但现在天公不作美，要是下去，非得被这绵绵阴雨浇个透。还有，上次他这么做的时候，司机居然把车开走了，他就站在路中间，还他妈在解决呢，吓得一膝盖跪在地上。这个爱搞笑的狗杂种。

一开始他们指派他做唐宁街安保官的时候，他非常兴奋，热情满满。他们告诉他主要是要保护莫蒂玛·厄克特，陪她去永无休止地购物、娱乐、社交和意大利语课程。他又点了一支烟，把窗户开了一条缝，新鲜的空气进入肺里，他不自主地咳了几声。"不不，"他终于开口回答了，"我算了一下，都数不清上了多少周的意大利语课了。我打赌，她的老师肯定是那种上得特别慢的，爱讲什么系统啊，方法啊之类的。"

他们再次盯着那间小房子，没有树叶的藤蔓沿着墙壁攀爬而上，墙上凹进去的整齐壁龛中摆着一个垃圾箱。前窗那儿摆着一棵迷你圣诞树，彩灯和装饰一应俱全，在哈罗德百货花 44.9 英镑买的，而房子里紧闭的窗帘后面，莫蒂玛·厄克特正躺在床上，赤身裸体，大汗淋漓。那位有着迷人男高音的意大利歌剧明星又给她上了一堂讲系统、讲方法的"慢课"。

外面传来哐当一声，听着应该是送牛奶的，米克罗夫被惊醒了。

外面还是黑漆漆的，但新的一天已经开始了，强行把睡意仍浓的他拉回现实当中。哦，他是多么不愿意再被冷冰冰的现实世界俘虏啊。肯尼还在梦乡，他收集了很多玩具熊，其中一只在枕头边悬着，快要掉到地上了，而其他的同伴都已不幸落地。旁边散落着零星的舒洁纸巾团，是昨晚一夜激情的产物。

　　米克罗夫身上的每一处都痛得散了架似的，却仍然在呐喊"还要，还要！"他一定会对自己好一点的，一定会再回来的。他心里感到前所未有的笃定，待会儿，他可以下床，回到现实中，走出肯尼的房子，站在门口等着去处理琐碎的事情。过去几天他如获新生，与肯尼相知相识，与自己相知相识，与一个之前完全陌生的世界相知相识，去探索其中的奥妙与规则。当然，在伊顿公学和大学里面他也有过略微放纵的日子，无所顾忌，什么都可以干，谁都可以"干"……然而，在自我发现的道路上，那不过只是迈出了一小步，只是随意地自我放纵，没有方向，没有指引。他从未与谁坠入爱河，或者说从来没有机会。几段风流韵事都很短命，而且完全流于肉欲的享乐。随着时间的流逝，他好像更了解自己了。但这时王宫的召唤禁锢了他，那时这还属于"非法交媾实验"。碍于职位和身份，他完全无法放开手脚去解放自我。二十多年来，他一直伪装着自己，假装只是把男人看作他的同事和普通朋友；假装他和奥菲娜过着快乐的夫妻生活；假装自己完全不知道自己的真实性取向。这些都是必要的牺牲。然而，此时此刻，他做出了半辈子以来最大胆的一件事，完全对自己坦诚相待，敞开心扉为自己活了一次。终于，他悬着的心落地了，踏实了。之前他一直感觉在困境深渊中往下掉，不知道是奥菲娜在后面推他，还是他自己往下掉的，但现在这些都不重要了，他掉到底了。他知道，这深渊的水也许会淹没他，但说句实话，比起那些在贪污腐败这条道上最终穷途末路的人，这要好多了。

他真希望奥菲娜能看到现在的他，她也许会觉得很受伤甚至是恶心吧，这就好像给两人的婚姻和她所坚信的一切东西整个儿扣了个屎盆子。不过还有种可能，人家可能根本不在乎呢。过去几天来他所感受到的激情，比在整个婚姻关系中感到的都要多，甚至足够持续一生了，但他还是希望这激情更多一些，再多一些。

门外，现实世界在等着他，他也知道自己需要尽快回到那里。离开这个"猛男肯尼"，也许是永远离开。他对这个新情人没有任何幻想，这个幼稚的男人得意扬扬地向他炫耀自己收集的泰迪熊和其他各种各样的玩具。当最初那种带着好奇和启蒙的激情退却，米克罗夫开始怀疑自己能不能有那个潜力，满足这样一个比自己年轻二十岁的男人。他的皮肤像天鹅绒一样柔滑，他的舌头简直不知疲倦，而且无拘无束，哪儿都舔，但和他尝试新的东西总是很开心的。当然，是在他回到现实世界以前……

眼前这个空中乘务员显然是个中老手了，在别人看来可能就是"恶习难改"；他从不压抑自己，像条性欲旺盛的野狗。这样一个人，他能和自己在另一个世界的职责和义务共存吗？他希望能行得通，但他明白，那些人永远不会允许的。如果他们看见他坐在一堆泰迪熊、内裤和脏脏的纸巾中间，他们一定会大声指责，说他辜负了国王陛下，但如果他现在逃离，那就是辜负自己了，相比起来，后者要糟糕很多吧？

他仍然还有些茫然，但打心眼里高兴。比以往任何时候都欢欣鼓舞，春风得意，而只要他还蒙着这条羽绒被，没有走出这个屋子，这种情绪就会一直伴他左右。肯尼有些动静了，在床上懒懒地翻了个身子。他的皮肤晒成了漂亮的棕色，从下巴上的胡楂儿到嫩滑的臀部都显得那么性感。妈的，别管那么多，让肯尼来决定吧。他俯过身子，双唇温柔地滑行在新欢颈部突出的椎骨上，缓缓地顺着吻下去。

等待中的本杰明·兰德里斯看着拱形的天花板，六个大型枝形吊灯绽放着华彩光芒；意大利风格的天使石膏雕像有着鼓鼓囊囊的脸蛋儿，憨态可掬，在层层叠叠的云、镀金的星星和壮观的彩绘曲线背景下互相追逐嬉戏。三十多年了，他从没来过圣马丁大教堂，没来这里听过例行的颂歌，也没来参观过。不过，他沉思着，生活真是充满了新的经历，至少新的牺牲品总是自己送上门来。

她喜欢迟到是出了名的，除了饭局会准时，其他一切场合都姗姗来迟，今天晚上也不例外。全程不过三英里①，摩托警队全程护送，从肯辛顿宫到这座俯瞰特拉法加广场的汉诺威风格教堂。但想必她来了以后，会说些诸如堵车之类愚蠢的借口，又或许作为一个王妃，她早就懒得找借口了。

兰德里斯并不特别了解夏洛特王妃殿下②，之前他们只在公开的宴席上打过两次照面，而他希望在更为私密的环境中与她见面。兰

① 3 英里约为 4.8 千米。
② 本书中的王妃指的是王子的妻子。

德里斯不是个喜欢迟到或找借口的人，对于这次为他办事的中间人就更是不愿意客气。这都是些出身低微、胆小如鼠、猥琐小气的人，他还每年给他们两万英镑接受"咨询服务"，说白了就是为他安排私下里的午餐会面或派对，不管他想见什么人，都得约到。不过，这次就连兰德里斯也得委屈将就了。王妃殿下圣诞节期间的行程可谓异彩纷呈，各种各样的年度庆典和活动让她忙得不可开交。他能抓住的最好机会，也就是在王妃来听颂歌的时候，和她坐在同一个私人包厢里。就连这么个微不足道的机会，都是他捐了一大笔钱给王妃最喜欢的儿童慈善组织换来的。当然，这些慈善捐款也是从一个私人信托基金那里出的，这个由他的会计人员负责，好帮他少交一点税。而且他也逐渐发现，少量目标明确的慈善捐款，也许并不能给他带来大人物的亲昵和友好，但至少能让他出入有大人物的场合，接到邀请，打通门道。一个出生在贝斯纳尔格林的平民小子，竟然开始混迹于上流社会，这钱花得真是太值了。

她终于来了。风琴师奏起德国作曲家亨德尔的《弥赛亚》，牧师、唱诗班和侍僧们沿着教堂走廊缓缓进入。来到中央高台，他们纷纷散去，站在各自预先安排好的位置上。而顶上的王家包厢内，兰德里斯满怀敬意地对王妃点点头，她在牛仔帽宽宽的帽檐下抛回一个随意的笑容。唱诗正式开始。他们这个包厢的确非常私密，位置在楼上，头顶是有着精美雕刻的18世纪天篷。这让他们既能清楚地看到唱诗班，又能和参加集会的大多数人保持距离。底下那些人基本上都是圣诞期间来伦敦观光的游客，或者大街上进来避寒的难民。唱诗班开唱独具特色的《来吧来吧，与上帝同在》，王妃斜着身子对他耳语："我很想去方便一下。刚吃完午饭就急匆匆赶过来了。"

兰德里斯根本不用看表也知道已经下午五点半过了。这是什么样的午饭啊。她的呼吸间都有陈腐的酒味。这王妃傻大姐似的什么都说，反应迟钝，空有一副皮囊。维护她的人辩解说她这是随和，让大家都觉得轻松；而数量更多的批评者则尖锐地指责她天生缺乏教养，不是可以作为榜样的王室成员。她是嫁入王室的，娘家并不显赫，不是什么贵族，只是有钱。那些小报总是抓住这一点不放，不断含沙射影地提醒大家王妃出身不高。就算这样，她也还是做到了一个王家媳妇应该做的，允许无数的慈善机构借用她的名义；促进很多医院新分部的建设；四处剪彩致辞；给八卦专栏提供谈资；给全国人民诞下一个小公主和两位小王子。如果排在继承顺位的那十几个亲王突然都驾鹤西去，年长些的那个王子就会继承王位。一次晚宴上，有人听到她言语中吹嘘说自己的儿子能成为好国王，之后《每日邮报》就尖酸刻薄地说她是"悲剧中的悲剧"。

她疑惑地看着兰德里斯。王妃有一双灰绿色的眼睛，眼角和眼窝上都有了细小的皱纹，一皱眉就更明显了。脖子上的皮肤也开始松弛，正是这个年龄的妇女开始变老的迹象，但她还算风韵犹存，容貌和魅力都还保留着多年前的影子。毕竟，当年王子可是不顾身边亲朋好友的劝阻，毅然与她喜结连理的。

"你来这儿不是要写关于我的丑闻啊，八卦啊，这些胡言乱语的吧？"她直截了当地问。

"蹚你们王家这趟浑水的记者多了去了，我还是置身事外吧。"

她赞同地点点头，帽檐上上下下，她的脸也若隐若现："职业风险嘛。但一个人的力量能改变什么呢？就算是王家，也不能全家都锁在深宫大门不出，二门不迈吧？这都什么年代了。我们应该像普通人一样，参与到普通的生活中来。"

她在很多场合无休止地发牢骚，并重复和强调这个观点，"让我们做个普通的家庭"。然而，她一面宣称自己渴望成为一个平凡的人，一面又努力成为狗仔队的焦点。好几次她把伦敦报业的几位顶尖女记者生拉硬扯来帮她撰写浮华空洞的致辞；有人目击她在伦敦最时尚的几个餐厅进餐；她一直"孜孜不倦"地确保自己在报纸上所占的版面比其他王室成员多，包括自己的丈夫。随着岁月的流逝，她对闪光灯和曝光率的渴望丝毫未减，反而与日俱增。做一名现代王室成员大约就是这样，她努力抗争，力求既不失去自我，也能成功融入。这是借了国王登基前发表的言论，但她从未明白过他这话真正的含意。他说这话的意思，是想为王位的继承人确立地位，最好能写进《宪法》，而到了她这里，就变成寻求自我的满足和刺激，以取代那名存实亡的家庭生活。

全场开始低头祈祷，他们俩也停了下来，闭目低眉。祈祷过后，牧师开始诵起《圣经·以赛亚书》的训诫："有一婴孩为我们而生，有一子赐给我们，政权必担在他的肩头上，他名称为……"两人又开始窃窃私语……

"我想跟您谈的就是这个，那些黄色小报。"

她把身子更靠近了一些，他艰难地在狭窄的座椅里挪动着硕大的身躯，但作用不大。

"有个传闻，我怕会对你不利。"

"不是又跑到我的垃圾桶里去数空酒瓶了吧？"

"传闻说你从那些顶尖的艺术设计工作室拿了价值数千英镑的衣服，结果不知为什么忘了付钱。"

"又是这老掉牙的！都传了好久了。你自己想想，我是这些设计师能找到的最好的活广告了。不然他们为什么还在给我送衣服来呢？这是免费宣传啊，他们应该付我钱才对。"

"在他粗糙简陋的摇篮边，他们呈上的礼物是多么稀罕……"唱诗班无比虔诚。

"这只是一个方面，夫人。传闻说，您拿着这些别人……怎么说呢……捐赠的衣服，卖给您的朋友们换钱。"

有那么一瞬间，她沉默了，脸上显出一丝负疚，但她紧接着就心烦意乱地开了口："他们知道什么？都是些胡说八道！根本没有任何证据。是谁，你来告诉我是谁，谁他妈的能有这些衣服？"

"阿曼达·布雷斯维特，您过去的室友塞丽娜·切丝尔赫斯特，奥尔加·威科汉姆—夫莫斯夫人，尊敬的帕梅拉·奥尔平顿夫人。这只是名单上的四个人。最后这位女士拿到了一件限量版奥尔菲尔德晚礼服和一套伊夫·圣罗兰套装，配饰什么的都是全齐的。她给了你一千英镑。报道里是这么说的。"

"她们没证据。"王妃压低声音，神情严厉，"这些女人从来没有……"

"她们根本不需要。买这些衣服就是要穿出来炫耀的。证据就是这些照片，都是这几个月照的，您和其他几位女士。拍照的手段很正当，都是在公共场合。"他顿了顿，"这里还有一张支票存根。"

她默默地思忖片刻，脸上露出强烈的不安。唱诗班正唱着属于阴冷冬日与刺骨寒风的忧伤情绪。

"不太好看，是吧？又他妈的要挨上一记了。"她的声音好像泄了气的皮球，原来那股理直气壮的自信也不见了。她认真盯着自己的手套看了半晌，心烦意乱地抚平上面的褶皱。"我一天要去五个不同的地方，同样的衣服从来没穿过两次。我他妈的这么辛苦努力，让别人高兴，把王室的气息带到他们的生活中。我帮他们筹慈善款，好几百万呢，真的，好几百万，年年如此。这些钱都是给别人的。我做这些的经费呢，要全都从王室专款拨给我的那点儿小钱里出吗？不可能的。"她越来越明白兰德里斯说的这件事是证据确凿，罪无可逃了，声音也小得不能再小，"哦，只能等着忍受这一切了。"她长长地叹了口气。

"别担心，夫人。我想我会把这些照片拿到手，确保它们永远不见天日。"

她的目光从手套上移开了，抬头看着他，眼里涌起解脱和感激。她一点儿也没有意识到，兰德里斯已经把那些照片拿到手了。其中一个女人家里有个对主人很不满的墨西哥女仆，偷听到她们在电话里交谈，偷了支票存根。当然，兰德里斯用小恩小惠收买了她，拿到了这个关键证据，然后精心部署，派下面的人去拍了这些照片。

"但这不是关键，对吧？"兰德里斯继续说，"我们应该想个办法，保证您以后再也不会遇到这样的麻烦。我很清楚，被媒体一直嘲笑是什么滋味。我和您感同身受。我是土生土长的英国人，生于斯，长于斯，为我的国家而骄傲。我没时间跟那些外国佬耗来耗去的。

他们居然占了我们国家纸媒份额的半壁江山，但根本就不理解这个国家的伟大之处，也他妈的不在乎。"

他这番慷慨陈词显然触动了她，她的肩膀都僵硬了。牧师开始号召大家帮助无家可归的人，大谈特谈那些缺乏人性的冷漠旅店老板，并且大段引用一个改善住宅条件慈善会的年报。

"我的一个公司想提供给您一份咨询的工作。完全机密，只有您知我知。我付给您一定的费用，您的回报就是抽几天的时间，帮我们的一两个新办事处开业剪个彩；午饭的时候露个面，见见我的一些重要的海外商业伙伴；也许在宫里举办一次晚宴，我很愿意去参加，如果可以的话。但一切要看您的意思了。"

"多少？"

"一年也就十几次吧，可以的话。"

"不，多少钱？"

"十万英镑。除了刚才说的，还可以保证我旗下的报纸上只写您的好话，还可以进行独家专访。"

"那你能得到什么呢？"

"一个了解你的机会。见见国王。为我和我的生意取得强大的公关后盾。得到独家的王室专访，提高报纸销量。还需要说更多理由吗？"

"不用了，兰德里斯先生。我并不是很喜欢工作。我个人从中得不到一点乐趣，但如果我要做一件事，就要做好。倒不是发什么牢骚，不过我需要的钱比王室专款里拨给我的钱要多很多。所以，只要这安排是完全保密的，并且不会贬低王室的身份，我非常愿意接受你的条件。也谢谢你。"

　　还有更多理由，当然还有。要是她真的了解兰德里斯其人，她就会知道，他的需求是永无止境的。在王室中有个朋友是很有用的，能填补他与唐宁街交恶的空白；能给那些还非常看重王室礼法的人好印象，但这次交到的这个朋友可谓是"全能型选手"。他很清楚，王妃殿下常常很轻率，偶尔很愚蠢，天天都放荡不羁——而且很不诚实。她正处在风口浪尖，可能很快会被王室所抛弃。等最终王室再也无法忍受她了，他旗下的每家报纸都会冲在一群凶猛的豺狼虎豹的最前面，以最近距离和最独家的深刻见解，把她撕成碎片。

第 十 二 章

报社的编辑都是群特别爱自行其是的人。比如滥用国家法律；再比如乱搞他人之妻。

房间里寂静无声，甚至有点虔诚肃穆的气氛。这里是大家冥想思考的地方，逃离外面的世界，远离永不停歇的电话和干扰，来到这个商人们的港湾，休息一下午餐时觥筹交错与推杯换盏间累坏的身体，整理一下自己的思绪。嗯，至少他们是这么告诉秘书的。不过，有的秘书还在楼上某一间陈设简单的卧室里等着老板呢，这时候他们可能就会心急地告别这个港湾，赶快去到另一个"温柔乡"了。培尔美尔街上王家汽车俱乐部的土耳其浴室是伦敦众多不显山不露水的私密享乐地之一。他们不对外宣传，并不是因为英国人特有的谦虚，而是因为，只要做得够好，圈子里口口相传就够了，还不会引来"不相干的那类人"。到底谁是不相干的人呢？这很难界定，但这些绅士俱乐部有世代相传的成熟经验，一个不相干的人一踏进门就会被无数的目光盯着，会看脸色的会径直离开消失。说起来，政客或报纸的编辑倒不是这里的常客呢。

政客蒂姆·斯坦普尔和报纸编辑布莱恩·布莱恩福德-琼斯却待在这蒸汽氤氲的浴室角落里。还是上午时分，人没有午饭后那么多；要是真的来了很多人，在这茫茫的白雾当中，大家都很难看清五英尺①外的东西。升腾的水蒸气像特有的伦敦雾一般缭绕在昏暗的壁灯周围，一切声音都湮灭其中。不会有人注意到他们或偷听到他们说话的。真是一个互诉秘密的好地方。

　　两人坐在木凳子上，向前倾着身子，额头上汗水渐渐多了起来，顺着鼻子和身体往下滴。斯坦普尔拿了一块深红色的小毛巾盖在"敏感部位"，而布莱恩·布莱恩福德-琼斯（他喜欢人们简称他为BBJ）则一丝不挂。斯坦普尔骨瘦如柴，而他则满身横肉，大腹便便，向前倾的时候，大肚腩很自然地遮住了敏感部位。这个胖子非常外向，但很是固执己见，带着强烈的不安全感。四十五六岁的他显示出强烈的更年期男性特征，处在成熟与衰老之间那个非常微妙的阶段。

　　BBJ一脸的不高兴。斯坦普尔刚才跟他透露了即将宣布的新年授爵名单，他榜上无名。更糟糕的是，他在全国编辑界最强劲的竞争对手之一竟然要得到骑士称号了。这样一来，佛里特街②上就有三个骑士了。

　　"当然不是说我就特别当得起骑士称号。"他气呼呼地解释说，"但是当你的竞争对手全都得到了这个称号，别人难免对你指指戳戳的，好像你就是个二流编辑了。我他妈到底要怎么做才能取得这届政府的信任啊？毕竟，我可是把《泰晤士报》变成了你们的支持

————————
① 5英尺约为1.5米。
② 英国几家著名报纸的所在地，也被作为伦敦报业的代名词。

者啊，这可是响当当的大报啊。要是没有我罩着，你们可能赢不了上次竞选呢，跟别人一样卷铺盖走人。"

"我明白你的心思，真的。"党主席回答道，不过听上去语气很不真诚，表达遗憾的同时手里还拿着份《独立报》在看，"但你也知道，这些事情不是我们能大包大揽的。"

"什么屁话！"

"我们得一碗水端平啊，你也知道……"

"要是一个政府在敌人和朋友之间一碗水端平，那就不会再有朋友了。"

"所有的提名都要经过审查委员会^①，你也清楚，相互制衡，这样面子上才过得去啊。我们又控制不了他们的审核意见。他们的推荐经常是反对……"

"你他妈的别说这些老掉牙的废话啦，蒂姆。"BBJ 越来越愤愤不平，他野心勃勃，斯坦普尔却不以为然，企图用几句话就四两拨千斤，眼皮子都没从报纸上抬一下。"我都说过多少次了，那是很多年以前了。判得也很轻。我承认有罪只是为了赶快脱身。要是真反抗到底，那整件事就要闹上公开法庭，我的名声会被毁得更狠的。"

斯坦普尔慢慢把目光从报纸上移开："在公共场合向女性暴露隐私部位，这罪名可不讨光明伟大正确的审查委员会喜欢哪，布莱恩。"

"我的天哪，那不是公共场合啊！我当时站在浴室的窗边，根

---

① 一般来说，英国女王一年封两批勋爵，每批 1000 人左右，分别在新年和女王的生日中举行。获荣誉勋爵的人员名单主要由英国各个党派代表组成的检查封爵候选人提名委员会负责，但也可以由英国首相向女王推荐，英联邦国家政府也可以向英国政府提名自己的公民，女王还可以自己决定将荣誉授予个人。

本不知道街上有人能看见我。那女的居然撒谎说看见我在做下流的动作。太恶心了，那都是编的。蒂姆。"

"你都承认有罪了。"

"我的律师让我这样做的，你说大家会信谁，她还是我？我有可能抗争个一年半载的，但还是会输掉。然后国内每一家报纸都尽情取笑我，开心得不得了。结果，这事儿只在一些地方小报上我屈服了，所以只有几家地方小报用豆腐块的篇幅报道了。我的妈呀，那个爱偷窥的老女人可能就是想在豆腐块文章上露露脸吧。早知道我还不如把她怎么了呢，岂不更遂了她的心愿！"

斯坦普尔手中那份《独立报》在湿气弥漫的房间变得越来越软，他费了好大劲儿才折起来。BBJ看出对方明显不关心他说的这些，于是更生气了。

"我是被牺牲的！那个满脸皱纹的老女人十五年前胡说八道一通，我到现在还要付出代价。为了正名，为了把这段过去忘掉，我他妈的蛋都要碎了，结果却发现我连朋友都靠不住。也许我应该醒一醒了，看清楚他们其实不是朋友。我以前交的那些朋友啊，其实都是些浑蛋。"

他的语气尖酸苦涩，谁都听得出来是在威胁不再提供舆论支持，但斯坦普尔没有立即回答，而是努力地想先折好手里的报纸。这么做根本无济于事，一片蒸汽云中，《独立报》湿软又易破。斯坦普尔终于放弃努力，把它揉成一团湿乎乎的球，放在一边。

"这不仅仅是朋友不朋友的问题，布莱恩。要力驳审查委员会的反对，并经受随之而来的口诛笔伐，这真是一个很好的朋友才干得出来的。容我坦白说一句，亨利·科林格里奇从来都没为你这样两肋插刀过。他一直都是个明哲保身的缩头乌龟。"他顿了顿，"但弗朗西斯·厄克特可就和他不一样了，比他大胆多了。现在经济萧条迫在眉睫，他信仰友谊，看重朋友。"

突然两人都噤了声。一片水汽中，门开了，出现了一个影影绰绰的身影，但他显然受不了里面太浓的水蒸气，两次深呼吸以后，他咳嗽几声，走了。

"继续。"

"我们就别拐弯抹角了，布莱恩。你想凭一己之力封爵，那简直是在做白日梦。除非你能够找到首相帮你在最后那段防线稍微活动一下。不过，你需要表达出强烈的报答意愿，否则哪个首相会帮你啊？"他伸出手在额头前擦了擦，免得汗水流到眼睛里，"他需要你在下次竞选之前一直坚定不移地支持与合作，你也会抢先知道政府例会的简单内容，采访到深刻的独家见解和第一手资料，你的报纸会刊出最好的报道。最大的收获将是贵族的地位。这是个好机会，能为你的清白正名，布莱恩，还可以将那些过去一笔勾销。没人会贬损骑士的。"

BBJ坐着没动，直直地盯着前方。他手肘放在膝盖上，肚子上的横肉一层一层地叠了起来。渐渐地，他湿漉漉的脸上开始浮现出笑容，仿佛一束光，照亮了这个阴暗的、充满下垂的乳房与松弛的阴囊的鬼地方。

"蒂姆，你猜怎么着？"

"怎么？"

"你大概又找回了我的信念吧！"

第十三章

说到底，王室就是个空头制度，除了交配繁衍下一代无用的王族和接受旁人的溜须拍马外，还剩下什么呢？

十二月十六日，白金汉宫

至亲吾儿：

很快你将归家共享圣诞佳节，然为父胸中块垒，实在不吐不快。可信之人甚少，唯有诉与你听。

自即位之日，无时无刻不挫败，不沮丧。你未来时日，恐与父遭遇相同。你我生来必为榜样——然何种榜样？奴颜媚骨、卑躬屈膝、妥协退让之榜样！近来父心不时悲痛，深感穷途末路。

前次你从伊顿归家，父子促膝谈心，你已对我计划略知一二。我欲发表演说，号召全国团结一心，消除分裂，弥合鸿沟。然区区政客，竟将父之思"重新起草"，面目全非，已非为父本意。新稿读来，为父非一国之君，乃一羞耻阉人。欺人太甚，竟欲夺我男子气概而去。

若国将不国，将分崩离析，将人心涣散，一国之君，理应挺身而出，力挽狂澜；若无动于衷，坐视不管，成何体统？！庙堂之高，规则皆恍然模糊，唯此一条，为父忧心甚重。政府篡我之讲稿，为父怒不敢言，只得将此忿忿之气压抑在心。然我断不可为此王位，弃我尊严，失我男子气概。未来你将继父之位，必会感同身受。

若你我不得自由守卫心之所向，心之所信，心之所钟；至少可退避三舍，不勾结共谋，为违心之事，助危险之风。永不让沆瀣一气之辈借你之口传达愿望。及至此事，为父别无他法，只得删减政府草稿中大段内容。

父之今日，你之将来，重任在肩，背扛万钧。你我生来，注定有冕无实，只为一国德行之空泛象征。现代世界，人心不古，诱惑重重，实事甚少，王之职责，愈难履行。然若你我之角色欲得其所，至少不得违背个人良心。若上下议院皆通过法案，赞成废除君主立宪，实行共和体制，明日我便可签字同意。然让我屈服于政客之胡言乱语，自降身价，蝇营狗苟，则万万不可为。

为父今日一举一动，一对一错，所酿之果，所得尊重，未来都将悉数传于你手。说来惭愧，从未遵从心中所愿，与你尽情共享父子天伦。一国之君，一国之储，虽为父子，也是君臣。难免拘于礼数，碍于习俗，疏而远之。吾与吾父，亦是如此。

然我爱你之心不变，为你之将来，我必拼死抗争，此乃我之承诺，你需牢记。遥想远去岁月，众目睽睽下，你我之先祖曾枷锁镣铐，铡起头落，含恨黄泉。悲则悲矣，为父甚羡。先祖虽丧命，尊严犹在，良心不改。

此时此刻，我眼中之世界仿佛黑暗一片。急切期盼你的归来，共度圣诞佳节，点亮心中明灯。

愿父殷殷关爱，化绵绵暖意，传至你心。

父字

第十四章

他有两个好品质：第一个我记不得了；第二个他也很久没表现出来了。

整个晚上，米克罗夫都在自己阴冷空荡的房子里走来走去，想找些让自己分心的办法。今天真是糟透了。肯尼突然取消了两人的约会，跑到远东地区旅行去了，整整十天呢，也就是说圣诞节期间他都不在。肯尼打电话来的时候，米克罗夫正和国王在一起，所以没跟肯尼说上话，只从秘书那里拿到一条口信，祝他圣诞快乐。米克罗夫看着家里冷冰冰的墙壁，想象着肯尼已经在某个阳光灿烂的海滩上欢腾跳跃着，自己乐不思蜀，或者和别人玩儿得乐不思蜀。

国王陛下也没给他好日子过，发着各种各样的牢骚，骂政府把他的演讲稿给改得面目全非。不知道出于什么原因，米克罗夫觉得很自责。难道他的职责不是该确保国王的观点被民众听到、被政府了解吗？他感觉自己辜负了陛下。只要肯尼不在身边，没有对他施展解放自我的魔法，他的全身就会被这样的罪恶感和负疚感占据。

他的家太整洁，太井井有条了，看上去根本不像个人住的家。

奥菲娜没他那么爱收拾，此时此刻他甚至希望看到前妻留下的乱七八糟的东西，但找遍全屋，就连厨房水槽里都没有一个脏盘子。他已经走来走去整整一晚上了，躺不下，坐不稳，心静不下来，孤独感比任何时候都要强烈。他试图借酒浇愁，但再多的酒也无法将他从深沉的愁绪中解救出来，他再次体会到一种溺水般的绝望。想起肯尼，只能让他妒火中烧。他尽量想工作，想自己另一面的生活，希望能从糟糕的儿女情长中摆脱，结果只是感到了强大的压力，国王对自己的信念太热情了，而且对现任首相的不满日益加深："都怪我，对他那么坦诚，以为他和别人不一样。都是我的错。"国王一直喋喋不休地重复这句话，但米克罗夫觉得这都是自己的错。

他终于在书桌旁坐下来，国王被"阉割"过的演讲稿就摆在眼前。桌上放着一个银相框，里面还是奥菲娜的照片；记事簿翻开的那一页上，圈上了肯尼回来的大概日期。数次添满的酒杯在本子皮面上留下一圈圈的水痕。天哪，肯尼怎么走了呢？米克罗夫需要有人和他一起交谈，提醒他有个完全不同的世界在等他去探索，打破他周围令人窒息的沉默，让他从负疚和失败的情绪中解脱出来啊。此时此刻，他困惑茫然，脆弱无助，豪饮也解决不了问题。电话响起的时候，困惑与脆弱仍然挥之不去。

"你好，特雷弗。"他问候了打电话来的《每日纪事报》王室特派记者，"我正盼着谁给我打电话呢。找我什么事？我的天啊，你说什么？"

"我不高兴，我他妈的很不高兴。"《太阳报》的编辑是个出生于约克郡山区的男人，身量矮小，但精瘦结实。此时他正小声骂着脏话，手里拿着翻在头版的《每日纪事报》。他越读越控制不住自己的沮丧，骂声随之提高："萨利，把那个不干活儿的野杂种给我找来！"

"他在医院里呢，刚割了阑尾。"办公室敞开的门外传来一个女声。

"他就算进了他妈的棺材我也不管，就算入了土也要掘地三尺，让他来接电话！"

罗德里克·马瑟尔阿普在报界有响当当的名声，诨名"野杂种"。他是这家报纸的王家特派记者，拿钱干活儿，干的就是打听和窥探在各个王家宅邸那谨慎小心的高大外墙后面，谁在对谁做什么。现在他直挺挺地躺在病床上，但并不代表就能休息片刻。

"野杂种吗？我们怎么没拿到这个新闻？"

"什么新闻？"一个虚弱的声音从电话那头传来。

"我在你身上砸了那么多钱，让你去买通宫里的仆人、司机和'包打听'，就是要随时随地对那儿的情况了如指掌，结果你他妈还是没拿到这个新闻！"

"什么新闻？"声音又一次插了进来，显得更虚弱了。

编辑开始拣报道里重要的地方读。有国王的演讲稿中被政府删掉的部分；有政府建议加上去的内容，谈论的全是紧急情况和乐观的展望，而国王拒绝使用这部分稿子。原来，国王最近对国家慈善基金会发表的演说背后，有他妈的这么多猫腻和故事呢。

"我要报道这个事情，野杂种。谁在欺负谁？四十分钟以后就要给我，我们登在下一版上。"编辑马上动笔在纸上写下交稿的最后时限。

"可是我连新闻都没看到呢。"特派记者抗议道。

"你那儿有传真机吗？"

"我在医院里啊！"那头哀怨地继续抗议。

"我骑车给你送过来。现在你就打电话，十分钟之后再给我电话，必须得爆点儿相关的料。"

"你确定这事是真的吗？"

"我他妈的不在乎到底是不是真的。这新闻也太棒了，简直看得人蛋都要碎了。四十分钟以后，我希望能在头版上见到它！"

全伦敦的报社编辑都在以类似的方式催促自己手下疲惫不堪的王室特派记者。近来空气中弥漫着经济衰退低迷的气息，广告收入开始露出减少的苗头，这意味着紧张的投资者们会选择保本，牺牲报纸，牺牲编辑。伦敦报业需要一个新闻，能大大增加发行量。明天的销售量会成万上涨。而且，这个新闻很有挖掘的潜力，感觉会一直持续下去，一直，一直，一直。

第十五章

他每日在荣华富贵中"恍"然度日；而我偶尔在下议院"谎"话连篇——或者说稍微地捏造点儿事实。于是乎我更了解自己的弱点所在，果断消灭之。

记不清是几世几劫，在岁月长河中被弥漫的烟雾掩盖的某个时间，英法两国在加拿大鏖战，其间发生了一桩故事。哦，可能是在加拿大吧。不过，当时两个强大的帝国剑拔弩张，这也可能是发生在地球上的任何一个地方。当然，如果真的发生了的话。根据数百年流传下来的传闻，英国和法国的两支军队，从同一座山的两面跋涉到顶，出乎预料地与对方狭路相逢。全副武装的步兵们面对彼此，做好了开战的准备，匆忙之间各自给步枪上膛，要与敌人拼死一战，虽流血牺牲亦在所不惜。

然而两支军队的统帅都是绅士君子。英方的军官看着近在咫尺的对方军官，很快决定要谦恭有礼，脱掉军帽鞠了一躬，邀请法军先开枪。

法方军官着实同样英勇，深鞠一躬，腰弯得比对方更低，慷慨言语道："不，先生。我坚持您先开枪。"

于是英军步兵开枪扫射，法军被打得溃不成军，落花流水。

首相与下议院的质询时间就很像刚才讲的在加拿大发生的两军对峙。所有的议员都西装革履，正襟危坐，一副受人尊敬的绅士模样，连最凶狠的敌人也挑不出什么差错。他们面对面坐着，不过两剑之隔。当然，他们来这里是要问问题和获取信息的，但背后真正的企图是要"杀掉"尽可能多的敌人，让他们"血溅"议会，轰然倒地，毫无招架还手之力。但这又和山顶上的对决有两点关键的不同。首先，有优势的一方并非首先发难的，而是首相，他有最后的发言权，一般来说都有后发制人的优势。另外，双方议员们都已经学到了教训，战争期间，绅士风度是最不可取的。

在圣诞休会之前的一整天，关于国王演讲引起政府与君主龃龉的新闻占领了各类大报小报的头条。虽然临近佳节，空气中却没有一点温馨柔软的好意。"忠实"于国王陛下的反对党认为这是个检验新首相勇气与耐力的大好时机。下午三点十五分，首相质询时间开始，下议院的会议室到处是人，水泄不通。反对党的席位上处处散放着早晨的报纸，每一张都翻在图文并茂的头版头条。昨夜各位编辑一定是殚精竭虑，要赢过竞争对手。有这样的标题"王室遑论王权"，已经很妙；但"首相'手刃'国王手稿"却来得更简单直接接地气，最后报纸们俨然忘记了王权尊贵，直接写出了诸如"纸板城国王"这样略带嘲笑和讽刺的标题。这些报道令看客捧腹大笑，令好事者不断思索深意。

反对党领袖戈登·麦吉林首先站起来，周围发出一阵窸窸窣窣的声音，人人都以期待的眼光看着他，希望他能打个响亮的头炮，就连对阵一方也都有些翘首以盼的味道。和厄克特一样，麦吉林出生于北方，不过这就是两人所有的共同之处了。他比厄克特年轻很多，腰身明显粗壮些，头发颜色更深，政治做派更为注重思想，口音听起来也要"宽"一些。要说魅力，他并不引人注目，但这人有律师的头脑，用词总是清晰准确。整个上午他都和顾问们一起研究，如何能最巧妙地钻空子，绕过议院"不能提起任何关于王室的争议话题"这个规定。怎么才能在不提到国王的前提下，引出国王演讲这个话题呢？

他微笑着，站起来靠在悉心打磨过的木质公文箱①上，和他的"死敌"相距不到两米。"请首相先生赏光，告诉我们他是否同意下面的说法……"他颇富戏剧性地顿了顿，看了看自己的草稿，"是时候了，要认清我们当中对社会现状不满的人越来越多，需要强烈关注逐步抬头的分裂主义思想。"

每个人都知道这是国王的讲稿被删减部分中的原话。

"这个问题真的很简单，简单到连首相先生也能听得清楚明白，所以只要回答'同意'或者'不同意'就足够了。"的确，这个问题真的很简单，根本没有迂回转圜的余地。

反对党主席的后座议员们发出一阵支持的叫好声，手里的报纸挥得哗啦哗啦响，他得意扬扬地坐下了。而厄克特从座位上站起来

---

① 下议院的长桌两边各有一个箱子，叫"公文箱"。原是议员带文件用的公文递送箱，后演变成两党重要成员的发言处。执政党一边的箱子里有《圣经》和《古兰经》等，反对党的箱中则是二战德国轰炸时被烧坏的《圣经》。

回答问题的时候，脸上同样带着轻松的笑容，但有些人却觉得他的两只耳朵涨红了。不能迂回，唯一的解决办法就是直接拒绝回答这个问题，千万别冒风险，不然又会有一连串关于国王观点的问题。虽然他不喜欢做逃兵，但又有什么办法呢？

"这位尊敬的绅士应该明白，本议会不可讨论和君主有关的事务。我也不想就泄露的文件发表任何评论。"

他坐了下来，与此同时面前的席位上发出一阵嘲弄和愤怒的声音。这些浑蛋们心里开心得很哪。反对党领袖已经站了起来，脸上的笑容更舒展了。

"首相先生一定是没听清楚我的问题吧？我好像并没提到国王陛下吧？如果首相先生要对国王陛下的话进行什么审查和删减，那完全是他和王室之间的事情。我就是做梦也不敢在这里提起这样的事务。"反对党的席位上，又一轮排山倒海的嘲弄对着厄克特扑面而来。戴着司法假发的下议院女议长摇了摇头，显然不赞同他们这么明显地钻议会规则的空子，但她决定静观其变。

"那么，首相先生可以回答我刚才真正问过的那个问题，而不是他希望我问的那个问题了吗？那是个非常直接的问题，请给出一个直接的答复。"

反对党议员们都在对厄克特指指戳戳，想惹得他焦躁不安。"他在逃避，缩头乌龟！"一个议员高喊着。"没脸说啊。"另一个附和道。"圣诞快乐啊，弗朗西斯。"第三个议员怪腔怪调地讽刺道。大多数议员没说什么，都在皮质长凳上摇来晃去，首相面对的窘境让他们浑身上下都舒服愉快。厄克特瞥了一眼议长，希望她能严厉阻止这样的行为，并且在整个质询时间内都禁止再提起相关的问题，但她眼皮子都没抬地盯着面前的议事日程表，好像突然在上面找到了什么有趣的东西。厄克特只能孤军奋战了。

"这个问题的目的再明显不过了，我的回答还是不变。"

反对党领袖再次站了起来，他那边已经闹得乌烟瘴气了。他斜着身子，一只手肘放在公文箱上，很久没有说话，任由观众们的热情不断高涨，等着喧闹渐渐平息，享受着厄克特被自己打得落花流水的开心一刻。

"我完全不清楚首相先生和宫里究竟有什么过节。我只知道从报纸上读来的东西。"他挥挥手上的《太阳报》，是专门给那边的摄像机看的，"而且我早就不相信这里面读到的任何东西了，但我的问题很简单。数百上千万的普通人都感到了我们的社会中越来越大的分歧，不管那些，怎么说呢，不那么普通的人是否也持有这个观点？如果首相先生实在对这个问题有理解障碍，那我就换个方式来问。首相先生是否同意，"麦吉林斜眼往下看了看，手上换了份《每日纪事报》，"'成千上万的无辜的同胞露宿街头，我们当然不能心安理得自顾自过得舒服'。首相先生是否同意，'在一个真正联合的王国①，苏格兰高地那些失业的佃农的归属感，和南边郊区那些富人们的归属感同样重要。'首相先生是否支持以下观点，'如果越来越多的人在街上开着豪车，而轮椅上的残疾人却无人帮助，陷入困境，连公共汽车都坐不上，这不但不让人庆幸，反而让人警

---

① 这里将"大不列颠联合王国"的国名拿来说事。

醒。'"在座的人马上就知道这些全是来自演讲稿的删减部分。"如果首相先生不喜欢这些问题，我还有更多更多的问题等着呢。"

他们这是在引厄克特上钩。他的回答其实完全不重要，重要的是他们要"打"得他皮开肉绽，鲜血直流。从目前这个情势来看，他们是赢定了，但厄克特明白，一旦他就和国王演讲有关的任何问题做了回应，所有事情都会失控，他会成为一个手无寸铁的人，任他们攻击。

"我不会自己退缩的，面对你们这群豺狼虎豹就更不能了。"

在这场交锋中越来越安静的政府席位突然传来支持的咆哮。这才像他们的领袖嘛。于是会议室里双方开始对骂，激烈的言辞在空中飞来飞去。厄克特没有停，声音近乎吼叫，这样大家才听得清。"我请这位尊敬的绅士先生别演得太过了，不要假装他很关心那些无家可归和失业的人。他应该和他工会的工资出纳谈一谈，让他们别因为通货膨胀而拒绝涨薪，让那些原本体面的市民们丢掉工作，又住不起房子。"双方的吼叫简直达到了震耳欲聋的程度。"他就像个掘墓人一样，津津有味地看着别人受苦！"

这自我保护的手法相当老练成熟。这些指责终于把人们的注意力从问题上转移了，整个会议室充斥着各种各样的抗议声，简直要把房顶掀翻了。大家热情高涨地举起手臂，双方的谩骂和攻击像海浪一样碰撞在一起。反对党领袖第四次站了起来，但议长女士终于意识到也许自己该出面控制一下目前的乱局，保护一下首相了。她觉得大家闹也闹够了，于是举手示意，将提问的机会给了托尼·马尔普雷斯。他是个监狱官，在上次大选中被选为达格南选区的代表。

这是个非常边缘化的选区。他认为自己是"普通劳苦大众的救世主"，丝毫不掩饰往部长级领导层进军的野心。当然，他是没有机会的，不仅仅是因为他根本在众议院待不长或者是个同性恋，而是因为他最近疏远了的一个男朋友跑到他的办公室大闹了一场，搞得满城风雨，后来警察出面才把他带走。之前就有大吵大闹的情人把很多比马尔普雷斯还有前途的人给拖下水了。没有任何首相会愿意给他与自己共商国事的机会，不管他会有多听话，多得力。但在议长女士看来，马尔普雷斯的野心可能会让他抛给首相一个相对容易的问题，让众议院能重新镇静下来。

"不知首相先生是否同意我的说法？"马尔普雷斯用极强的伦敦腔说道。其实他并没有提前准备好问题，但觉得自己明白如何帮助陷入窘境的领袖："本党派最最支持和尊重这个国家的体系，特别是对伟大王室的爱和忠诚。"

他停了下来。突然被叫起来，他一下不知道怎么收尾。他咳嗽几声，有些犹豫，这儿停顿太长了，仿佛中世纪士兵的盔甲上裂了一道缝。反对党乘虚而入，拔刀相向。他们喝着倒彩，质疑他，逼问他，让他更加不知所措，脑子里乱成一团糨糊。他的下巴沮丧地松弛了下来，双眼瞳孔放大，里面含着恐惧，仿佛从噩梦中惊醒，发现噩梦竟然变成了现实，自己在公共场合一丝不挂，被人羞辱。"我们伟大的王室，"他不断虚弱无力地重复着。

现在就等着反对党的某个议员出来对他致命一击，彻底了结他了。他还在发言席上虚弱地说着，看着像耳语，但整个房间都听得见。"特别是我们的女王们！"

就连马尔普雷斯那边的很多人都没法忍住笑了。他看见一个反对党成员挤眉弄眼地朝他飞了一吻。众目睽睽之下，他完全丧失了自信，垂头丧气地坐回到座位上，反对党那边又像疯了一样欢呼起来。

厄克特失望地闭上双眼。他曾经希望自己能力挽狂澜，抬抬手就止住失血；现在可能需要一个很专业的止血带了，而且应该先往马尔普雷斯的脖子上缠。

第十六章

一个国王的原则可不是在乐购超市逛逛就能买到的。穿绣花拖鞋的俗人那么多，他怎么可能为他们流血牺牲呢？

国王像往常一样站在起居室的窗户附近，一边习惯性地摆弄着左手上华丽的图章戒指，没有向厄克特走去。刚才首相先生在外面等了一会儿，等的时间虽说算不上被怠慢了，也明显比往常要长得多。现在，他必须自己走到这宽大房间的另一头去和国王握手。国王的握手相当软弱无力，让厄克特大吃一惊。身体的强壮和健美一直是国王引以为傲的事情，这握手也和他太不相称了。这是内心软弱的一个标志吗？还是国王的"职业病"？国王沉默地示意了一下，两人在壁炉旁的两张椅子上落座。

"陛下，我们必须终止这场沸沸扬扬的闹剧了。"

"我非常同意，首相先生。"

之前两人见面的时候，都像朋友一样，轻松随和不正式。而现在，两人就跟演话剧似的，礼数周全，拿腔拿调，仿佛象棋选手对弈，都在耐心等着对方出子。两人之间的距离不过短短几英尺，几乎促膝，两人都等着对方先开口。终于，厄克特被迫出了一招。

"我必须请求您，这种事情永远也不能再发生了。宫里把这样的材料泄露出去，我完全没法进行正常工作了。如果这泄露是来自宫里的下属，那就应该重罚他，杀一儆百……"

"大胆！你太无礼了！"

"什么——？"

"你来这里就是为了抨击我的诚信，暗示我或者我手下的某个人泄露了那些可怜的不见天日的文件？！"

"您不会以为是我泄露了吧？看看给我整了多么大个烂摊子……"

"厄克特先生，那就是政治，你在玩这个游戏，我可没有。唐宁街为了自己的目的泄露文件是出了名的。我可是置身事外的人！"

国王的头努力向前伸着，日渐光秃的两鬓闪着愤慨的光；他以前鼻子受过伤，现在，那长长的鼻梁和受伤留下的后遗症特别明显，好像准备发起攻击的公牛。原来那虚弱的握手只是障眼法。厄克特完全能感受到他发自内心的愤怒，明白自己误判了形势。他的脸涨红了，狠狠咽了口唾沫。

"我……向您道歉，陛下。我可以向您保证，泄露这些文件和我毫无关系。我本来以为，是不是……宫里的某个下属呢？是我误会了。"他双手紧紧攥拳，关节咯吱咯吱地响着，听上去甚是沮丧。国王发出好几声轻蔑的哼哼，一手狠狠拍在右膝上，好像发泄了全身的怒气，想重新控制住情绪。两人沉默无言地坐了一会儿，双方都在试图恢复理智。

"陛下，我真是想不通，文件的泄露，我们之间的误会，一切都是魔鬼在作祟吧。"

"首相先生，我非常清楚《宪法》规定给我的职责和限制，我深入阅读和研究过。和我的首相公开交火不是我的权力，也并非我心中所愿。这样的事情有百害而无一利，对我们俩来说都可能是灾难性的。"

"政府已经因此而受害了。今天下午首相质询时间之后，毫无疑问明天报纸上又要满天飞了。他们会说什么支持您的看法，或者说他们认为是您的看法的看法；攻击一个'麻木不仁'又'铁腕弄权'的政府。他们会说这是审查。"

他对时下大家对王室和政府态度的解读，让国王冷笑数声。

"这样的报道只会给我们两人都造成伤害，陛下。这是在离间我们，把我国《宪法》里不能明说的那些条款暴露出来。这将是个致命的错误。"

"致谁的命？"

"我们双方的命。我们应该尽一切所能去避免这种悲剧的发生。"厄克特停了下来，试图观察对方的反应，但他只看到国王浮肿的眼眶边浮现出的愤怒和疲惫。"我们必须努力阻止这些报纸毁了我俩的关系。"

"那么，你觉得我能做什么呢？这次的满城风雨又不是我起的头，你心里清楚。"

厄克特做了一次深呼吸，把将要说的话中的"剑锋"都吞进肚子里："我清楚，陛下。我知道不是您起的头，但您可以来收尾。"

"我？怎么收？"

"您可以让这一切走到头，或者至少减少损失，都不用您出宫。您的新闻官今晚一定要给各个报社打电话，告诉他们我俩之间并无分歧。"

国王掂量着这个提议，点了点头："国王与政府团结一心，继续保持这个《宪法》上的童话，对吧？"

"是的。新闻官必须向他们说明，媒体泄露的信息都是错的，那些话并不是您的观点。比如，可以暗示说是某个顾问或什么人帮您准备的。"

"推翻我的话？"

"是推翻我们之间有分歧的传闻。"

"我们说清楚。你希望我否认自己的信仰。"短暂的停顿，"你想让我撒谎。"

"应该说是弥合裂痕，修复伤害……"

"又不是我造成的伤害。我没有在公共场合发表过任何与你的意见不一致的言论，我也不会这样做。我这些完全都是个人观点，没有对外说过。"

"现在报纸上全都登了，大家都看到了，再也不是个人观点了！"厄克特有些控制不住自己的恼怒了，这次争论至关重要，他一定要赢。

"那是你的问题，不是我的。我只和自己家人中的一小部分人谈过这些观点，是在晚餐的时候。宫里没有任何下属在场，也没有记者，更没有政客。"

"那您的确是对别人说过了。"

"私下里说的。如果我对我的政府提出的意见能起一丁点儿作用的话，我还用得着说吗？"

"有些意见政府可以不采纳的。毕竟，大家选我们是来管理这个国家的。"

"厄克特先生！"国王那一双蓝眼睛中闪烁着愤怒的火光，双手紧紧握住椅子的扶手，都气得发白了，"我想提醒你一句，你这个首相不是被人民选出来的。根本不是大家授权给你的。直到下次竞选之前，你都只不过是个按照《宪法》规定上任的临时管理员！而我，是这个国家的君主，悠久的传统赋予我应有的权利。所有的法典上都写得清清楚楚，我应该提意见，合理的意见要被采纳，你应该好好去看看！"

"私下提意见。"

"《宪法》可没规定让我公开撒谎把个破政府拯救出来。"

"您一定要帮这个忙，跟报社打个招呼。"

"为什么？"

"因为……"因为如果他不帮这个忙，厄克特的政府就会在补选中被打败，他就会被别人掐着脖子，窒息而死，"因为您不能公开和政府的政策产生分歧。"

"我绝对不会否认自己的信仰。这对我是一种冒犯，不仅仅是对君主身份的轻视，也很没有男子气概。你也没有权利来要求我！"

"作为君主，您没有权利拥有个人的信仰，特别是那些在正式环境中很敏感的事情。"

"你居然认为我没有做男人、做父亲应有的权利？你怎么能直视自己孩子的双眼，然后撒……"

"在这样的事情上您不是个男人，而是执行《宪法》的工具……"

"你想把我当橡皮图章似的随便乱戳？任你支配？做梦去吧！"

"公开场合必须在一切事务上支持被选举出来的政府。"

"那么我有个建议，厄克特先生，你先让你自己被人民选成首相再说。告诉他们你完全不在意他们的未来；告诉他们你很高兴目睹苏格兰人民在不幸和绝望中与我们渐行渐远；告诉他们成千上万英国人无家可归，只能住在城里某个地下通道，以硬纸板箱为家，瘟疫流行，食不果腹，但你无动于衷；告诉他们我们的内城有大片土地，警察管不了，社工进不去，你觉得没什么大不了；告诉他们你只关心自己的支持者们能否中饱私囊。把这些统统告诉他们，让他们选你。然后你回到这儿来，再给我下刚才的命令。但在那之前，我是绝对不会受你差遣的！"

国王站了起来，身板挺得直直的，全身充斥着无法控制的怒气，这是再明显不过的逐客令。厄克特也清楚继续苦口婆心也没用了。国王是不会动摇的，他不会弯腰低头，至少，在厄克特被真正选为首相之前不会。厄克特迈着缓缓的步子离开国王的起居室，他心里清楚，国王拒绝妥协和让步，已经让他计划中的早期选举成了泡影，他一点点胜算都没有了。

第十七章

想把王妃当马骑？长缰在手不能离。

肯辛顿宫里的私人公寓突然铃声大作。时间是晚上八点多，兰德里斯并没指望王妃在家。她丈夫到博肯赫德市去参加一个天然气终端的开幕仪式了，他以为她也跟着一起去了，或者是趁丈夫不在跑到城里狂欢去了，结果她居然亲自接了电话。

"晚上好，尊敬的王妃殿下。真高兴您在家。"

"本杰明，真是个令人愉快的惊喜啊。"她听上去态度比较冷淡，还有点心不在焉，好像在隐瞒什么事，"今天可累得够呛，跟英国妇女协会的两千个成员待了一整天。跟这么多人一一握手，还得特别认真地听她们发自内心的各种倾诉，你绝对想不到有多累。我在做按摩呢。"

"那我很抱歉打扰您休息了，但我有好消息要告诉您。"

整个下午他都在揣测她会有什么反应。毕竟，是她把演讲稿交给他的，作为两人新的"君子协定"的第一份产物，结果引起了轩然大波。她的本意是想向对方展示国王私下里对这个国家的忠诚、守信和深深的关怀。她完全想不到这份演讲稿会见诸报端，更全然没有预测到竟然闹得如此沸沸扬扬，说不定还会派专门的人员来进行一场质询和盘问。不知道她现在有没有受到惊吓？

"我就是想跟您说一声，明天报纸上的文章将会充满对国王陛下的溢美之词。这是很好的，对他很有好处。就因为我们走对了路子。您的工作干得很好。"

她在按摩台上伸手找香槟酒："很棒的团队，是不是，本杰明？"

"是的殿下，超级棒的团队。"

她的语气听起来仍然很疏离，难道他已经毁了这一切了吗？"我一直在想，重新算个账。我得到这个宝贵的机会，见到了您，也亲眼看到您是多么能干，我想您的帮助比我之前想的价值大得多。再加五万英镑，您意下如何啊？"

"本杰明，你是认真的吗？听着真是'爽翻天'。"

她这么不顾尊严地用了个流行语，让他不禁抽搐了一下。好吧，这也是一种文化的产物，都是因为八卦专栏、流行杂志和成人漫画看多了。他十五岁就辍了学，一路拼杀，没有任何优势，有些时候还得背负一些重担，比如吐字不清的大舌头和更不清晰的口音。听着王妃这样讲话，他真是不能理解，也无法容忍这些含着金钥匙出生却身在福中不知福的人。不过，他也很清楚，这个女人就是他要找的，于是他非常配合地轻笑两声。

挂上电话之后，她又喝了口酒，心里想着这里头是不是有陷阱？很早以前她就学到了一个道理，天下没有免费的午餐。作为皇室这个"公司"的成员就更是想都别想，更别说不费吹灰之力就得来的五万英镑了。任何事情都是有附带条件的，她怀疑本·兰德里斯下此血本，肯定是要狠狠地提条件了。

"您的肌肉又紧张起来了，殿下。"

她翻了个身，身上的浴巾滑了下来，她审视着自己最近刚做过"手脚"的紧俏双乳。

"别管我肩膀上的肌肉了，布雷特。该给这两位女士来点福利了。"

布雷特伍德·阿尔伯雷-亨特中尉，身高192厘米，是临时借调到宫里做王妃贴身侍从的警卫官。他立正站好，敬了一个标准的军礼，用力太过，他自己的浴巾也滑到地上。王妃瞪着一双挑剔的眼睛，不无嘲讽地打量着他。中尉以前就知道，这个女人可是个需求甚多的"陆军上校"，在她的指挥下"值夜班"，可得费一番力气啊。

第十八章

十二月圣诞周

选举的目的，就是要将那些无头无脑之辈彻底斩草除根。他们成功的机会甚是渺茫。至于因为会投胎而继承了皇位的人，试都别试了，一定没有希望的。

"做不到的，弗朗西斯。"

我任命你们这些官员，不是要来跟我说"做不到"的。厄克特内心的狂怒在咆哮，但财政大臣态度坚决，厄克特也清楚他说得对。

这是党派总部的一个会客室，两人站在角落尽量不引人注目。为了节省时间和金钱，党派中的精英人士此刻都聚集在这里，庆祝圣诞，并欢送一个在这儿干了很久的工作人员。他们拿着低得令人咋舌的薪水，工作环境也十分简陋，大家也都没指望他们能有独立的思想或行动。在这种令人沮丧的环境下工作多年之后，他们只希望能得到一点认可，要么是被邀请去白金汉宫的花园派对，在授勋仪式上能将自己的名字一带而过；或者开个欢送会，繁忙的部长们聚在一起，喝着甜滋滋的德国红酒，品味着小香肠，然后这些即将

141

退休和总是被忽略的工作人员也在受邀之列。但这次厄克特是很高兴来参加的，欢送的是一位年长却充满活力的"端茶女"，名唤斯塔格太太。在座的恐怕都没有她待的时间长。她泡的茶难喝得跟毒药似的，咖啡呢，泡得跟她的茶似的，但她非常诙谐幽默，脸上时刻乐滋滋的，驱散了政客们身边经常缭绕的自负傲慢之气。只要她热热闹闹地来到一个房间，就算是再阴沉紧张的气氛，也会一下子化解。三十多年以前，厄克特还是个满怀抱负的年轻议员时，就"爱"上了她。他还记得那时候斯塔格太太看到泰德·希斯①身上的扣子松了，她居然坚持让这位当时还是单身汉的党魁把衣服脱下来，只穿个袖子，然后当众给他缝好了扣子。年轻的厄克特看得目瞪口呆。他知道这是斯塔格太太第三次申请退休了，前面都没能退掉，但现年已七十二岁高龄的她看来也是干不动了。他也很想借她的送别会避一避繁杂的公务，结果没成功。

"很简单，就是做不到。"财政大臣重复道，"商店里根本没有一丁点儿圣诞气息，经济萧条来得也会比我们想象的快。我们也许可以在统计数据上动动手脚，说有那么一两个月是暂时的，但复活节的时候，就会有成千上万辍学的人涌入劳工市场，那个时候就纸里包不住火了。他们很多人都是一出校园就跑去领救济金了，而凭你我之力根本什么都做不了。"

四个男人低着头，靠得更近了些，就像在保守一个惊天大秘密。厄克特之前是在问财政大臣，有没有可能让经济萧条的影响晚来个

---

① 英国军人和政治家，1965-1975 年英国保守党党魁，1970-1974 年英国首相。

一两个月，挤出多一点点的时间。但他的回答跟厄克特之前所知道的一样，甚至更为悲观。

斯坦普尔是第二个发言的，十分简练。再重复那些坏消息根本没什么意义了。"我们又得了几分，弗朗西斯。"

"得分？"

"得的负分。和国王交恶简直把我们打入了地狱。倒扣分不说，还整个儿在往错误的方向走。"

厄克特用舌头舔舔薄薄的嘴唇："那你有什么要说的呢，阿尔吉？你又带了什么坏消息来要把我给逼疯？"

厄克特转向党派的财务官，几个男人不得已再挨近了一点，因为这个财务官身高才一米五左右，在这么人声鼎沸的房间里听他说话可不是容易的事情。和财政大臣以及斯坦普尔不同的是，厄克特并没告诉他提前选举的打算，但他也不是傻子。如果党派的财务官被问到，一个透支和负债严重的党派怎么才能迅速筹到一千万英镑，就算用脚趾头想一想也能知道肯定是在搞什么猫腻。他肥头大耳的脸涨红了，迟疑地伸着脖子看着同僚们。

"做不到。不久前才是选举，圣诞节才刚过，马上又要进入经济萧条期……今年一整年我都筹不到一千万英镑，更别说这个月了。我们要现实点，我们党的优势本来就不明显，而且越来越不明显，谁愿意把钱给我们啊？"

"你什么意思？"厄克特严厉地问。

"对不起，弗朗西斯。"斯坦普尔解释道，"消息肯定已经送到你桌上了。弗雷迪·班克罗夫特今天上午去世了。"

这是厄克特手下一个来自夏尔斯的后座议员。他有点难以消化他的死讯。当然，这也不是完全出乎意料。班克罗夫特已经做了多年的"政坛僵尸"了，现在肉身也该随之而去了。"真遗憾，他当时得票多少①？"厄克特拼尽全力也没能在两句话之间留出足够的停顿或空隙。在场的人都非常了解他的担心。报纸上会耸人听闻地登载补选的消息，全国将迎来新一轮的慷慨激昂，政府往往是首当其冲的受害者，因为大家会习惯性地将其候选人刨根究底，"千刀万剐"。

"不够。"

"胡说八道。"

"我们留不住这个席位。而且我们拖得越久就越糟糕。"

"我做首相后的第一次补选，就这么糟糕。这可不是什么好宣传，哈？我希望我还是能乘着花车去跟大家问好，而不是被扔到轮子下面碾死吧。"

一个面如土色的年轻人穿着皱巴巴的西装和歪斜的领带跑到这边来了，他明显看出了这是一场私人的交谈，但几杯莱茵白葡萄酒下肚，他和几个轻佻的秘书打了个赌，赢了就能上其中一个美女的床。借着酒劲儿他闯了进来，几个人的密谋被迫中止。"打扰了。我刚进入党派的研究部。能请您几位签个名吗？"他塞了一张纸和一支脏兮兮的笔到四个人中间。

---

① 根据英国的选举制度，如果议员出现死亡、退休之类情况不再担任议员，就会出现职位空缺，需要很快进行补选。补选就在原来议员的选区进行。不管谁得到这个席位，大家比较关心的都是在补缺选举中各党所得选票较大选时所得票数的增减变化情况，这种变化能反映各党在选民心目中地位的变化。如果执政党所得选票大减，说明选民不支持其政策，情况就比较严峻。

另外三个人都等着厄克特使眼色，好把这个不识趣的年轻人痛斥一番，再警告这个冒失鬼有多远滚多远，但厄克特居然笑了，好像很高兴有人闯进来似的。"你看，蒂姆，还是有人想要我签名的嘛！"他在纸上大笔一挥，"你的目标是什么，小伙子？"

"我想做个大臣，厄克特先生。"

"没有空缺了。"财政大臣厉声说道。

"不过……"首相竟然在警告他。

"文莱好像有。"斯坦普尔补充了一句，语气没那么轻佻了。

纸传了一圈之后，气氛轻松了些，但一番戏谑过后，年轻人往一个两颊泛红的秘书那里走去，渐渐消失在人群中。厄克特又迎来了斯坦普尔毫无幽默感又严厉固执的眼睛。与其他几个人不一样，两人心里非常清楚，提前大选有多么重要。如果说经济萧条和资金短缺是套住他们咽喉的绳索，那么补选的消息就是活板门①打开的声音。必须另辟蹊径，逃出生天，不然只有死路一条。

"圣诞快乐吗，蒂姆？"

斯坦普尔的声音里带着重重的叹息，仿佛南极的永夜："今年不快乐，弗朗西斯。我们做不到。你必须承认这个事实。现在做不到。出了国王的事情之后做不到。就是做不到。"

---

① 施行绞刑时，犯人站在活板门上，脖子上套上绳索，然后活板门打开，犯人脚下悬空，被活活吊死。

中

第十九章

新年
十二月三十一日，白金汉宫

至亲吾儿：

至今日起为父任一国之君恰足一年，不祥之兆充盈于心。

昨夜偶得一梦。梦中父身处一室，天地全白，影影绰绰，恍恍惚惚，正是一梦。现下思来，应是身处医院之中。为父立处，乃一浴室，全白如我。室内两护士正为先父擦洗。先父老态龙钟，形神聚散，恰如其弥留之际情状。护士待他小心轻柔，其身漂浮于温水之上，平静无声，吾亦觉心平气和。数月以来，此等静默平和之感实乃久违。

又一护士现身房中，怀中抱一婴孩，便是你雏儿时期情状，亦是白巾紧裹。父自爱你疼你，伸手抱你，然三护士竟拂袖而去。父苦无分身，双臂护你，则先父不再漂于水上，忽而沉入水中，水没其面，双目紧闭。吾伸一臂欲支撑，你却往地面坠落。吾欲帮他救他，则必任你坠地，无法两全。时间紧迫，千钧一发，先父正溺于水中，你则从我臂弯下落……紧急关头，梦中惊醒。

梦之寓意，了然于心。王室之欲，不外继往开来，标志过去与未来之传承联结。为父深思良久，两全几无可能。身为一国之君，可坚守传统，锢于腐朽；亦可展望未来，昂首向前，直面不定危局，满怀美好希望。鱼与熊掌，不可得兼；一国之君，必做抉择。

为男人，为君主，父恰如旅人立于岔路。爱戴为父之人甚众，吾岂不知？然毫不为其欢欣雀跃。爱戴为父之人，纷纷唾弃首相，终可致两败俱伤。首相为人，雷厉风行，决心坚定，绝不瞻前顾后，拖泥带水。其许诺未来，言之凿凿，锋芒比之往届首相有过而无不及。吾一介男儿，一国之君，若然与其未来丝毫无关，则成毫无气概、毫无灵魂、毫无意义之人。

无意与之势不两立，盖吾终将败阵。然此政府寡廉鲜耻，愚蠢轻率，吾亦不愿为其提线木偶。父在此叮嘱，你应密切关注此沸沸扬扬之争发展变化，从中学悟一二为君之道，将来必定获益匪浅。

关爱之心，实难言表。

父字

第二十章

为政之道，不在我识天下人；最最要紧，定要天下人识我。

这本是一场迎新年化装舞会，但斯坦普尔拒绝配合。在他的政治生涯中，这还是头一遭感觉到周遭目光的聚焦。大家都认得他了，开始对他极尽阿谀奉承之态。他变成了重要人物，没有人敢在和他谈话时露出厌倦和不耐烦的神色。你想让他为了讨女主人欢心就戴上荒唐可笑的面具，放弃这种众星捧月的感觉吗？你当他傻啊。苏珊·"败家"·卡萨尔夫人是英国广播公司（BBC）主席的妻子。这一年，主席先生竭尽全力，竭力维持越来越少的预算，尽量用这些钱完成自己对员工的承诺；而她这一年则费尽心思地打小算盘，如何把丈夫的薪水都挥霍光，办好她名声在外、颇具标杆意义的新年前夜晚会。这场晚会排场盛大，计划周到，用度奢侈，每一处小细节都在欢迎各方宾朋，而名单上的来宾高朋也自然配得上这样的场合。用电脑精挑细选了整整一年，榜上有名的要么位高权重，要么家喻户晓（名声是好是坏不在考虑之列）。据说，仅仅做个高级间谍或抢个银行是远远不够赢得晚会入场券的，你必须要在作案现场被抓个正着，并且在全国性重大新闻中露脸，声名狼藉。当然，如果这新闻是BBC播的，那就更有希望了。就连斯坦普尔都是在第二轮重新筛选之后才入选的。女主人通身的气派掩不住浮华虚荣，最爱穿低领露肩、令乳沟时隐时现的礼服，这在社交圈子是出了名的。十几岁时她就是这副打扮，嫁了三个丈夫之后，依旧不变。她一见到斯坦普尔就觉得邀请他是个错误，因为他居然只随便穿了件晚宴用的正装外套就来了。苏珊热爱化装舞会，面具帮她把眼神藏在暗处，好让她时时刻刻搜索"猎物"，且让客人的注意力毫无保留地集中于她的酥胸之上。聚会上格格不入的人都入不了她的法眼，尤其是那些把头发梳得油光水滑、毫无气质的。她故意选了个人很多的场合，假装将斯坦普尔错认为一个最近刚在过气医疗剧中露脸的肥皂剧明星。她心里暗暗下定决心，除非他明年已经位及内政大臣，不然休想再踏进这里半步。很快她就走开去寻找更合作、更听话的"猎物"了，她故意用力把面具弄得咔啦咔啦响，人群自动为她让出了一条路。

午夜过后不久，斯坦普尔看到了大腹便便的布莱恩·布莱恩福德-琼斯，裹着"笑容骑士"①制服，滔滔不绝地说着什么。斯坦普尔故意从他身边走过。

"蒂姆，见到你真高兴！"

"你好，BBJ。都没发现是你。"

"真是需要记一笔啊，执政党的主席居然'化装'成一个正常

---

① 《笑容骑士》为17世纪著名的艺术画作。

人就来参加舞会了。"

"估计至少能在头版上提一提吧。"

"除非你故意泄露这个消息，老兄。哎呀，对不起，我忘了，政府圈子里的人估计现在根本不想听到'泄露'这个词吧。"

周围的来宾都被这戏谑的调侃逗笑了，但斯坦普尔却感到一种强烈的被"下人"冒犯的感觉。他可不喜欢这种感觉，伸手把编辑拉到一边。

"说到'泄露'，我的老朋友，请你告诉我，是哪个浑蛋泄露了国王演讲的原稿？我脑袋都快想破了。"

"那你继续想吧。你也知道，我是不可能泄露新闻线索的。"布莱恩福德-琼斯调皮地咯咯笑着，但嘴角有一丝不易察觉的紧张。

"是啊，当然不能啦，但是我们的正式调查已经陷入了僵局，圣诞节也给毁了，我们没机会了。我们就当朋友之间说的悄悄话，非常亲密的朋友。请你想想我之前说的。到底是谁？"

"绝对不能告诉你！这可是商业机密级别的啊，你应该知道的。"

"我操作商业机密可是一把好手。你是不是忘了我们之前的那些'机密'啦？"

编辑看上去很是不知所措："蒂姆，听我说，我会尽一切所能帮助你，你也清楚，但是线索……线索是皇冠上的宝石，事关新闻诚信和原则问题，这是头等大事。"

斯坦普尔那黑漆漆的眼中升腾着明亮的火焰，瞳孔小得不自然，布莱恩福德-琼斯错觉有什么东西在一刀一刀雕刻眼前这对瞳仁。

"我们彼此都把话说说清楚，BBJ……"此时周围喧闹声渐渐消减，有人满怀期待地"嘘"了一声示意大家安静。收音机里传来一个声音，宣布"大本钟"就要鸣钟宣布新年的到来了。不过，那么多人，声音还是不算小，布莱恩福德-琼斯确定没人听得到："诚信有很多种方式和程度，不过不是你这么来遵守的，也不是在公共浴室里泡泡澡就能得到的。你现在别给我玩这些虚招子。"

接着周围便陷入了死一般的沉寂，大钟的齿轮开始旋转。编辑先生很不舒服地扭动着身子。

"我跟你实话说了吧，我也不确定。是《每日纪事报》最先登出来的。我们是后面才跟进的。"

"不过。"斯坦普尔冷冷地接上这个词。

BBJ 紧张地扫视了一下房间，眼珠子滴溜溜转。终于钟声大作，掩盖了他要说的话。不透露点什么，眼前这个浑蛋是不会罢休的："不过，写这个故事的人是他们的王室特派记者，和宫里关系好得很。我们打电话给唐宁街和其他政府部门询问时，他们全都是在很生气地吼我们，要么就是一片茫然一无所知。"

"那打电话给宫里呢？"

"什么也没说。没有否认，没有愤怒，也没有确认。我和国王的新闻发言人米克罗夫通过话，是我本人跟他通的。他说他会去清查一下这件事，可以的话会打回给我，但后面就没信儿了。他知道这样一来我们的稿子里就会缺乏来自权威或者当事人的有力否认。"

"所以。"

"所以结论是宫里泄露的，不是国王就是他手底下当差的人，八九不离十。他们本可以终止这场事件的，但却选择袖手旁观。"

他额头上冒出了细密的汗珠,从骑士制服的蕾丝花边袖底下拉出一块手帕,擦了擦自己粉色的眉毛,"蒂姆你就别逼我了,我也不是很确定啊。"

大本钟又鸣声响起,回声悠扬,仿佛在宣告新一轮狂欢的开始。斯坦普尔斜身靠近BBJ,借着周围的一片嘈杂朝他耳朵里吼道:"那你相当于什么都没告诉我,只有一些小道消息。你的诚心丝毫不受影响。看到了吧,这多么容易啊,老朋友。"他紧紧捏了捏"老朋友"的胳膊,力道真大,难以相信是个如此瘦骨嶙峋的人能拥有的。

"诚心祝愿大家都平安,是不是,蒂姆?"

"你他妈就别傻了。"

距离苏珊女士盛大晚会不到两英里①的一个酒吧里,米克罗夫也在迎接新年。抑郁不乐的理由真是太多太多了,这么个阖家团圆、人人欢庆的时刻,他居然独自一人。肯尼不在身边,家里空荡冷清,但米克罗夫并不为自己感到遗憾。相反地,他的感觉比之前要好些了,对自己也宽容些了,整个人都自在起来了,有种从未有过的轻松和洁净感。这种感觉连他自己都吃惊,但是事实上彼此都不爱对方,还打着爱的名义去做爱,这真是世界上最肮脏的事情了。他意识到整个婚姻生活中自己都一直有种肮脏的羞耻,然而,和肯尼在一起的时候,做的一些"性事"让他吃惊不已,有的还很挑战他根深蒂固的观念,但他却觉得自己很干净。整个下午他都在肯尼的公寓里

────────────

① 两英里约 3.2 千米。

转悠，看他的明信片，听着他的唱片，穿着肯尼最喜欢的一件套头毛衣和他的拖鞋走来走去，想触摸与他有关的一切。他从未爱上过什么人，现在也过了做那种美梦的年纪了，但他对肯尼的感觉是前所未有的。他不知道这是不是爱，但管不了那么多了，至少，他万分感谢肯尼与他分享这个全新的世界。理解他，打开了他的心房，理直了他扭曲的思想。理直了①！其中蕴含的戏谑把他自己给逗笑了。

新年的前夜，他起了这个念头，想要与远在旅途的肯尼分享点什么东西。于是他回到两人第一次见面的地方，这次酒吧顾客盈门，灯光炫目，一个DJ专门将小胡子染成了"派对紫"，为迪斯科转着稳定的节拍。他静静地站在角落，享受眼前热闹的场面。三个非常健美的年轻人带来一场歌舞表演，把玩着手里的气球，同时几乎脱光了身上的衣服。DJ语带急切地承诺说"精彩稍后继续"。米克罗夫有点担心可能会有人来打扰他，想勾搭他。"那些基佬还真是'基渴'啊。"肯尼曾经半开玩笑地讽刺道。要真有人来了，他不知道自己能不能扛得住，但并没有人来搭讪。很明显，独自一人的他，守着面前加了酸橙的墨西哥啤酒，十分怡然自得。米克罗夫默默地想，不管怎么说，他可能比酒吧里任何人都要老上十岁呢，就让"老太爷"一个人清静清静吧。

夜渐渐深了，酒吧越来越喧闹，大家玩得越来越疯。男人们排着队和其中一个歌舞表演者拍照，姿势非常挑逗。按照酒吧的承诺，这个"变装皇后"午夜后还将继续为大家奉上精彩表演。

---

① 俗语中，异性恋称为"直"，同性恋称为"弯"。

在房间另一端米克罗夫几乎看不到的地方，男人们消失在舞池的深处，好一会儿又出现了，通常都面红耳赤，衣冠不整。他在这闪烁的迪斯科镭射灯光下会发现些什么呢？他想自己可能也不会照单全收吧，目前这样一知半解就很好。有些门，他还没准备好去打开。

午夜逐渐临近，人越来越多。除了他，每个人都和别人推来撞去，跳着舞，唱着歌，瞅准机会来个偷吻，等着一夜情送上门来。广播开着呢，正在通报大本钟鸣钟的情况。已经有一个男人激动过了头，泪水顺着脸颊跌落到T恤上，但很明显是快乐的泪水。这里的气氛很活跃，很情绪化，情侣们都手牵着手。他想象着牵着肯尼的手是什么感觉。午夜的钟声敲响了，人群爆发出一阵欢呼，酒吧里气球处处升腾，飘带满天飞，《友谊地久天长》的音乐响起，人人都充满热情地拥抱对方。米克罗夫也满足地笑了。不过很快拥抱就显得没那么有激情和诚意了，因为大家都在音乐声中彼此亲吻起来。有一两个人想来吻米克罗夫，但他羞涩地挥手拒绝了。他旁边还有个黑影，弯腰过来想讨一个吻。这是个高大魁梧的男人，穿着皮马夹，一只手搭在米克罗夫肩膀上，另一只则还搂着一个看起来不太健康、粉刺横生的小伙子。

"我们是不是认识啊？"

米克罗夫僵住了。这里能他妈的有谁认识他呢？

"别紧张啊，老人家。别这么警惕好不好？我叫马尔普雷斯，托尼·马尔普雷斯。我的朋友都叫我绰号'克拉丽莎女士'。我们夏天的时候在皇家花园派对上见过一面。我现在穿得这么妖艳，你明显是认不出来的啦。"

他想起来了，是有这么一张脸，习惯性地不刮掉上端的胡子，厚厚的嘴唇，歪歪斜斜的门牙，下巴上的褶皱中总是带着汗珠。他想起来了："你不是……？"

"达格南的议员。您是米克罗夫，国王的新闻官。还不知道您也好这口啊。"

"粉刺小伙"看上去还不到十六岁，牙齿之间有令人非常不舒服的黄色污渍。米克罗夫觉得有些恶心。

"别担心，老情人。我又不是《世界丑闻报》①的人。要是你想保密，那这个糟糕黑暗的秘密我是绝对不会说出去的。全世界基佬一家亲，是不是？新年快乐！"马尔普雷斯的喉咙里咕咕响，挤出一声轻笑，接着便弯下腰想去亲米克罗夫。米克罗夫眼睁睁看着那两片又厚又湿的嘴唇离他越来越近，感到自己马上就要吐出来了，绝望中他跳将起来，推开议员，往门口冲去。

门外大雨倾盆，匆忙中他把马海毛的外套忘在酒吧里了。寒雨刺骨，而且马上就要把他淋个透湿，但这没关系，他努力把要吐出来的酸水和胆汁逼回去，大口呼吸着新鲜空气来清洁肺部的污浊。那件大衣真是最微不足道的一件事。马尔普雷斯这样的生物还在里面呢，比起冒险回去拿，他情愿得肺炎死掉。

---

① News of the Screws，英国著名媒体《世界新闻报》的别称，因为热衷丑闻报道而得名。

第二十一章

国王陛下，疏于动脑，唯一擅长之事便是妄下结论。陛下一生，最喜欢喃喃自语，和和稀泥。不过，若我们除掉了他，那么多马克杯上又放谁的脸呢？

她一丝不苟地打量着他的脸，没有光泽，没有活力；眼窝很深，眼眶下陷，苍老了不少；高高的印堂上有皱纹纵横；双唇干涩，毫无弹性；下巴僵硬，一动不动。房间里气氛很沉重，烟味很浓。

"你一路拼杀到这里，相信你能按照自己的意愿来塑造这个世界，而现在，四面八方的压力都向你涌来，根本看不到出路。这一切都在提醒你，你只是个凡人，彻头彻尾的凡人。"

他再也不是那晚的高高在上、光芒万丈的首相了。她眼里看到的只是一个男人，与旁人并无二致，肩上挑着无数麻烦的重担。

"厄克特夫人不在吗？"

"不在。"他回复道，继而又陷入沉思中。过了很久，他意识到自己可能让来客误会了，抬起头，透过威士忌酒杯看着她，"不，萨利。不是你想的那样，从没起过那样的念头。"

"那干什么？"

他缓缓地耸了耸肩，就像看不见的重担压得肌肉疼似的。"一般来说我是不会自我怀疑的，但有时候你计划的东西好像都不能控制了，如同指缝间流走的沙子，抓得越紧，流得越快。"他又点燃了一根烟，满含渴望地把烟气吸了进去，"就像他们说的，就是那种最难熬、最倒霉的日子。"

幽蓝的烟圈升腾到半空，像寺庙中的焚香。他透过烟雾安静地看了她好一会儿，两人坐在他书房的两把皮椅上，时间是晚上十点多，房间里暗暗的，只亮着两盏落地灯。那灯光好像要伸出手臂拥抱他们，形成一个小小的二人世界，把他们隔绝于门外的黑暗。她看得出来，他已经是好几杯威士忌下肚了。

"很感激你为我排忧。"

"怎么排忧了？"

"还真是女商人！"

"也可能是吉卜赛女人。你有什么烦的，弗朗西斯？"

他的眼圈红得吓人，直直地盯着她，掂量着该相信她到什么程度，想看到她灵魂深处去，看着羞怯的小女儿情态下，藏着什么样的思想。那双眼睛里他发现的不是女性的多愁善感与柔情似水，而是柔韧、坚强。她真是太棒了，把自己的内心掩藏得太好了。这两人简直是过去各自天下无敌，如今棋逢对手。他又深深抽了口烟，吸进了好些尼古丁。不过，他现在还有什么好隐瞒的呢？又不会有什么损失。

"我想三月的时候举行一次选举，现在不想了，也不能了，因为很有可能以悲剧收尾。上帝真是保佑国王^①啊。"

他丝毫不掩饰语气里的苦涩和痛苦，大胆地对她泄露自己已经流产的计划，本以为她会大吃一惊，结果面前这个小女子却无动于衷，好像刚听到一种菜的新做法似的。

"国王跟选举又没什么关系，弗朗西斯。"

"是没关系，但反对党一直拿他说事儿，已经很长时间了。我们现在怎么样……落后8个点是吧？就因为一次幼稚的争吵。"

"就是说你不'处理'国王，就处理不了反对党？"

他点点头。

"那这有什么问题呢？圣诞节前你不是去找他谈了一次吗？"

他眼里突然涌起悲伤和后悔："我是想让他噤声，但没有狠到要把他大卸八块，结果我输了。你还记得吧？就是那篇破演讲。现在议会里反对党人人都拿他的话当武器，我要是打击他们，就等于打击国王。"

"你不用毁他本人，只要降低他的受欢迎程度就行了。公众人物嘛，受欢迎程度都是从民意调查指数中看出来的，这些数字都能做手脚的，至少短时间内可以改一改。这个办法行吗？"

他又喝了一大口威士忌，狠狠盯着她的身体："哦，吉卜赛女郎，你的酥胸中藏着一团火，但我已经跟他交过一次手了，一败涂地。要是第二次交手，我输不起了。"

"如果你跟我说的选举属实，那在我看来，你必须要拼死再跟

---

① 来自英国国歌，《上帝保佑国王》或《上帝保佑女王》。

他交一次手。他不就是个男人嘛。"她语气坚决。

"你不懂的。在这么一个世袭的体制下，这个男人就是一切。你们美国人呢，都可以做乔治·华盛顿。"他对她的话不以为然，自顾自喝起酒来。

她没理会这句话的讽刺意味："乔治·华盛顿也生老病死，虽然权倾美国，功成名就，最后还不是死在床上嘛。你说的是这个乔治·华盛顿吧？"

"君主就像一棵巨大的橡树，我们都借着他的荫蔽生存。"

"华盛顿小时候可喜欢砍树了。"

"要是对君主制发起攻击，选民们非得把你按在地上宰了不可。到时候你会看到橡树的高枝上掉下很多尸体，我的尸体就首当其冲。"

"先把枝叶砍掉不就解决了。"

两人一来一去地打着嘴仗，你兵来，我将挡；我水去，你土掩，就跟自动对答机似的迅速问答，但却调动了所有的智慧。你来我往好一会儿之后，厄克特才停下来思考两人都说了什么，他目光灼灼地又把她上下打量一番。她感觉到那双眼睛里张力渐渐消失了，酒精开始溶解里面任何强硬的东西。她感觉到他的目光拂过自己的脚踝，再往上到膝盖，欣赏着优美的腰身，接着温柔的目光就停留在那对酥胸之间，久久不舍得离去，仿佛要用目光把她的衣服一件一件脱下来。她目睹他的目光又从涣散到集中，明白他内心又找回那种紧绷的感觉。他正从一个牺牲品变成一个猎人，勇敢无畏、号令天下的霸气又回来了，他全身的血液里都流淌着新鲜的观点和想法，把他眼中郁积的消沉之气一扫而空。在这两把扶手椅之间的两人世界中,他开始摆脱自己的麻烦,再次找到把一切牢牢攥在手中的踏实,就像收复失地、纵横疆土的帝王。终于,他的眼睛从她的身体往上,四目相对,她在微笑,里面带了点戏谑和嗔怪的成分,但更多的是一种鼓励。他早就在自己的想象中把她的身体好好把玩了一番,而她也配合地有所反应。他整个人都焕然一新地发着光。

"和君主交战将非常……"

"不符合宪法规范?"她继续激将。

"不利于政治生涯,我已经付出沉重代价汲取了这个教训。国王的演讲让他占领了道德高地,我可不能再次和他公开争执了……"他挑起一边的眉毛,这表情看上去很是微妙。这还是她第一次见到一只眉毛就能表达这样的热情呢,"但也许你是对的。要是我不能占领道德高地,那就去占领'低地'吧。"他彻底恢复活力了,整个人激动不已,摩拳擦掌,她都能感觉得到那种逼人的能量和重新升腾起的希望,"世袭君主制真是个完全不符合逻辑的制度。说到底就是精神鸦片,我们时不时地撒点给民众,让他们心里踏实,让他们充满骄傲和尊重,让他们在不提任何问题的情况下忠心耿耿。"

"传统的意义不就全在于此吗?"

"不过,只要他们开始问关于世袭制度的问题,就没有什么可靠的逻辑来解释了,都是近亲繁殖、隔绝于世、华服宫殿、王室特权之类的,这都不是属于现代世界的东西。再想想那些没有丝毫特权的人们,王室难道站得住脚吗?当然,我绝对不可以公开领导这样的攻击,但如果要鼓动这样的攻击……"

"哇,国王已死,首相万岁!"

"不不不，你太过了，你这话的意思就是革命起义了。如果把森林里最大的树都砍了，谁知道其他的树会不会跟着倒下？"

"也许不用砍得太多。"她跟上了他的思维，"也许就是砍掉一些枝叶，反对党也就没法'大树底下好乘凉'了。"

"不能躲在哪片枝叶之间对我'用刑'了。"

"让那些王室的走狗都噤声？"她笑起来。

"你怎么说都行。"他欣赏地点点头。

"并不是砍他的头，只是……砍掉他的手脚？"

"你怎么说都行，萨利，但作为首相，我不可能发表任何评论。"

他摊开手，两人都开怀大笑。她好像已经听到悄悄的"霍霍"声，他已经在磨斧子了。

"砍哪些手脚，你想好了吗？"

"我们那深受爱戴的王室枝繁叶茂，有的枝叶比别的好下手。"

"让国王和他的亲信们颜面扫地，疲惫不堪，由攻转守；让公众的聚光灯去窥探宫里的阴暗角落；让他和他那些冠冕堂皇的话黯然失色，挖出他并不光彩的动机。用那么一两个民意调查来支撑就好了，只要问题问对了就行，是不是？"

厄克特的面部突然僵硬起来，他斜过身子，用手紧紧抓住她膝盖以上的腿部，可以说有点太靠上了，抓得很紧很紧，每一根手指都用尽全力。她闻到他呼吸间的威士忌味。"天哪，这很危险的。我们有可能背负千古骂名。你看，仅仅因为在一篇小小的演讲后面搞了点小动作，就让我受尽屈辱。要是变成一场公开的战争，我和国王之间，那就开弓没有回头箭了。要是我失败了的话，那我就完了，追随我的所有人也都完了。"

"但是，如果你不在三月份举行选举的话，你也完了。"她握住他的手，温柔地暖着那些紧绷的手指，用手掌轻轻地揉着，手指柔情似水地鼓励他更接近些，更亲密些。

"你会冒这个险吗？为了我？"

"说声'请'就可以了，弗朗西斯。我告诉过你的，我能帮的都会帮，任何事情都可以。说声'请'就可以了。"她把他的手翻过来，掌心向上，用指尖轻轻敲打着。她美丽的鼻翼微微翕动："你知道怎么说'请'吧？"

他伸出另一只手，握住她灵动的手指。如果他要向国王全面开火的话，他们俩之间不能仅仅是工作关系了。这里头牵涉太多冒险、太多危如累卵的东西，他必须让她做出更深的承诺，建立更亲密的关系，把她紧紧绑在自己身边。

"那扇门外面就站着公务人员，而且进来不敲门的……"

她摘下眼镜，摇摇头让秀发松散了些。那上面闪动着午夜的光泽，好似落地灯的光都聚集到她身上似的。

"人生充满了风险，弗朗西斯。我认为风险越大，乐趣越多。"

"人生乐趣？"

"至少人生的一部分会充满乐趣。你愿意冒多少风险，弗朗西斯？"

"国王那边嘛，越少越好；而你……"

话还没说完，她已经在他怀中了。

第二十二章

如果非要在盲目的勇气与谨慎的怯懦之间选择，就让我次次都选择与金钱为伴吧。

厄克特不喜欢歌剧，但当上首相之后，他就做了很多很多一点也不喜欢的事情，比如每周两次到"屠宰场"去参加首相质询，再比如对前来访问的一些领袖笑脸相迎，装作十分和蔼有礼的样子。这一张张笑得志得意满的黑色脸孔啊，自称是殖民地的自由斗士，结果把自己的国家一步一步领向贫穷落后和专制独裁，而且厄克特还记得，这群人在年轻时一无是处，不过是杀人如麻的暴徒罢了。除此之外，他还要竖着耳朵听前门的动静。这栋唐宁街上所谓的"私人公寓"，门没有上锁，开了又关，公务人员们随意来来往往，把一个个红箱子和部长级的文件交给他。他发现首相根本没有能清静一下的藏身之处。

莫蒂玛要求他来参加一部新歌剧的开幕夜，她特别坚持，搞得他只好点头。他一点都不喜欢雅纳切克①的作品，也不明白那四十人的合唱队干吗要同时唱出四十种不同的调调。莫蒂玛呆坐在位子上一动不动，双眼死死地盯着台上的男高音，他正费力地想让自己的爱人起死回生。自由党的领袖也是这种状态吧？厄克特暗想。

斯坦普尔之前也鼓动他来的，还提前订好了私人包厢。随便是谁，只要出得起三百英镑买一张包厢的票，他说，那肯定值得一遇。他和剧院的管理层做了个交易，首相光临这个活广告，换剧院一长串老主顾的地址等个人信息。一周之内，将会有请帖送上门，邀请名单上的人去参加唐宁街的招待会。同时他们还会收到一封含糊其辞的信，谈论支持艺术的发展，外加一通电话，让他们出钱。

名单上有个阿尔弗雷多·蒙德利，一张脸长得跟个灯泡似的，圆圆的，很结实，头顶光秃秃的寸草不生；一双金鱼眼鼓鼓的，好像晚礼服的领结系得太紧。这位意大利商人和他的妻子坐在斯坦普尔和厄克特夫人旁边。听他那边传来的坐立不安的扭动声，他一定和厄克特一样无聊透顶，满心不耐烦。

在这里待着，几分钟都显得十分漫长，厄克特抬起头，尽量从音乐中解脱出来，仔细欣赏起拱形内顶上衣袂飘飘的一群女性角色追逐可爱的天使。他旁边的蒙德利越来越不安分，椅子一直咯吱咯吱地响。终于他们等到了幕间休息，两人都松了口气。明显欣喜若狂的莫蒂玛和蒙德利太太立刻就冲到后台化妆间去了，三个男人可以就着一瓶陈年法兰西香槟缓一缓了。

---

① 捷克作曲家。

166

"这么有乐趣的事情还喝酒，有点儿不妥啊，蒙德利先生？"

意大利人揉了揉已经坐麻的屁股和大腿："首相先生，上帝在赐予人类各种天赋时，轮到我他大概忘了还有音乐鉴赏力这回事。"他的英语说得很流利，发音比较慢条斯理，带着很浓重的苏豪区口音，明显是常在那一带泡吧的。

"那就让我们好好利用这难得的休息时间，待会儿又要被泡进文化的'毒药'中了。我就快人快语了，我能帮你什么忙？"

意大利人感激地点点头："斯坦普尔先生应该已经告诉过您了，我是意大利的环保产品制造商，也是个中的佼佼者，对此我很自豪。在整个欧洲来说，我都有'绿先生'的名号。我旗下有几万员工，很多社区都靠我的企业存活。博洛尼亚①的一所研究院还以我命名呢……"

"真是值得嘉奖。"厄克特心里清楚，拉丁裔的人都爱自吹自擂。蒙德利的公司嘛，从意大利的标准来讲规模还算可观，但比起那些财大气粗、权大势大的跨国公司，根本不在一个档次上。

"但是现在，现在一切都受到了威胁，尊敬的先生。那些可恶的官僚，他们对生意、对生命一无所知。他们在威胁我辛辛苦苦建立起来的一切，简直可以说是一群恐怖分子！"他不断往杯里添酒，语气也越来越激动，"欧共体那些什么都不懂的小子们起草了狗屁不通的法律草案，他妈的！他们希望在两年内改变我们现在处理化学废料的方法。"

----

① 意大利城市。

167

"这跟你有什么关系呢？"

"阿克特先生……"他没发准他的姓，听上去好像只是清了清嗓子，"我这大半辈子都在努力把这些化学品提取出我的产品。你用来包食品的袋子、洗澡的工具、穿的衣服、写字的纸，我把它们都变成环保产品，其中一个环节就是把那些可怕的……"他伸出粗短的手指做了个手势，接着按在脸上乱揉，好像在台上表演似的，"可怕的化学品提取出来。现在我提取出来之后，拿它们怎么办呢？政府倒好，你们修了那么多核电站，然后随心所欲地把核废料想埋哪儿就埋哪儿，但我们商人就不行了。我们再也不能把这些废料埋到地下，或是贱价出售，也不能倒到深海里去。布鲁塞尔①的那群浑蛋居然还想禁止我向第三世界国家的沙漠地区出口这些废料。这些国家的人都在挨饿啊，他们多需要赚钱啊。这么一来，非洲人民会挨饿，意大利会挨饿，我的一家也会挨饿，真是疯了！"他大嘴一张，喝光了杯里的香槟。

"恕我冒昧，蒙德利先生，不过您的竞争对手不都有这个问题吗？"

"我的竞争对手主要是德国的公司，他们手上有大把大把的马克，可以投很多很多钱，按照官僚们喜欢的方式去处理那些化学废料。我可没那么有钱。这是德国佬的阴谋，要把竞争对手赶尽杀绝。"

"那您为什么来找我呢？为什么不找您自己的政府？"

"哦，阿克特先生，您还不清楚意大利政坛吗？我的政府才不

①　欧共体总部位于比利时的布鲁塞尔，也是今天欧盟总部的所在地。

会帮我呢，德国人和他们，两边早就勾结好了。意大利的农场主们继续生产那些谁也不想喝、只能用作补贴的葡萄酒，卖给德国人，然后意大利政府就要支持关于化学废料倾倒的新法案。意大利的葡萄酒生产商有三十万，而蒙德利只有一个。您是在政坛摸爬滚打的人，您知道这些数字意味着什么。"

有一件事蒙德利没提，他给自己弄了个烂摊子，一边守着意大利财政部长的姐姐这样的贤妻，一边却试图和那不勒斯一个年轻的电视演员私奔。现在，他在罗马可谓声名狼藉，比一群英国的足球流氓还不如。

"真不幸啊，蒙德利先生。我非常同情，但这是意大利的内部事务。"

"这是整个欧洲的事，阿克特先生。官僚们是以欧洲的名义行动的，他们真是只手遮天，而您和您的国家，一直都勇于反对布鲁塞尔那些多管闲事的官僚。所以我来找您，请您好好考虑一下，给我帮助——停止这项立法进程。布鲁塞尔的环保理事长是英国人，是您的朋友吧？"

"可以这么说吧……"

"很好的一个人啊，不过好像有点太软弱了，太容易被那些当官的牵着鼻子走了，但人很好。"

"也可以这么说吧……"

"我知道他希望任期结束的时候您再次任命他。他会听您的。"

这是当然的，字字不假。

"蒙德利先生，您怎么说都行，但我不可能发表任何评论。"

"首相先生，这事要是办成了，那我肯定都不知道怎么表达自己的感激了。"

这话就错了。党主席早就告诉了厄克特，蒙德利已经非常准确地描述了自己会如何表达感激之情。他开出的价格是十万英镑，直接捐献给党组基金"嘉奖一位伟大的国际主义者"。这是他找好的名头。斯坦普尔一直觉得自己特别擅长为政党"招商引资"，现在厄克特要给他浇一盆冷水了。

"恐怕我帮不了您啊，蒙德利先生。"

"啊，这是您的英国式幽默吧。"听语气他可一点儿也不欣赏这份幽默。

厄克特的表情云淡风轻，早就习惯各式各样的揶揄了："您个人的问题真的是需要意大利的权威部门去解决的，这点您要明白……"

"我会被毁了的。"

"真遗憾啊。"

"但是我还以为……"意大利人向斯坦普尔投去哀求的眼神，后者耸耸肩，"我还以为您能帮我呢。"

"我帮不了您，蒙德利先生。您是意大利公民，我没法直接帮您。"

蒙德利心烦意乱地扯着黑色的领结，惊愕的双眼好像鼓得更厉害了。

"不过，在这么严峻的形势下，我也想跟您交个底。英国政府和您一样，很不满意布鲁塞尔的提案，当然是出于我们自己的国家利益考虑。要是什么都由我说了算，这整个体制都应该推翻。"乐池里，交响乐队开始集合了，整个歌剧院响起大家期待的议论声。

"不幸的是，"厄克特继续道，"这件事情，以及其他很多事情，我们都需要和整个欧洲的合作伙伴和理事长们来协商，就连英国的理事长们也是谈判对象。我们肯定要谈谈条件，相互让让步，而目前我们在国内有太多烦心事了，艰难的日子要开始了。真是心都要操碎了。"

"我的整个企业都很危险啊，首相先生。不是立法作废，就是我死无葬身之地。"

"有那么严重啊？"

"是啊！"

"那么，要是我们政府的利益和您的利益恰好一致，那就真是个令人愉快的巧合了。"

"我会很感恩戴德的……"

"如果我处在您的位置，蒙德利先生，别人救了命……"他顿了顿，像徘徊的狼一样嗅了嗅空气中不存在的味道，"我的感恩戴德会是您的十倍。"

厄克特敷衍地笑了一声，好让这句话听起来像个玩笑，但意大利人自然是听得真切，心里明白。厄克特把他带到悬崖边，让他看看有多深，现在又给了他一线生机。蒙德利考虑了一会儿，再开口的时候声音里已经全然没有恐惧和惶然。他们现在不是在讨论活不活得下去的问题，而是在谈生意了。厄克特说的数字是他年利润的2%，相当可观，但也给得起。他也可以让会计想想办法，避避税，将这笔钱登记成海外投资。他一边想着，一边缓缓点了点头。

"就按您说的来，阿克特先生。我的确会有那么感恩戴德的，十倍。"

厄克特好像没听见似的，仿佛根本没和意大利人在一个频道上："我们可以抓住这个时机，再开一枪，让布鲁塞尔那边稍微收敛一点。我觉得可以在您这件事情上做做文章。英国也有好几家公司会深受其苦呢。"

"我愿意帮您开展竞选活动。"

"哦，是吗？那去跟斯坦普尔谈，他全权负责，跟我可没什么关系。"

"我已经告诉过他，在我眼里，您是一位伟大的'国际主义者'。"

"您真好。今晚可真愉快啊。"

"是的，不过我不太喜欢歌剧，首相先生。"他又开始按摩自己的大腿了，"要是我不留下来听下半场，您会原谅我吗？"

"但是斯坦普尔买的票呢……"

"他买了票，但我想我已经买了我的自由。"领结松垮下来，无力地垂在他胸上。

"那晚安了，蒙德利先生。认识您真高兴。"

斯坦普尔忙不迭地说着言不由衷的好话送他出门，这位敦实的意大利"施主"扬长而去。莫蒂玛·厄克特又回来了，身上的香水味在包厢里飘来荡去，一直不停唠叨着歌剧结束后要去参加剧组的一个招待会。厄克特几乎充耳不闻。他的"战斗基金"就这样建立了，风水又转到他这边来了，但就算这么满足的时刻，他也没有忘记，政治上的风水很少会长期眷顾某个人的。他必须要让这风水疯狂地往自己这边转,这样一来,这股风很有可能吹成相当有破坏力的旋风,甚至可能毁灭他自己,但只要风力够强、吹得够久,到三月份也许一切都有可能。剧院的铙钹被敲得咚咚响,第二幕开始了。他坐回座位上,盯着天花板。小天使那光滑浑圆的臀部让他想起一个人,之前在大学教书时的一个本科生,但那位妙女姓甚名谁呢?

第二十三章

若身后有雄狮追逐，你根本不用跑得比狮子快，只要跑得比朋友快，就能生存。

    反对党的领袖是个一丝不苟的人，他出身不高，是苏格兰西部群岛上一个小农场主的儿子。这个男人没什么幽默感，西部群岛遍布的泥炭沼严肃阴郁，养不出那份轻松戏谑，但他的奉献精神和勤奋工作的劲头，可是朋友和敌人都公认的。政府的部长们私下里都认为他是非常优秀的反对党领袖，而公开场合则拼尽全力保证他继续待在这个很合适的位子上，有时候好像他自己给自己施加的压力比政敌们带给他的还多。最近有好几篇媒体报道声称，去年大选中以微弱劣势落败，最近唐宁街又迎来一位新首相，在这种情况下，他的政党越来越焦躁不安，党魁的位置受到威胁。这些故事含糊其辞，缺乏真材实料，一遇到该硬碰硬的地方就有点自相矛盾了，但《泰晤士报》倒好像非常清楚个中奥妙，引用了一位"党内高官"的话，暗示说"党魁不是留给落选可怜虫的"。当然这也只是句抱怨，还没到"揭竿起义"的地步。民意调查依旧显示反对党领先四个点。

不过嘛，政党里的事谁也说不清，大家都野心勃勃想成为领袖，肯定闹事者甚多。一篇社论里就提到，无风不起浪，无火不生烟。所以戈登·麦吉林抓住机会，上了个很受欢迎的时事节目，一个政客，对阵三位顶尖记者。他想借这个机会，澄清下事实，为自己正名。

节目一共四十分钟，时间过去大半的时候还风平浪静，甚至有点无聊。从制作人的角度来说，当然是很不高兴，因为他的工作就是要不时残忍地给谁"放放血"。麦吉林以娴熟的技巧和超人的耐心，回避了每个尖锐的问题。他说根本没确定谁在反对他做党魁，而且最值得关注的并不是他的去留，而是可能导致数百人失业的经济衰退。位置真正岌岌可危的是首相先生，不是他。他说媒体把他的麻烦添油加醋，写得有鼻子有眼，说着向布莱恩·布莱恩福德－琼斯的方向不动声色地狠狠瞪了一眼。风是他最先放出来的，也是他写得最夸张。"你能说出哪怕一个向你提供线索的名字吗？"他挑战地说。编辑先生显然不习惯被别人开炮，赶紧转移了讨论的话题。

离节目结束还剩不到两分钟，制作人都绝望了，讨论就像陷入沼泽地一样停滞不前，一直大谈特谈反对党在环保方面的成就。接着布莱恩福德－琼斯又发话了。麦吉林笑了，那是一种慷慨的笑，仿佛一个农夫在赶集日看到一头成色很好的猪，他心情愉悦又轻松。

"麦吉林先生，请允许我利用最后一点时间提一个更私人的问题。"布莱恩福德－琼斯手里玩弄着一本小册子一样的东西，"您是苏格兰教会的高层人员，对吧？"

党魁露出一副贤明的模样，点了点头。

"教会出了本小册子，就是我手上这本，标题是，'走向 21 世纪——青年道德指引'。内容涉及的范围很广，在我看来好多都写得很棒，但最让我感兴趣的还是其中一个部分，第14页，教会坚定重申了对同性恋的态度，说这是一项'致命的罪恶'。那么，麦吉林先生，您认为同性恋是致命的罪恶吗？"

对面的政客咽了下口水："我想现在可能不是讨论这么复杂的话题的时候，很难解释的。毕竟，这个节目讨论的是时政，不是教会的事务……"

"但不管怎么说，这个问题还是有点意义的吧？"布莱恩福德－琼斯打断了他，"而且也很简单。您觉得同性恋是罪恶吗？"

政客的鬓角上冒出一颗汗珠，别人都没察觉到，只有制作人那双专业的"火眼金睛"捕捉到了，他兴奋起来。

"在这样一个节目上，很难回答涉及范围这么广的问题……"

"那我来帮帮您吧。想象您梦想成真，当上了首相，站在公文箱前，而我是反对党的领袖。我问了您一个很直接的问题，您觉得同性恋是罪恶吗？我想，在议会质询的场合下，后面就应该说，'这个问题真的很简单，简单到连首相先生也能听得清楚明白，所以只要回答'同意'或者'不同意'就足够了。'"

现场和电视机前的几百万观众都对这句话耳熟能详，这是麦吉林的原话，总是在质询时间用来为难首相。他真是上了自己的钩了，那颗汗珠逐渐变大，终于往下流了。

"那我换个方式来问。"编辑乘胜追击，"您认为您的教会这个道德指引是错误的吗？"

麦吉林艰难地寻找合适的言辞。在这样的气氛中，他断然不能说自己在年轻时就因为教会的指引，立志帮助他人，勇往直前，树立了清晰的人生信条，也奠定了其政治信仰的基础，并且帮他蹚过威斯敏斯特肮脏的水洼。作为教会的成员，他接受教会的交易，当然，怀着开放的心态，不质疑，也没妥协。他很理解教义中写的那些罪恶和弱点，也能接受，但他的信仰使得他不能承认这些都不是罪恶。

"我是教会的高层人员，布莱恩福德-琼斯先生，我当然接受教会的教义，当然是作为个人，但对于一个政客来说，这样的事情要复杂得多……"

"好，我来说清楚一点，要说得绝对清楚，所以在这件事情上您也接受教会的说法啰？"

"作为个人，我必须这么做，但请允许我……"

太迟了，片尾字幕已经打出来了，主题曲飘荡在录播室中，数百万观众必须要很仔细才听得清楚布莱恩福德-琼斯的结束语。"谢谢您，麦吉林先生。恐怕我们没有时间了，这四十分钟真是愉快。"他笑了，"感谢您的合作。"

肯尼和米克罗夫在沉默中看完了晚间新闻，里面详尽报道了麦吉林的采访，还有火山喷发般的回应。据说反对党领袖办公室正在草拟一份澄清声明，但很明显一切都晚了。与苏格兰教会对立的教会领袖已经出面明确表达了意见，同性恋社会活动家连珠炮似的质问，他自己的前座交通事务发言人也大胆公开评论说，在这件事情上他的领袖完完全全错了，真是可悲，而且无法原谅。"你们有领袖危机吗？"有人问他。"现在有了。"这是他的回答。

报纸根本不用把线人匿名了，抗议者纷至沓来，争先恐后地谴责这种偏执的中世纪道德和伪善，就连那些和麦吉林持同样看法的人也没帮上什么忙。一个很活跃的反同性恋活动家居然跳出来，恶狠狠地要求麦吉林开除党内所有同性恋议员，不然他就是个伪君子。

　　肯尼关掉电视。米克罗夫默默坐了一会儿，颓然跌倒在电视屏幕前那一堆青豆袋子里。肯尼一言不发地煮了两杯咖啡，加了点他旅行时偷偷带回来的小瓶白兰地。这些之前他都见识过了，众人的怒气、警告、谩骂和随之而来不可避免的自我怀疑。他也能看出米克罗夫有点沮丧，这位年长的伙伴之前从没这样过，没在他面前露出过这样的一面。

　　"天哪，我真是太困惑了。"米克罗夫终于喃喃自语地开了口，不过还是紧紧咬着嘴唇。他一直呆呆地盯着关掉的屏幕，不愿看着肯尼的眼睛，"闹得这么沸沸扬扬的，人人都在争取这权利那权利。我真是忘不了那个恶心的马尔普雷斯拖着那个可怜的男孩儿，那个男孩子就没有权利了吗？"

　　"就算是基佬也不能一概而论，是吧？"

　　"有时候我问自己他妈的在干什么。这些对我的工作和我自己来说意味着什么。你知道吗？我现在还是没法承认自己是这些人中的一员，特别是看到马尔普雷斯那样的男人和电视上那些上蹿下跳的激进分子。"

　　"我是同性恋，戴维，一个基佬，一个娘炮，一个精灵女王，一个娘娘腔。随便别人怎么叫，这就是我。那你觉得在我身上也没有认同感吗？"

"我……我真是不会说话，对不对？"

"活了大半辈子，我的人生准则就是要遵守规则。要信仰这样的事情实在是……天哪，肯尼，我心里像分成了两半，一半居然是向着麦吉林的！同性恋是错误的！然而……但是……"他抬起困惑的双眼，看着眼前的"伙伴"，"在过去几个星期我体会到的乐趣，以前想都没想过。"

"那你就是同性恋啊，戴维。"

"那我肯定是了。肯定是，同性恋。因为觉得我爱你。"

"那就把那些乱七八糟的都忘掉吧。"肯尼愤怒地朝电视机挥了挥手，"让别人去争个你死我活，鱼死网破吧。我们根本不用和他们一起去指责全世界啊。爱应该是发自内心的，是很私密的，不是在每个街角都他妈的来和别人干上一仗。"他满怀真诚地看着米克罗夫，"我不想失去你，戴维。别增加我的负疚感好吗？"

"如果麦吉林是对的，那我们可能永远也上不了天堂。"

"要是天堂里全是垂头丧气不快乐的人，不能接受自己真正的取向，直面自己的感觉，那我可不想上去。所以，我们为什么不享受当下呢？就你和我，及时行乐吧。"

"能行多久的乐？"

"有多久是多久，亲爱的。"

"只要他们不来打扰我们，你是这个意思吧？"

"有的人来到悬崖边向下看，马上吓得跑开了。他们从没意识到，你可以在悬崖边起飞，翱翔，奔向自由的蓝天。他们的一生都在悬崖边爬行，从未找到突破的勇气。千万别像他们一样一辈子都在爬啊，戴维。"

　　米克罗夫勉强挤出一个微笑："我恐怕有点恐高啊。"

　　肯尼把咖啡放到一边："过来，你这个笨基佬。我们一起来跳个崖吧！"

第二十四章

但凡为政，偷盗之行在所难免。我不过试图偷得两三选区，他却阴谋窃取整个国家。

步枪对准了二十多米以外的靶子。那是戈登·麦吉林的头颅，表情英勇无畏，狠狠瞪着开枪的人。深吸一口气，静默片刻，扣动扳机。后坐力真强，点二二口径的子弹飞一般地射了出去。反对党领袖过去的参选海报上，原本是他嘴巴的地方变成了一个完美的空洞。这张海报本来就粘得不牢，这致命一击之后，更是粘不住了，哗啦啦地掉在地上，好像被丢弃的破纸巾。

"别按老一套的风格来做海报啦。"

"也别按那样来选反对党领袖啦。"

厄克特和斯坦普尔愉快地开着玩笑。这里位于威斯敏斯特下议院晚宴厅的正下方，是个低矮的酒窖，到处都是木架子、管道，很有威斯敏斯特的建筑风格。两人并排躺在酒窖旁窄窄的步枪射击场。这里是议员们常来的地方，他们在这里放两枪，对着纸靶子发泄一些心里的杀气，免得一时冲动把同僚给杀了。丘吉尔就曾在这里苦练枪法，以应对迫在眉睫的德国入侵，那时他发誓说要亲自上战场，在唐宁街那一堆沙袋围起来的壕沟后面战斗到最后一刻。厄克特也在这里为质询时间做准备，在这里，他完全没有压抑的感觉，不用忍受女议长挑剔的目光。

"你还真是运气好呢，竟然找到了教堂宣传册。"斯坦普尔说道，不知为什么好像有点不情愿的样子，调整了一下支撑沉重手动拴打靶步枪的皮腕带。他的枪法比起厄克特来显然幼稚很多，从来都是他的手下败将。

"柯宏家族是非常有异邦情调的，他们经常对莫蒂玛突击来访，还带来各种各样的奇怪礼物。有个人还以为我会对青年道德规范感兴趣呢。真是个奇怪的人。这不是运气，蒂姆。是结了一门好亲家。"

原房地产中介目露凶光。"你还想再打一轮吗？"他问道，又往膛里上了颗子弹。

"蒂姆，我想打场真正的仗。"厄克特再次抬起步枪，扛在健硕的肩膀上，往靶子的方向瞄准，"我决定了，战争又开始了。"

"这肯定又是个无聊的'厄式玩笑'。"

厄克特又打落了一张纸靶子，然后转向斯坦普尔，脸上的笑容逐渐消退。

"麦吉林麻烦大了。他冒了很大的风险，结果失败了。真令人伤心啊。"

"我们还没准备好，弗朗西斯。太早了。"斯坦普尔反对道，完全不为所动。

"反对党的准备只会比我们更不充分。面对大选的政党就像被吃人的雄狮追着跑的游客，你不用比狮子跑得快，因为你根本不能。

你唯一需要确定的，就是比其他的浑蛋跑得快。”

“这个时节，街上的积雪足有三十厘米深呢。”

“太好啦！我们的四轮驱动车比他们多啊。”

“但从民意调查看，我们仍然落后四个点啊。”党主席抗议道。

“那我们就更不能浪费时间了，蒂姆。我们要完全控制住他们。每个月宣布一项重大政策，举行一次高端的国事访问，可以有这样的新闻，‘新首相席卷莫斯科或华盛顿’。我们跟欧洲吵吵架，拿点钱回来。我要和每个有意亲近政府的大报编辑吃饭，一定要单独约见。你就去把政治特派记者们哄开心。另外，如果预案能通过，我们就降息。赦免几个罪犯，开个花车给民众显示歌舞升平。我们已经把麦吉林绊倒在地了，那就趁他还没起身把他踢得毫无还手之力。蒂姆，接下来的六个星期可不能做什么重大逮捕。”

“那我们一起祈祷国王陛下这次会合作吧。”斯坦普尔语气中严重的怀疑藏都藏不住。

“你说得对。我一直在想，应该换个方式跟宫里沟通。多走动，多联系，搭个桥牵个线什么的。耳朵放尖点儿，多探听点风声、八卦，见不得人的、不对外说的，都打听清楚。”

斯坦普尔竖起一只耳朵，好像听到捕猎的猛兽肆虐整个森林的声音。

“我们还需要跑腿的人，蒂姆。忠心耿耿，全心全意，不能太聪明。在需要的时候，要愿意跨过我们搭的桥。”

“听起来很像是要打仗啊。”

“最好能赢啊，老伙计。要不然我们就变成他们的枪靶子，而且可不是眼前的纸靶子哦。”

第二十五章

一月第二个星期

做下议院议员有什么感觉呢？很简单：被活埋的感觉。至少在上议院大家还比较仁慈，会等到你只剩下一口气的时候。

从大门到老宅院的那段路很长，上面全是粗粗的砂砾。与其他交通工具并行的车子发出咯吱咯吱的声音，这是一辆擦得锃光瓦亮的深蓝色劳斯莱斯，在一群破旧的路虎和布满泥泞的杂牌旅行车之间显得很是格格不入。兰德里斯一看就知道自己也会和座驾一样格格不入的，但他不在乎，早就习惯了。这座老宅院属于一个叫米奇的人，授勋"奎灵顿子爵"。风景美不胜收，一眼望去就是牛津郡乡村蔓延的田野。虽然灰蒙蒙的一月的下午并不是个赏景的好时候，但这里也仍然会让人心旷神怡。建筑的外墙上的画不怎么讲究章法，都是一个古老贵族家庭的成员，大多数都叫威廉、玛丽①，维多利亚

---

① 威廉和玛丽是英国王室。

时期风格居多，侧翼的小教堂附近又有点都铎王朝的感觉，但几乎没有 20 世纪风格的作品。

弥漫的湿气仿佛紧随着他进入了乱作一团的宽大门厅。厅里有几只扭打在一起的猎狗，一些脏兮兮的威灵顿长筒靴，各种各样的厚夹克和外出装备。无论什么全都是湿乎乎的。地上铺贴的瓷砖碎得很严重，哪儿都找不到中央供暖的迹象。在其他地方，这样一栋房子早就会被正在扩张中的日本酒店集团或高尔夫财团买下，进行保护、维修，重新开张，避免老宅腐朽衰败的命运，但这里没有，至少现在还没有。兰德里斯很高兴之前拒绝了在这儿过夜的邀请。

奎灵顿家族的历史起源于他们的一位祖先随同克伦威尔①远道去了爱尔兰，干了很多杀人的活路，双手沾满鲜血，同时也积累了很多财富，在复辟时代回到英国再发一笔财。那是一段光辉历史。随着时间的流逝，奎灵顿家族现在这一代人经历了岁月的洗礼、厄运的困扰，再加上毫无章法的税收计划，早就十分贫穷了。他们总是充满敬畏地回忆起祖先的辉煌，家族的房产渐渐都假手他人；与爱尔兰的联系完全中断；家里收藏的很多名画一幅幅卖了出去；最上乘的家具和银器也成了拍卖会上的抢手货；原本庞杂的家仆集团也被裁得所剩无几。家里一直靠着过去的老本生活，坐吃山空，日子越来越不济了。

对于兰德里斯这个大商人来说，和其他客人见面也是一定程度的折磨。来客都是家族成员的老朋友，其中有的是两小无猜的幼时

---

① 全名奥利弗·克伦威尔，英国资产阶级革命家、政治家、军事家、宗教领袖。

玩伴，很有种高级公立学校按照家庭出身抱团的感觉，来自贝斯纳尔格林的穷小子进不了这个圈子。他的衣着也完全不加分，"乡间休闲风"，之前有人告诉过他按照这样来穿。他穿着上下两件的套装、马甲和一双棕色的鞋，结果其他人全都穿着牛仔裤。直到夏洛特王妃热情招呼他的时候，他的羞恼才减轻了几分。

这个周末就是围着王妃转的。负责安排各项事宜的是奎灵顿子爵的弟弟，戴维。而王妃殿下则终于找着机会，轻轻松松地和朋友相处，远离那些伦敦上流社会以及八卦专栏作家搜肠刮肚的阴谋。

这里的人们都是古老家族的子孙，有的家族历史甚至比温莎还要悠久。对于他们来说，王妃是个好朋友，当然也是个可以利用的角色。在有些人眼里，她还是童年时期那个"小豆豆"，在游泳池里跟同伴们吵闹嬉戏，穿着漂亮的裙子参加那些"冰块脸"保姆们组织的聚会。这次她专门要求要一间单独的卧室，要远离其他客人。戴维把一切都安排妥当了，把皇家护卫队派来的两个侦探和司机支得远远的，安排在房子背面。王妃住的是那间中式风的房间，严格意义上讲并不是套房，而是一个很宽大的单间，位于东翼的二层。戴维则住在这层楼唯一的另一间卧室。这样一来她的隐私得到了保证。

在这栋老宅子里四处看看，会有某种忧伤的感觉。各种管线都年久失修，家具设备的边缘破损，角落阴湿漏水，一个侧翼基本上完全关闭了。然而，这仍不失为一栋特点鲜明的老宅子，很有历史的沧桑感，而且晚宴厅简直堪称雄伟壮丽。长四五米，镶嵌着橡木饰板，顶上是两盏美丽的枝形吊灯，灯光深深地投射到精心打过蜡的餐桌上。这张桌子用了上好的木材，由拿破仑海军抓来的很多俘房共同手工制作而成。晚宴桌上的银器也比较古老了，上面有精美的花押字，镶嵌的水晶与其相得益彰，真是永恒的经典。过去那些贵族啊，就算有的活得捉襟见肘，也是很讲究吃的。奎灵顿子爵坐在桌头，右边是王妃，左边是兰德里斯，其他人依次就座。他们很礼貌地听着报业大亨讲《大都会》杂志上的故事，就像他们的祖先曾经听粗鄙的探险家讲南太平洋诸岛的传说。

晚饭之后，他们拿着波特酒和干邑来到宅子里古老的图书馆。这里天花板高远，厅堂宽阔，冬日的寒气在远远的角落里阴魂不散。一排排望不到头的书架上，摆满了珍贵的皮面大部头。被烟尘熏得变了色的油画们挂在一面空墙上。兰德里斯好像看到墙上还有些被取走的画留下的痕迹，应该是拿去拍卖了吧。剩下的数量不多了，挂得稀稀拉拉的。家具看上去和宅子里的一切一样古老。两张大沙发，其中一张离熊熊燃烧的壁炉很近，沙发上盖了一块汽车毯，尽量遮掩岁月带来的残损。另一张则破破烂烂地立在那儿，什么遮蔽都没有。墨绿色的布料被宠物狗坚持不懈地抓挠得千疮百孔，马毛填塞物不断从某个沙发垫子里面冒出来，像蜡油似的。在图书馆这样一个氛围和环境下，晚宴的客人们渐渐都亲如一家，谈话更放松，内容也更百无禁忌了。

"今天可真丢脸。"奎灵顿嘟囔着，用皮靴子的靴跟踹了踹火堆，火星四溅，往宽宽的烟囱散去。子爵先生瘦瘦高高的，穿着量身定做的紧身牛仔裤、高筒靴，戴着一顶宽宽的袋鼠皮软呢帽，对自己的穿衣打扮很有些自命不凡的样子。但在外人看来，五十多岁的人这么穿，即使谈不上有点荒唐，至少也是略微奇怪了。不过，奇装异服倒也能有效掩盖家道中落的事实。"他妈的那些反狩猎的人,像苍蝇一样转来转去,把我这儿当什么了,一堆马粪吗?他们随随便便就跑到我的土地上来,警方又不愿意抓他们,连赶一赶都懒得动手。除非他们真的攻击了谁。这些游手好闲的人在你的土地上发疯,你都阻止不了,这个国家成什么了啊。家可是一个人的城堡啊,你说这怎么办?"

今天打猎可不顺利。那些动物保护组织的人挥舞着横幅大旗,到处撒胡椒粉和茴香,弄得马匹心神不宁,猎狗晕头转向,而猎人们愤怒不已。这个上午潮湿阴暗,飘着细雨,本来就很难追寻动物的踪迹,他们艰难地走过乡下泥泞的道路,结果毫无斩获,只发现了一只死猫。

"在你自己的地盘上都赶不走吗?"兰德里斯问道。

"根本他妈的不可能。非法进入不算多大的罪,警察根本他妈的不会管。要是你好心好意地请他们离开,他们就会对你出言不逊,反而叫你滚蛋。要是你稍微给他们点颜色瞧瞧,你就会因为人身攻击罪上法庭,就他妈的因为保护你自己的财产。"

"关门放狗啊,我就是这么做的。"王妃笑着插了话,"我看见他在我的马跟前鬼鬼祟祟地转来转去,我就帮了小马一把。十六只恶狗从四面八方向他冲过去,他吓也吓死了,赶快跳出围墙,结果跌倒了,坐到一大摊新鲜马粪里!"

"太棒了,豆豆。真希望他还拉了一裤子。"戴维·奎灵顿突然发话了,"您打猎吗,兰德里斯先生?"

"我只在城市里'打猎'。"

"应该试试真的打猎，可以最好地领略乡村风貌。"

兰德里斯对这个建议很是怀疑，他来的时候正遇到一些人打猎回来，他们的脸憋得红红的，还脏兮兮的，全是泥巴，全身上下都湿透了。再加上还拿着一只被分了尸的狐狸，内脏乱七八糟地撒了一地，马儿的蹄子踏上去发出令人很不舒服的声音。他觉得自己还是不要去享受这份"乐趣"了。不管怎么说，在两盏破烂街灯和废旧汽车之间的钢筋水泥楼房里出生和长大的孩子们，大概对乡村和那里的生物有种幼稚的向往和情感。在十三岁那年学校组织短途一日游时，他才第一次看到英格兰的绿地和令人身心舒畅的牧场。另外，事实上，他对狐狸这种动物还怀着一种钦佩和赞赏。

"狐狸简直太讨人厌了。"奎灵顿兄弟中年轻点的那位说道，"跑去抓鸡啊，鸭子啊，刚出生的小羊，有时候连生病的小牛都不放过呢。在城里的垃圾堆里翻了一堆东西带到乡下来，到处传播疾病。他们现在反对庄园主们倒是容易，不过我就把话撂在这儿了，庄园主们可都在保护这里啊，努力去防狐狸这样的讨厌鬼，翻修围墙和灌木篱墙，种林地好引开狐狸和野鸡，这全都是花的自己的钱，出的自己的力啊。没有这些庄园主，那些人要保护的乡村可就没这么多了。到时候他们抗议都找不到那么大的地方了。"

兰德里斯注意到，说话的这位奎灵顿，也就是坐在王妃旁边沙发上的那位，说话比较客气，喝酒也比较节制。但他哥哥就不一样了，靠在壁炉旁边，酒杯从未离手。"很危险，一切都受到威胁，你们知道吗？他们随便践踏你的土地，在那儿大喊大叫，跟伊斯兰教那些疯教徒似的，扯着横幅，摇着旗子，吹着他妈的喇叭，要把猎狗拉到公路或铁路上碾死。就算有时候他们自己做过分了被捕了，有些蠢蛋治安官居然他妈的同情他们。我呢，就因为我有土地，就因为我的家族世世代代都保护这片土地，全心全意投入到当地社区来，在上议院为国家效劳；就因为我这么努力，结果他妈的什么钱都没留下，每月只有无穷无尽的账单和银行催款单。我就是个寄生虫了！"

"根本没个搞得清楚状况的人了。"王妃表示同意，"就拿我家来说吧，以前是很受尊敬的。结果现在呢，记者根本不去关心国事厅里发生的大事，反而在人家的卧室周围转来转去的，想拍到丑闻八卦。"

兰德里斯注意到王妃和更年轻的奎灵顿兄弟之间交换了个眼神，今晚可不是第一次了。今晚一开始他两分别坐在沙发的两端，但后来越坐越近了，好像相互吸引的磁铁似的。

"说得太对了，豆豆。他们清楚得很，你根本没法为自己辩解啥的，就毫不留情地口诛笔伐。"米奇坐在壁炉旁没挪位置，继续滔滔不绝地发牢骚，"我们他妈的这么努力，得的少就算了，他们还跑来插手我们打狐狸的事，攻击庄园主，破坏我们土地世袭的传统。你猜下一步会怎么样？英国就他妈的要变成个共和国了。我们现在就应该起来维护自己的权益了，不能再这样忍气吞声唯唯诺诺了。"

夏洛特喝光了杯中的酒，伸手递给年轻的奎灵顿让他添。"但是，米奇，我不能这么做，我这边没人能这么做。王室，就应该默默地什么都不说。"她转身面对兰德里斯，"你是怎么想的呢，本杰明？"

"我是个生意人，不是混政坛的。"他有些羞怯地抗议道，但还是比较克制。她其实是在给他机会，让他能在这个圈子里插上话，不能拒绝王妃的好意呢。

"好吧，那我就从政客们那里现学现卖吧。要是某位部长想说点什么，结果发现自己说出口会显得不太明智，那就找其他人帮他说。找个议员啊，商界领袖啊，或者报纸编辑之类的。你们都有朋友，很有影响力的朋友，比如奎灵顿先生，您在上议院有一席之地，是说得上话的。"

"干苦力，要帮着政府划大船。他们就觉得我们是干这个的。"奎灵顿不以为然地哼了一声。

"要是您不起来为自己说话，那就永远是干苦力的。"兰德里斯正色警告道。

"听着像要暴动啊。"他的弟弟在酒桌那边回答，"跟政府对着干。"

"那又怎么样？光脚的不怕穿鞋的，你们本来也没什么了，总比默默地受欺负好吧？还记得他们对国王演讲做的事情吧？你们也是最前线的人啊，开火吧。"

"根本没空去理那个厄克特。"奎灵顿对着自己的球形白兰地大酒杯小声嘟囔着。

"媒体也不会报道的。"他弟弟说，把一杯斟满的酒递给王妃。兰德里斯注意到这次他坐得离她更近了，两人手挨着手。

"有的媒体就会报道。"兰德里斯迅速说道。

"本杰明，当然啦。你多好啊。"夏洛特安慰地说，"但其他媒体感兴趣的就是偷拍我，我的裙子最好被吹到耳朵边上，大家好议论下我的内裤是什么牌子。"

这画面可不太对，兰德里斯心想，媒体最感兴趣的应该不是她在哪里买内裤，而是她把这内裤留在了哪里。

"就不应该给那些搞媒体的授勋。"米奇说，"特别是不能封贵族。封了他们就了不起了，下笔就不说真话了，还真他妈把自己当个人物了。"

兰德里斯并没把这话当作对自己的侮辱，而是觉得这群人渐渐开始接受他了，开始忽略他的出身与他们天差地别的这个事实。

"也许你说得对。"奎灵顿继续说，"去他妈的，现在他们赋予我们的唯一权利大概就是在上议院发发火、骂骂人了，是时候好好用用这个权利了。让贵族们和世袭继承的原则成为保卫你和你的家庭的第一防线，豆豆。"

"您要是有什么想说的，我保证会帮您登出来。"兰德里斯诚恳地说，"就像我们登了那篇圣诞节演讲一样。"

"我们真他妈的想出了个绝妙的主意，豆豆。"奎灵顿说。他的地主本性又犯了，现在就把这个主意"征用"成他自己原创的了，"你想说什么，我都会帮你说。要是国王不方便发表公开演说，我就帮他发表。在上议院公开说，给大家听听。我们不能让他们堵了口。"他点点头表示对自己的赞赏。"真遗憾你不能在这儿过夜，兰德里斯。"他继续道，"我还有好多其他的想法想跟你谈谈呢。"谈话圆满结束，"再找其他时间吧，好吗？"

兰德里斯明白他是在礼貌地下逐客令，看了一眼表。"啊，这么晚了，我得走了。"他主动说，站起身来跟在座的人一一道别。

他真渴望到外面去深呼吸一口新鲜空气啊，他不属于这里，与这群人格格不入。不管他们多有礼貌，不管他多么成功，他永远也不可能在他们那里找到归属感。他们也不会允许。他可能拿到了这群人晚宴桌的"门票"，但绝对没法进入这个圈子。当然，他也不介意，他根本不想进入。这群人已经是明日黄花，根本看不到希望，没有未来。不管怎么说，他去装贵族骑马，那画面也太滑稽了，但他不后悔自己所做的一切。出了门，他转身瞥了一眼，庄园的主人还站在壁炉前，梦想着像个骑士一样在上议院发动高尚的贵族战争。他还能看见王妃和年轻的奎灵顿，已经迫不及待旁若无人地在沙发上手牵手了。只要耐心等待，伺机而动，这里的故事可是写都写不完的。

第二十六章

王室的良心如同拂过玉米地的风，过时绿浪滚滚，过后悄无声息。

下议院的侍者跑到男厕所找人。他有一条紧急的口信要传达给汤姆·赫辛顿。这是一位共产党的议员，来自德比郡的一个选区，过去有很多矿业，后来关闭了。这位议员一向很自豪地宣布说自己是来自工人阶级的，不过十多年来脏了他的手的只有墨水和番茄酱。男厕所自然也是维多利亚风格的，古老的贴砖和瓷器装饰，唯一不和谐的是一个电动热风烘干机。杰里米·科斯洛浦正站在那儿烘手，他来自"自命不凡"的夏尔斯郡，上了年纪，以自大和浮夸著称。

"先生，您看见过赫辛顿先生吗？"侍者问道。

"这里一次只能拉一泡屎吧，兄弟？"科斯洛浦用鼻子哼哼出来一句，"去那些酒吧找找吧，很有可能在桌子底下的某个角落里。"

侍者飞也似的离开了。科斯洛浦身边的洗手盆旁又多了一个人，也是这个厕所里仅剩的一个人，蒂姆·斯坦普尔。

"蒂莫西^①，亲爱的孩子。党总部待得还不错吧？真是份儿好工作啊。"

斯坦普尔转身望着他，低了低头表示感激，但整个动作十分"冰冰"有礼。科斯洛浦拿腔拿调是出了名的，总是自称当地社会的领导者，但实际上他锱铢必较，为了钱结的婚，岳丈家境可观。于是，他在这位前房地产代理面前表现得优越感十足。科斯洛浦永远不会支持所谓的"无阶级"概念，毕竟他大半辈子都在努力脱离自己过去的阶级。

"真高兴能有机会跟你谈谈，老伙计。"科斯洛浦说。他脸上堆着假笑，眼睛则敏锐地看着镜子的角落，确定这个回声很大的厕所里只有他和斯坦普尔。"跟你谈谈秘密，男人和男人之间的。"他一边说一边偷偷把每个隔间的门缝下面瞥了个遍。

"您有何贵干，杰里米？"斯坦普尔回问道。如果他没记错的话，在下议院待了这么多年，科斯洛浦几乎从来没跟他谈过什么。

"内人年事已高，明年就七十整了，身体不大好。她很勇敢坚强的，不过在选举上是帮不了什么了。那么大的选区，四十三个村子，你也明白的，要到处走完还是需要时间的。"他朝斯坦普尔这边的洗手盆走来，第二次洗起了自己的手，想表现得亲密些，但明显更多的是紧张不安，"我欠她的啊，应该多陪陪她，舒缓一下压力，多享受一下二人世界。现在她也是活一天少一天了。"他停顿了一下，手上搓起了一个很大的肥皂泡，好像想表示自己一直对个人卫生一

---

① 蒂姆的昵称。

丝不苟，还想强调对自己妻子的关怀有多深。不过这两点都骗不过斯坦普尔，做副党鞭的时候，他已经看过科斯洛浦的私人档案了，里面的资料显示，他定期会给一个单身母亲付钱，而这个女人也是他爱去的那家酒吧的常客。

"坦白说，我想下次选举的时候放弃我的席位。当然是为了她，但我这么多年积累的经验就这么白费了，那就真是太遗憾了。很想能有什么渠道和机会……我还能做点贡献什么的，你懂吗？继续为国家贡献我的绵薄之力，当然还有为这个党派。"

"你有什么具体的想法呢，杰里米？"斯坦普尔已经洞悉了这场谈话的走向。

"想听听你的建议呢，不过去上议院看起来还挺合理的吧。对我来说没什么很大的意义，但贱内就很重要了。这么多年了，她总算看见我进了上议院了。特别是……你知道的……她可能也享受不了几天了。"

科斯洛浦还在哗哗地开着水洗着手，假装这是很随意的谈话，结果裤子的裆部都湿透了。他意识到自己出了丑，匆忙中粗暴地关了水龙头，转身正面对着斯坦普尔，手放在一边，湿透的袖口还滴着水："你会支持我吗？党派会支持我吗？"

斯坦普尔转身朝电动烘干机走去，轰隆隆的噪音逼得科斯洛浦跟着他走过去，两人都不得不提高声音。

"下次竞选之前会有好几个同僚退下来的，杰里米。我想他们都想跑去上议院吧。"

"我又不是为了自己，都是为了我太太。我工作很努力，根本不像别人那样，一直推卸责任，什么都不做。"

"当然，最终的决定权都在弗朗西斯手上。这么多人，这么多理由，他很难办的。"

"我投了弗朗西斯一票的……"这是一句谎言，"我会忠于他的。"

"你会吗？"斯坦普尔背对着他，抛过来一句疑问，"弗朗西斯最看重的就是忠诚了。"

"绝对会。你们俩无论想要什么，跟我言语一声就行了！"

烘干机突然安静下来，有那么短暂的一瞬间，整个卫生间都安静了，让人错觉是在教堂的忏悔室。斯坦普尔转身盯着近在咫尺的科斯洛浦。

"我真的能相信你吗，杰里米？你会认为忠诚重于一切吗？"
科斯洛浦鸡啄米似的点头。

"就算涉及国王？"

"国王？"对方很疑惑。

"对，杰里米，国王。你也看到了，他对我们造成了多大的危害。弗朗西斯担心情况会越来越糟糕。我们需要给王室一个坚定的提醒，让他们搞搞明白谁才是管事的。"

"但我不确定……"

"忠诚，杰里米。忠诚的人能从政府这儿得偿所愿，反之就不然了。与宫里作对当然不是件美差，但必须有人站出来，保护宪法里写明的重要原则，不然真是国将不国。弗朗西斯做不到。你也知道，身为首相，不可能正式和公开地与宫里作对。这会引起宪法危机的，他肯定也不希望发生这种事情吧。能避免的唯一办法就是让部长以外的人去做，但这个人又要资格老，又要有威信，就是你这样的，杰里米。你需要提醒一下王室和公众，有些我们固守的选择很是危险。弗朗西斯至少能指望他忠诚的支持者办这么件小事吧？"

"能……不过……攻击国王，还能进上议院吗？"

"不是攻击，只是提醒他注意最高宪法的原则。"

"但最终是国王来决定……"

"完全参考首相的独家建议，国王不能拒绝首相的推荐。"

"真是有点像《爱丽丝梦游仙境》……"

"最近宫里不也是鬼话连篇吗？"

"我想稍微考虑一下。"

"你还要考虑自己忠不忠诚吗？"斯坦普尔语气严厉，带着强烈的指责。他的嘴唇轻蔑地撇着，一双阴森森的眼睛里燃烧着愤怒的火焰。这位党主席没有再说一句话，转过身走到门边。他的手已经搭在了亮闪闪的黄铜把手上，科斯洛浦意识到，要是斯坦普尔就这么开门走了，他就不可能实现自己的目标了。

"我做！"他尖声叫道，"蒂姆，我知道自己的忠心在谁那里。我做。"他重重地喘着粗气，除了紧张，还有困惑。他尽量控制住自己，双手在裤子上擦来擦去："你能指望上我的，老伙计。"

斯坦普尔目光灼灼地盯着他，双唇舒展开，变成一个冷冰冰的微笑，接着开门扬长而去。

第二十七章

据说，唯一带着诚实的企图进入议会的人，古往今来只有盖伊·福克斯①。我觉得这说法对大主教们不是很公平，他们中至少还是有一些人行得正、坐得直的。

午餐真可谓是豪华丰盛。米奇·奎灵顿和他的大表哥——金赛尔的切丝莫爵士都很喜欢上好的葡萄酒，而上议院宴会厅的酒窖里选择可多着呢。他们决定喝"巴顿庄园"，但在 1982 年和 1985 年之间举棋不定，所以他们两瓶都点了。在优雅美丽的桃心花木镶板前、无微不至的工作人员的服务下，一直品味到午后。切丝莫比奎灵顿年长二十多岁，家境也要殷实很多，而年轻一点的那位穷亲戚本希望利用这次午餐的机会说服大表哥，家族人员要团结一致，让他帮忙找找关系，把奎灵顿家在牛津郡的几百公顷土地以不错的价格租出去，但可悲的是他的战术出了岔子。这老家伙好像有点招架不住红酒，喝得晕晕乎乎的，不断地说自己不住在牛津郡。账单虽然已

---

① "火药阴谋"的策划者，1605 年计划刺杀詹姆士一世和英格兰议会上、下两院的所有成员。

经很优惠了，但还是能反映出葡萄酒的上乘品质，奎灵顿憋了一肚子气，也许到下午茶的时候这个老家伙能清醒过来吧。

他们来上议院是要反对一项法案的，这项法案居然要求完全禁止猎狐。等他们在那座哥特式会议室的深红色摩洛哥风格长椅上就位时，辩论早就开始很久了。短短几分钟切丝莫就睡着了，而奎灵顿的下巴无精打采地支在膝盖上，带着越来越强烈的抵触，听着面前的演讲者滔滔不绝地批评着那些因循守旧、认为自己生来就被神眷顾，还以乡村的所有者自居的人。这人原来是个理工学院的讲师，最近才因为在工会相关事件研究上的勤勉努力，被授予了终身爵位。比起下议院，上议院的辩论少了很多浮夸和自大，也没有那么尖酸和刻薄，比较符合这里的贵族气质，毕竟很多人都以自己的出身而自豪，不愿斯文扫地，有辱门楣。不过，虽然没那么直接和粗鲁，这位爵士仍然态度强硬地充分表达了自己的观点。就因为今天的议题，会议室里不同寻常地坐满了世袭的爵士和来自偏远乡村地区的贵族们，他们都在愤怒地反对着发言者的论调，好像自尊受到了极大的侮辱和伤害，如同陷入绝境的困兽。在上议院这样明确的感情表达可是不多见的，而世袭的爵士们这么在意，听得这么认真，也真是太阳从西边出来了，他们一般只在意国丧或王家婚礼。这些贵族们也许并不常常做这样的事，也不擅长做这样的事，但至少此时此刻的阁下好歹露出了点儿办正事的优雅样子。

奎灵顿清了清嗓子，这倒胃口的辩论就要让上乘红酒给他留下的温暖美好的感觉消失了。那个理工出身的勋爵已经扩大了攻击范围，从猎狐本身讲到那些打猎的人，这让奎灵顿怒不可遏。他不是那种随意欺凌他人权利的人，绝对不会因为打猎就强迫某个农场的工人搬出雇主租的房子，而且打猎期间无心造成的任何损失，都会给予相应的赔偿。这人都在胡说八道些什么啊，你看看奎灵顿家族，大家都是多么认真细心的乡间管理人啊。就为了那片土地，他们钱财散尽，父亲不幸病逝，守寡的妈妈一无所有，只得终日与泪水为伴，而眼前这个白痴，一辈子都待在某个暖气开得特别足的教室，工资随着通货膨胀越来越高。这么一个人竟然好意思指责奎灵顿比叫花子好不了多少。过头了，真他妈的过了头了。这种冠冕堂皇和粗野无礼的侮辱，这种含沙射影的讽刺已经持续太久了，让人回想起已经过去半个多世纪之久的阶级斗争。

"我们该让他们看清楚自己几斤几两了，是不是，切丝莫？"不知不觉之间，奎灵顿已经站起来了。

"这场辩论重点不是猎狐吧？这只是个借口而已。这背后是对我们的传统与价值观的阴谋攻击。这些传统和价值观不仅仅团结了我们广大的乡村地区，将这个上议院凝聚在一起，而且还让整个社会团结一致，心手相连。我们的土地上有一些搞破坏的人，在座的某些阁下也可能是其中一员。"他故意不去看之前那位说话的人，这样大家都很清楚他指的是谁了。

"什么样的人会打着民主的旗号将自己狭隘激进的思想强加于别人呢？特别是强加在那些沉默的大多数人身上。他们才是大不列颠真正的脊梁，他们才是这个国家最真实和最有荣耀的人啊。"

他舔舔自己的嘴唇，面颊上浮起一片潮红，一是喝了酒，二是真情流露，让他一改平时在公共场合发言的羞怯和不自在，舌头不再像以往数次那样打结，也没有语无伦次、胡言乱语，比起所在村庄年度庆典上的发言来，他这次要镇定和从容许多。"他们想要革命，彻底地革命；他们会丢弃我们的传统，废除上议院，践踏我们的权益。"奎灵顿伸手指了指大厅那头华盖荫蔽的王座，那里空空如也，仿佛被遗弃了一般，"他们会不遗余力地让我们尊敬的王室噤声，让他们越来越微不足道。"

好几个上院议员都挑起了眉毛。关于讨论王室是有严格规定的，特别是在这样一个主题——打猎这种血腥运动的辩论中。"请说重点，尊敬的爵士。"有个议员发出低沉的警告。

"哦，我高贵的爵士，这就是我的重点啊。"奎灵顿激动地抗议道，"我们来这儿，不是要对下议院唯命是从的，而是来共商国是、提出意见和预警的。我们，以及我们尊贵的君主努力做这些事情，因为我们代表的是这个国家真正的长远利益。我们代表的价值观，正是这个国家多少个世纪以来一步步走向辉煌和伟大的关键，也必将引导她走向新的世纪。我们坐在这里，不能被短暂的潮流和一时的狂热所动摇。我们不会堕落到参加什么竞选，假装我们能满足所有人的需求，或者许下无法实现的空头承诺。我们在这儿，代表的是整个社会永恒不变、优雅从容的东西。"

奎灵顿周围挨挨挤挤的席位上传来一声接一声"说得对，说得好"的附和，就连戴着假发、穿着貂皮，坐在专座上的上议院大法官也敲了敲桌面①表示赞同。这场演说真可谓不同寻常，说实在的，称得

---

① 英国议会辩论中，表示赞同的方式不是鼓掌，而是敲击桌面。

上是一场精彩的表演了。

"也许从现在来看，狩猎的破坏者们只是在乡下搞搞破坏而已，绝不会发展到冒犯白金汉宫的地步，但我们近来却目睹了很多苗头，这也应该成为前进的动力，鼓励我们坚守自己的信念和理想，不能像被吓坏的虫子一样，躲在密密丛丛的灌木下逃走。"他戏剧性地挥舞着瘦长的手臂，仿佛要把所有人的"同仇敌忾"收入囊中，他根本不必费这个劲，贵族们全都开始以点头和敲打膝盖的方式表示支持，"上议院和王室都是来这里保卫国家利益永远不变的那些方面的，一定要大胆摆脱束缚，不去理会'另一议院'①的自私和阴谋。我们上议院完全不用因为商业利益就对金钱和权力卑躬屈膝！"之前那个发言者直挺挺地坐着，显然随时准备站起来反驳他，他很确定奎灵顿会说出过火的话。"他们那套用金钱来贿赂公众的把戏在我们这儿可行不通，我们是来避免短视和谎言蒙蔽公众双眼的，而现在正是我们任务最重、最紧迫的时候，因为新的内阁和首相根本不是由人民选出来的。要是他狗胆包天，就让他亲自去乡下对大家许诺，要罢黜君主，取消上议院吧。除非他通过竞选来取得首相的权益和权力，否则我们是不会允许他在私下里鬼鬼祟祟做些见不得人的勾当的！"

理工出身的勋爵受够了，他不是很确定奎灵顿说这些葫芦里到底卖的什么药，但上议院真是前所未有的情绪高涨，四面八方都是对奎灵顿支持和附和的喊声。他突然觉得非常压抑，非常格格不入，

---

① 英国上议院和下议院互相之间的称呼。

好像自己在法庭上被别人审判似的。"注意秩序！尊敬的爵士必须要克制自己。"他插了一句。

"为什么？""不，让他继续说下去！""让他把话说完！"一时间似乎人人都在给奎灵顿支招，都在给他鼓励，而站在反对一边的勋爵跳了起来，指着奎灵顿大喊大叫地抗议着，但无济于事。奎灵顿大获全胜，他自己也很清楚这一点。

"我已经讲完了，尊敬的爵士。别忘了您对国王的责任与效忠的义务，也别忘了您和您的先祖为了保卫这个伟大国家所做出的牺牲。就利用这个可悲可鄙的法案，去告诉别人，你没有忘记，让不列颠雄狮再次发出震惊世界的怒吼吧！"

他缓缓坐下。同僚们都将面前的议事日程表拿起来，重重地敲打在座位的皮面上，表达他们由衷的赞赏。

议事日程表敲打椅面的巨响在切丝莫双耳边响起，他惊醒了："什么事？怎么这么吵啊？我错过什么了吗，米奇？"

"请求就程序问题提出质疑，议长女士。"

"请对程序问题提出质疑，杰里米·科斯洛浦先生。"

三个小时之前，反对党发起了一场关于不符合条件的住房标准的辩论，下议院里又是一番激烈的唇枪舌剑，场面一度混乱。现在，议员们都稍微平静下来，就座准备投票，但仍然交头接耳，喧哗嘈杂。议长女士尖锐的声音穿越这些噪音，整个房间都听到了。一般来说，议长女士对这种关于程序的质询是很严格的，一般不批准。议院古老的规则要求议员在提出质询时必须做出夸张的"扶帽伸手"动作。

规则指南上说，这是为了提问的议员能在一片闹哄哄当中被人注意到，而稍有常识的人都知道这是为了让那些无所事事浪费时间的人集中精神。有了这么个规定，喜欢通过质询闹场子的人就少了些。不过这次质询的科斯洛浦是下议院的元老了，几乎没怎么找过麻烦。他满含挑衅地站着，头上戴着一顶荒唐滑稽的可折叠歌剧表演礼帽，好像是之前故意放在会议室里的。关于程序的异议总是有一定程度的喜感，而此刻会议室的嘈杂渐渐平息，议员们都安静下来，准备看看这个老头子到底对什么不满意。

"议长女士，我们很少遇到对于下议院来说如此重要和紧急的问题。请您来决定，是否应该召集相关的部长到我们面前来对此做出回应。我相信即将谈论的这个问题值得您做出这样的决定。"当然话还没说完，关于奎灵顿慷慨激昂演说的新闻已经传遍了下议院的茶水间和酒吧。科斯洛浦听到这个消息时，正暗暗责备自己怎么头脑一热就答应了斯坦普尔的条件。他可不习惯对一个房地产代理奴颜媚骨，也觉得自己肯定会把事情搞砸。结果，广播里报道了爵士演讲的字字句句，他听得很真切，如同一个即将被海水灭顶的人听到了救生艇急速驶来的声音。他着急忙慌地去找斯坦普尔，生怕别人先去找了他。四十分钟之后，他回到了下议院会议室，现在正站着侃侃而谈。

"今天下午早些时候，在'另一议院'，一位高贵的爵士指控本议院政治腐败，图谋剥夺宪法赋予上议院爵士和国王陛下的权利，宣称国王陛下被我们不知天高地厚地嘘了声。这种对本议院行为和对首相办公室的挑战是为了……"

"等等！"议长用非常明显的兰开夏郡口音命令科斯洛浦安静，"对您刚才说的事情，我一无所知。太不合适了。您应该清楚，在本议院讨论与国王有关的私人问题是有违规定的。"

"这不是一个私人问题，而是一个至关重要的有关宪法的问题，议长女士。本议院的权益是世代相传，被大家庄严铭记下来的，也是在多年的努力中慢慢建立起来的。现在这些权益受到了挑战，所以我们必须进行捍卫。"

"话虽如此，在我允许这个议题之前，还是想亲眼看看他们说了什么。"议长挥手示意科斯洛浦坐下，但他丝毫没有遵命的意思。

"议长女士，越拖延，后果就越严重，对我们的危害就越大。这又是一个活生生的例子，表现了这个国家的君主想要妨碍干涉我们的倾向……"

"够了！"议长站了起来，半月形眼镜后面的眼睛喷射着怒火，要求科斯洛浦闭嘴坐下。

"但是议长女士，我们必须允许对攻击做出反应，不管这攻击来自于谁。'另一议院'的辩论表面上是关于猎狐的，实际上则变成对本议院的直接猛攻。现在，议长女士，我并不想质疑那些希望发动这种攻击的人的诚信……"

这番话显然打动了议长，她犹豫了一下，没有阻止他说下去。

"我想，应该存在某种可能，"科斯洛浦继续道，"能让大家骑在马背上寻找野狐狸的时候，还能一腔热血地关心这个国家和国民的福利吧。"周围的座席上传来笑声和表示支持的声音，"在豪华奢侈的一座宫殿里——哦，事实上是很多座宫殿里，也应该能够与无家可归的人们感同身受吧。甚至，我也无法否认，有些人就是有可能坐着专人驾驶的豪华轿车或者有四十节车厢的私人列车，同时还能深刻认识到坐轮椅的人们面临什么问题……"

"四十节车厢？"一个声音质疑道，"他到底要四十节车厢来干什么啊？"

议长女士又站起身来，这次甚至脚尖都踮起来了，想显得高一点，权威一点。她愤怒地取下眼镜指着科斯洛浦的方向，但声音越来越高的科斯洛浦没有理会她。

"对了，那些完全依靠纳税人活着，自己一分钱税都不交的人，也是有可能指责纳税人贪婪和自私的。这些都是有可能的，议长女士。不过，听起来是不是更像撒在王家花园里的又一车'天然有机肥'啊？"

议长大喊"秩序，秩序！"但转瞬间就被淹没在大家的喧哗骚动中。"如果尊敬的议员先生不马上坐下，我就要判你违规了！"她的声音很高很严厉，威胁科斯洛浦这一周都不能参加议事了，但已经太晚了。科斯洛浦看着记者席，记者们疯了一样地在笔记本上奋笔疾书。他离开会议室时，一定有很多记者等着围追堵截他。他已经表明了自己的观点，明天各大报的头条都会有他的名字。"秩序！秩序！"议长咆哮起来。他带着无上的尊严微微鞠了一躬，结果歌剧表演礼帽很不配合地从头上掉到地上。接着，科斯洛浦终于如议长女士命令的那样，坐下了。

第二十八章

忠诚就像关于禁欲的宣誓，说起来万分容易，做起来真他妈的难。

电话来的时候，兰德里斯正在理发，这样的时候他一般不喜欢被打扰。他的秘书以为兰德里斯不愿意接电话是因为尴尬，因为在她眼里，这位每两周造访一次老板办公室的理发师是那种非常"精巧"的男子，但兰德里斯在意的不是这个。他找遍了全城的理发师，才找到昆廷，只有他才能把兰德里斯那一头绳子一样乱翻翻的硬头发打理得服服帖帖的，而且还不用多少摩丝。另外，兰德里斯风流爱美女是出了名的，招这么个面若春花的男人来服务，也不会有人背后议论。事实上，这位生了一副好皮囊的理发师完全是个"八卦精"，特别喜欢议论其他客户的家长里短。每个客户好像都把他当神父似的，什么都说，连床上的事儿也不瞒着。这些人在洗发香波的味道和专业的头皮按摩之下，就说出了那么多的秘密，兰德里斯对此一直表示很惊讶，也很好奇。他自己则是把嘴闭得紧紧的，只是听。他沉浸在幻想当中，全国知名的浪漫肥皂剧女明星昨晚刚跟他春宵一刻，真是值得回味。结果恼人的电话铃声把他给拉回现实中。

来电人是他的总编辑，来问他指示的，又是要他"擦屁股"的事情，但兰德里斯这次并没有发火，毕竟这个报道是他授意刊登的。

"其他人会怎么报道？"他低声问。

"没人能完全确定。这个故事实在是太不同寻常了。这件事牵扯到国王、首相、上议院和下议院，大主教还没被牵扯进来，但毫无疑问，《太阳报》和《镜报》一定会东拉西扯把他给卷进来的。然而，这个问题又是由两个完全无足轻重的人引起的，很少人知道科斯洛浦，而奎灵顿呢，根本没人听过。这是个很敏感的话题，要不然在议会专版登一下？"

"唐宁街那边有没有给出什么头绪？"

"他们很谨慎，坚持不发表意见、不插手。他们说这是很严肃的话题，也理解我们必须要报道，但也暗示说，挑起这场争端的奎灵顿很傻，科斯洛浦也做得太过火。他们可不想重蹈圣诞节前的覆辙。"

"但他们也没阻止我们报道此事，对吧？"

"的确没有。"

"科斯洛浦想转移重点，把国家分裂、人心不齐之类的话转移到实打实的钱上来。真是太聪明了。就凭他自己是绝对想不出这个聪明的答案的。他们这是在'放风筝'呢，先把科斯洛浦放出来试试，看看风向是不是顺着他们的。"

"那我们应该怎么做呢？"

这跟他对奎灵顿的承诺关系不大，更多的是出于直觉和本能。走了这么大半辈子，他对狭路相逢的巷战可谓行家里手，一眼就能看出哪些阴影可以用作掩护，哪些则将敌人藏在暗处。他相信自己的直觉，直觉告诉他，在这些阴影后面，有个人在伺机而动，那就是弗朗西斯·厄克特。要是兰德里斯打一点灯光过去试探，谁知道他会抛出什么来做掩护呢？不管怎么说，他在王室身上砸了很多钱，只有当王室本身成为热门新闻时，他这个"投资人"才能"分红"。管他好的坏的中立的，他不在乎，只要是新闻，只要是热门新闻就行。

"炒作，我们要炒作。头版头条。"

"你觉得这有这么大啊？"

"我们把它搞大啊。"

电话那头传来焦虑不安的喘气声，编辑不太能跟上和理解老板的逻辑。"贵族攻击厄克特？"他开始思考新闻标题了，"国王盟友大发声：首相未被选，首相选不得。"

"不，你他妈的真是个笨蛋。六周前我们还在向全世界宣布他是个多么优秀、多么高尚的家伙。现在他一下从机灵逗人爱的兔子罗杰，变成恶贯满盈的妖僧拉斯普廷，你让读者怎么接受得了啊？这次的报道要平衡、客观、中立、权威，只要把新闻炒起来就好了。"

"您是想把这件事的幕后主使引出来吧？"这是编辑的猜测，并非一个问题。这将成为有别于所有竞争对手的一期头版新闻。

"不，这一篇还不是时候。"兰德里斯若有所思地回应道，"现在马上在编辑部公布一下消息，吹吹风，说说我们头版准备登什么。"

"但这就意味着一个小时之内就会传遍整个报业的。"他们都知道编辑部有的记者会给竞争对手提供情报，从中获取回扣，就像他们也付钱给另一方的记者来抢新闻一样，"他们都会跟着报道的，认为我们在计划什么大新闻，知道他们不知道的东西。没有人愿意落后一步，每家报纸的头版都会登这个的。"

"正中我下怀。这个消息一定会传得非常快，因为我们在后面加足了马力。我们要自由、公正，往国家利益的方向去报道。一旦时机成熟，我们露出獠牙，发动攻击，到时候给我们的厄克特先生制造点儿噪音，让他晚上失眠，就算睡着了也会噩梦缠身。到时候我们就可以确定地说，他不但不是人们选出来的，更是一个选不得的。"

他把听筒放好，转身看着昆廷。他正靠在这个巨大的大理石私人浴室远端的墙上，好像正一心一意地追逐一根掉下来的眼睫毛。

"昆廷，你还记得爱德华二世吗？"

"就是他们用那个热铁条弄死的那个啊？"想起传说中这位国王死时的惨状[1]，昆廷撇撇嘴，很厌恶的样子。

"要是我听到刚才那通电话里有只言片语传出了这个门，你就会成为'昆廷一世'，我自己会亲自拿着铁条来捅你，明白了吗？"

昆廷非常非常努力地希望这个报业大亨是在开玩笑，他颇带鼓励地对他笑了笑，但面前这个人只是严肃地盯着他，让他清楚明白地知道刚才这番话字字属实。昆廷这才想起来，兰德里斯是从来不开玩笑的。他继续给他剪头发，但再也没说过一句话。

她亲手把第一批晨报送上去的，因为来的路上遇到了送报人。

"很高兴再次见到您，小姐。"

----

[1] 据说处死爱德华二世的方法颇为残忍，凶手奉命用一根烧红的铁条插入爱德华二世的肛门，爱德华二世死前的惨叫传到几里外的村落。

"再次"——萨利好像感觉到他话里有话。也许只是她想多了，还是说心里有负疚感？不，不是负疚感。很久以前她就下定了决心，绝对不能让别人都无忧无虑忽略掉的暗示啊、隐含意义啊之类的东西主宰自己的生活，她不欠谁的。在一个处处都是妓女的地方，做一个穷困潦倒、坚守贞操的"好女孩"，又有什么意义呢？

他把报纸一张一张地并排摆在地上，在上面站了很久，陷入沉思当中。

"开始了，萨利。"他终于开了口。她敏锐地捕捉到声音里的恐惧。

"很快我们就会没有任何退路了。"

"一路奔向胜利。"

"或者奔向地狱。"

"别这样，弗朗西斯。这不正是你想要的吗？大家都开始质疑，开始询问。"

"你别误会了，我没有在沮丧，只是比较谨慎而已。毕竟，我是英国人，而他是我的国王，而且，质疑的人不止我们这边。这个奎灵顿是谁啊，这个重任在肩的无名贵族？"

"你不知道吗？嗯，这个奎灵顿的弟弟，呃，据说，和夏洛特王妃走得很近，近到感冒都能传染。这事情在八卦专栏传了好久了。"

"你还读八卦专栏啊？"他有些惊讶。莫蒂玛在早餐时间很喜欢读八卦专栏，而他对此行为深恶痛绝。他近距离看着萨利，心里想着自己会不会有机会跟她一起吃早餐。

"我有很多客户都是八卦专栏的主角，那简直就是他们生活的全部。上了八卦版就假装生气；没上呢，就会真的羞愤难当。"

"那么奎灵顿是国王的人了，是不是？这么说国王的人已经应战了。"他还站在报纸上面。

"说到客户，弗朗西斯，你说你会给我介绍一些新的人脉，但到目前为止，我除了偶尔见见送报的人和送茶水的女士之外，根本一个人影儿都没见着。不知道什么原因，我们俩好像一直都是单独见面的。"

"我们从来都不是真正单独见面的，在这个地方是不可能的。"

她从身后抱住他，柔软的双手滑到他胸前，把脸埋在他新洗好的纯棉 T 恤里。她能闻到属于他的味道，那股男人的味道，麝香混着松叶，若隐若现的古龙水。她感觉得出来，他的体温已经明显上升了。她心里清楚，他爱的就是这份冒险的感觉，让他感觉自己不仅仅在征服她，而且通过她征服了整个世界。信使或者公务人员随时都可能闯进来，这个事实只让他更为清醒，更为有力。在拥有她的时候，他感觉到自己是天下无敌的大英雄。总有一天，他会时时刻刻都有这种感觉，人人都得按照他的规矩来行事。不过，等他到达了权力的顶峰，就会开始走向一败涂地的下坡路了。古往今来没人能够幸免。登峰造极的人认为不再有新的挑战了，只是重打旧仗，胜利没有悬念。他们的思想观念开始变得封闭，他们不再敏锐灵活，不再能在面对危险时巧妙规避，及时调整。他们不再有远见，只是陈腐机械地重复自以为是的经验。当然，现在还没轮到厄克特，但总会轮到他的。她不介意他利用自己，只要她也能利用他就行了。她心里也一直很清楚，这种事情就像所有事情一样，绝不会长久，不可能一辈子。她的双手顺着他胸口滑落，在衬衫扣子之间的缝隙里穿梭。首相们总是被什么东西推着走的，首先是他们自己内心的虚荣心和战无不胜的感觉，另外还有选民、选区、同僚以及政坛的朋友，但这驱动力里面没有国王。很多年了，还没出过什么首相为了打败国王拼死一战的事情。

"别担心客户的问题，我会帮你办妥的。"

"谢谢你，弗朗西斯。"她吻了吻他的后颈窝，手指仍然在扣子缝隙里滑来滑去，仿佛钢琴家在练习音阶。

"你的工作真是做得太好、太出色了。"他的呼吸声渐渐粗重起来。

"厄克特夫人不在吗？"

"她去法伊弗看她姐姐去了。"

"听起来是个很远的地方啊。"

"是很远。"

"哦。"

扣子全被她解开了。他还站在全是报纸的地面上，面对着正门，如同守卫桥头的荷雷西奥 ①，做好了与任何入侵者决一死战的准备，感觉自己战无不胜。当他和她在一起，露出这副表情，显出这股气场的时候，她知道，对他来说，其他的一切都不重要了。他甚至还隐隐地希望门突然间打开，让唐宁街的所有人看看，他正和这个比自己年轻很多的迷人女士在一起，让他们知道他是个真男人。也许

---

① 传说中独自站在桥上孤独奋战的罗马勇士。公元前 6 世纪罗马受到外敌入侵，不得不毁掉一条河上的桥来阻止敌军。荷雷西奥独自一人站在桥头奋战，直到和桥共同坠入河流，而他却得以生还。

他还没有意识到，当她在这儿时，那些人已经不敢再闯进来了，没人进来传口信，没人来送内阁文件。这种时候他们总会先找个借口提前打个电话，或根本就不来。他们是知道的，当然知道了，但也许他不知道这些人已经知道了。也许他已经变成那个感觉迟钝、不再敏锐灵活的领导者了。

"弗朗西斯，"她在他耳边吐气如兰，"我知道很晚了，天色暗了，但是……你一直许诺说要带我去看看内阁会议室，看看你的专座的。"

他无法回答。她用手指轻柔地按压在他嘴上，让他发不出声。

"弗朗西斯？请带我去吧……"

第二十九章

君主要是"掉了肥皂①",那可就糟了;要是没有男仆来帮他捡,那可如何是好?

他又失眠了,而且他知道自己最近总是喜欢无理取闹,小题大做。很多很荒唐的小事情,比如仆人给他换了个漱口杯,并没有事先请示,因为总是应该给国王用最新、最好的,结果他却恶言相向,现在又羞愧难当。最终他要回了那个旧的漱口杯,但却斯文扫地,显得疯狂恶毒。然而,不知道为什么,当他清楚了自己的问题之后,感觉好像更糟糕了。

浴室的镜子里浮现出一张憔悴干瘦的老脸,眼角的鱼尾纹仿佛复仇的魔爪,眼里曾经燃烧的激情之火早已奄奄一息,快要熄灭。他细细看着这张脸,仿佛有父亲的影子,但他是个多么凶猛、不羁

---

① "掉肥皂",drop the soap,监狱常用名词。在监狱浴室里,如果你掉了肥皂,而你弯腰去拾起它,那么就打开了自己的"后门"让人家"乘虚而入"。比喻做了蠢事而招致麻烦。

和执着的人啊。他不禁颤抖起来，他的生活还没真正开始，就已经变老了。他的前半辈子都在等待中度过，等待双亲驾崩，自己即位，就像现在孩子们等着他驾鹤归西一样。如果他今天就一命呜呼，全国上下会举行国葬，数百万民众会哀悼他，但又有多少人会记得他呢？而且不是要记得这个有名无实的领袖，而是将他作为一个真正的人那样去怀念。

童年时还是有些聊以寻乐的事情的。他至今还记得自己最喜欢的游戏，在王宫的守卫面前冲来冲去，每次都会看见他举臂敬礼，听到他按照礼节立正时靴子发出的声响，清脆悦耳，煞是好听，到最后他和守卫都累得上气不接下气。但他从来没有过一个正常的童年，总是独自一人，不能像其他孩子一样无忧无虑地出外玩耍，接触别的玩伴，而现在，他们又要夺走他的男子气，毁掉他的壮年生涯。他看电视的时候，有一半的广告都看不懂。一系列的信息，什么抵押贷款啊，储蓄计划啊，钱财分配啊，增白剂啊，消除角落顽固污渍、深入刷毛内部强力清扫什么的，好像他平时接收到的信息来自另一个世界。他使用的是最柔软的卫生纸，但完全不知道去哪儿买的。早上起床他甚至都不用摘掉牙刷的盖子或者换剃须刀片，这一切都是事先有人做好的，一切。他的生活是不真实的、被人脱节的，是金玉其外、败絮其中的狭小鸟笼。

就连那些他们找来做些杂活的女孩子也叫他"陛下"，而且不仅仅是在公共场合第一次见面时；后来他们单独相处，躺在床上，"坦诚相见"，大汗淋漓，让他看看普通人是怎么打发时间时，她们也恭敬地叫他"陛下"。

他已经尽力了，努力达到别人心中期望的国王形象，而且有时做得更多。他的足迹遍布威尔士和苏格兰高地，四处去察访民情；他还亲自驾驶过船只、直升机，从一千五百多米的高空跳下来；更别说管理慈善委员会，开办医院，出席其揭牌和剪彩仪式；当别人侮辱他和模仿他的可怜样子时，他只能心胸大度地哈哈大笑，装作不在意明显的侮辱，当别人恶意传播关于他家人的谣言时，他只能咬紧嘴唇，把另一边脸伸过去让他们继续扇；他曾经在军中受训，地上泥泞不堪，全是湿润的黏土，他在那上面匍匐前进；现在，他又要在湿润泥泞的伦敦报业匍匐前进了。他们所要求的一切，他都做了，但这还不够。他越努力，他们的嘲笑和讽刺就越残酷。他这份工作太难做了，别人对他的期望太高了。对任何人来说，都是高位之下，其实难副了。

他看了看镜中人那日渐光秃的头顶，这点是遗传自父亲，下垂的眼袋也是一样。今天早上的报纸他已经看了，各种各样的报道、辩论、推测和影射。这些一线记者们，他们全都武断地下了自己的结论。有的好像跟他很熟、很亲近，能一眼看穿他的灵魂；有的则好像这个人根本不存在似的。他只是他们的财物，方便的时候就拿出来展示一下，帮他们在法规上签签字，重大场合剪剪彩，帮他们提高报纸的销量。他们绝不会允许他融入这个世界，但又剥夺了他独处的权利，夺走了他苦闷的生活中唯一的轻松一刻。

他的双眼曾经如水晶一般湛蓝清亮，现在却血丝充盈，写满了疲惫和疑惑。不管怎么样，他必须要找回勇气，找到出路，要赶在他们将他完全击溃之前，但对一个国王来说，出路在何方呢？他的手颤抖起来，完全无法控制，而他的思想则在困惑中搅成了一团乱麻。手里的漱口杯也晃悠起来，他用湿乎乎的手指握着那个陶瓷杯子，想重新控制住自己的身体，然而杯子还是止不住往下掉，就像突然被邪灵附身，挣脱了国王的手指，掉在地面的瓷砖上。他呆呆地望着，一动也不动，仿佛在观看一场芭蕾舞悲剧表演。漱口杯先是碎成了好几片，把手四处乱跳，好像在向他招手，又仿佛在逗弄着他，最终绝望地一跃，彻底摔落在地，和其他碎片一起变得更碎，如同成千上万个愤怒凶悍的利齿。啊，他最喜欢的漱口杯最终还是离他而去了，这都是他们的错。

第三十章

一月第三个星期

他若死去，必将万人空巷，人们会吊唁驾崩的王。我也必将是其中一员，与他们一起注视棺木缓缓通过。我当然要确定他真的已经咽气了。

"我就不能等到总决赛的时候来做这事儿吗，蒂姆？你知道我有多讨厌足球的。"比赛还没开始，场内已经人声喧哗，厄克特必须叫喊着来跟蒂姆谈话。

"总决赛要到五月去了，我们可等不到那时候。"斯坦普尔双眼放得贼亮，扫视着球场，他的兴致可不会因为上司的抱怨而消减。他还没一个足球那么大的时候，就已经是个铁杆球迷了，而且，这也是他计划的一部分，要让厄克特融入到普通人当中，显得亲民。让大家看看，首相也和常人一样，出来看球赛，放松，和大家聊天嬉闹。斯坦普尔分析说，媒体最终会厌倦这种日复一日的作秀，但新鲜感至少会维持到三月份。眼下就是个很好的场合，灯光耀眼、人头攒动的欧冠资格赛，英国的球队对阵劲敌德国佬。英国的足球队好几次都在世界杯上成为德国佬的手下败将，对胜利的急切渴望在阶梯状的看台上沸腾着，卫星信号传递到电视机前的每个选民的心中。他数次提醒不情不愿的厄克特，球迷大概没有歌剧院的观众那么有钱，但他们手里的选票可要多得多。厄克特到场，就是和他们一起并肩保卫国家的荣耀，就从首相变成了亲密的战友和哥们儿了。

突然间，他们被一阵惊天动地的吼叫淹没了。人潮涌动，那股狂热劲儿传遍了整个球场。球迷都激动地站了起来，仿佛个个都变成了祖辈和父辈，拿出了英国人和德国佬在索姆河、凡尔登、维米岭①和其他几场浴血奋战中狭路相逢的那股子狠劲儿。贵宾包厢里坐着大腹便便的足球相关部门的官员，到处扔着喝了一半的饮料和杂志，上面登着哪位球员又拉伤了韧带，甚至还有更胡说八道的"化妆间秘闻"。这些全都不对首相的胃口，他坐在位子上缩成一团，好像完全躲进了大衣里面，而斯坦普尔坐在厄克特的后面一排，他站起来俯身看了看，发现上司竟然偷偷带了个边长不足三英寸②的迷你电视来，他在看晚间新闻呢。

"这女人年纪太大，不适合穿比基尼了，如果您问我意见的话。"斯坦普尔戏谑地说。

液晶屏上显示的是一张狗仔队拍的照片，用长焦镜头拍的，比较模糊，有种加勒比风情，但大家还是能清楚地看到，夏洛特王妃在一个人迹罕至的私人沙滩上纵情狂欢。热带地区的色彩真实引人入胜。

---

① 这几个地方曾发生过几场英德之间的著名战役。
② 三英寸约为 7.62 厘米。

"你对我们的王室可真不公平，蒂姆。她做的事没什么不妥当的啊。毕竟，一个王妃，和一个肤色晒得特别漂亮的同伴一起出现在海滩上，这又不是犯罪。就算他比她年轻很多，身材也要好很多。上周她还被拍到在格斯塔德滑雪，这也没什么关系啊。你完全不懂我们的王室工作是多么努力。我真是反感英国人这种嫉妒，难道就因为我们在一月的大冷天坐在这儿冻得蛋都碎了，全国又面临着经济萧条，我们就应该批评那些碰巧比我们更幸运的人吗？"

"恐怕别人不会有您这么高尚吧。"

厄克特用车上带下来的毛毯更紧地裹住了膝盖，从一个热水壶里倒出加了很多威士忌的热咖啡，一饮而尽，身上稍微暖和了些。当他和萨利激情对战的时候，他可以假装还是个年轻人，但这酷寒的冬夜啊，真是毫不留情地剥去了他的所有伪装。他呼出的气全变成了浓重的白雾："恐怕你是对的，蒂姆。还会有很多很多耸人听闻的报道的。她去年度了多少次假，多少个夜晚是自己抛下王子过的，她最后一次见孩子们是什么时候，诸如此类的。这么一张无伤大雅的度假照片，黄色小报会揪着做多少文章啊。"

"好吧，弗朗西斯。你他妈的到底要干什么？"

厄克特转过身，好让斯坦普尔在体育场嘈杂的人声中更清楚地听见自己的话，他又喝了一口咖啡。"我一直在想，王室专款的协议马上就要到期了，我们要开始协商王室接下来十年的吃穿用度了。宫里说未来几年一定会过度通货膨胀，所以给了个很高的数字预算。当然这绝对是可以谈的，可以讨价还价的，他们只是要确保我们不吝啬、不刻薄。不过，现在大家都勒紧裤腰带过日子，压榨他们也是易如反掌，让他们和全国人民一起分担重担。"他挑起一边的眉毛，笑了，"但我觉得这么做就太鼠目寸光了，你怎么看？"

"你就全跟我说了吧，弗朗西斯。把你的花花肠子、旁门左道全告诉我，因为你比我超前太多了，我可跟不上。"

"我就当你在夸我。听好了，学着点儿。"厄克特很享受这种感觉，斯坦普尔也算是弄权高手了，但唐宁街十号没有他的位置，他不知道从那里的窗户望出去是怎样一番壮观景象，感受不到厄克特心中的那种政治全景。另外，他也没有萨利。"媒体一直提到说我们正在走向宪法高度上的……竞争，呃，就是，国王和首相之间的。在这场竞争中，国王好像尽得人心。要是我在王室专款上压榨他，那绝对是千夫所指，说我恼羞成怒，一毛不拔。所以，我反其道而行之，大方慷慨，就会落个公正负责的名声。"

"这是您一直以来的为人啊。"党主席轻轻讽刺一句。

"遗憾的是，媒体和公众都把王室专款看得过分简单化，认为不过就是王室的工资，就是所劳所得的事情。所以，王室今年工资大涨，他们的方式是什么呢？去滑雪，去海滩，我们就在这里挨饿受冻。媒体怕不会青睐这样一个家庭吧，就连那些很负责任的编辑，比如我们的好友布莱恩福德－琼斯也会误解我们伟大的王室吧。"

"我会逼他这么做的！"斯坦普尔大喊道，声音差点儿盖过正介绍球员的扩音设备。

"看上去政府慷慨，而王室根本不珍惜，仗着这份儿慷慨在那儿挥霍浪费呢。恐怕这就是国王而不是首相的难题了吧。我什么也不能做，希望他别太烦哦。"

球场上灯光闪耀，两队各自列阵站好，裁判进入备战状态，出战前的官方照片也都拍了，整个体育场人声喧哗，六万球迷激情满怀。突然间，各种刺耳的号叫都平息下来。

"上帝保佑国王，蒂姆！"

国歌奏响，厄克特和斯坦普尔同人群一起站起来。他身上暖和些了，在人群敷衍了事的合唱中，他仿佛听到了城堡倒塌的声音。

国王的书桌乱得一团糟，各种各样的书籍和议会纪实录堆在边上摇摇欲坠，乱翻翻的纸张像野草一样伸出来，标记出未来需要参考的文段。电话早就像潜水艇一样被淹没在打印纸的海洋中，纸上的内容包罗万象，如兰开斯特公爵领地的财物状况审查啦等。纸的海洋上有个漂泊无依的空盘子，之前里面装的是他简单朴素的午餐：一个全麦面包和一份烟熏三文鱼。唯一免于被埋没的是放在银底座上的照片，看上去就像风暴肆虐的海上被遗弃的孤岛，不过照片里孩子们的笑脸格外灿烂。但国王无心去看照片，他在读王室专款的报告，眉毛像往常一样不由自主地皱了起来。

"有点儿令人吃惊啊，是不是，戴维？"

"说实话真是大吃一惊。我的感觉就像不战而屈人之兵啊，很出乎意料，真是没想到。"

"会不会是个和平的信号？宫里和唐宁街的矛盾外面传得沸沸扬扬，也许这是个重新开始的机会，你说呢，戴维？

"有可能。"米克罗夫回答。

"当然是很大方的。"

"真看不出来他是这么大方的人。"

乱糟糟的书桌那头抛过来一个责备的眼神。国王不是一个愤世嫉俗的人，总是自诩为开拓者和培养者，善于发掘别人的闪光点，看到每个人的好处。不过，米克罗夫却认为这是国王最让人生气的性格之一。国王自己呢，也不置可否。

"这样一来，我们也可以表现得大方点儿了。"国王从椅子里站起来，来到窗边，一边看着花园的风景，一边慢慢地转动着他的印章戒指。兴建中的王家花园已经渐渐成形了，样子十分独特。他用想象力把那些空隙填满，在自己眼前形成一片欣欣向荣的美景，心中感到莫大的安慰。"戴维，我们从兰开斯特公爵领地和其他地方财产和收益带来的私人收入是不交税的，我一直都觉得不合理，甚至都有点让人脸红。我是这个国家最富有的人，但一分钱税都不交。没有资本收益税，没有遗产税，什么税负都没有，而且我还能拿到几百万的王室专款，今年还涨了不少。"他转过身拍拍手，"我们应该融入到所有人当中了。为了这么慷慨的王室专款新方案，我们其他的收入都应该交税了。"

"您是说象征性地交点钱？"

"不，不是做姿态。按照现行税率的全额来计算。"

"但是没必要啊。"米克罗夫抗议道，"并没有人给您施加什么压力，这件事也没有什么争议。一旦您同意交税了，那就回不了头了。您的孩子，孩子的孩子，都需要承担这份责任。不管政府怎么换，不管税收多么高，都得交啊。"

"我又没想回头！"国王的声音很严厉，脸都涨红了，"我这

225

么做是因为我觉得这是对的。我详细看了看公爵领地的财务状况。天哪，那些财产足够半个王室花的了。"

"好吧，陛下，要是您坚持的话。"米克罗夫有点讪讪的。当然，他的职责就是为国王提供意见，合适的时候要敢于直言进谏，他也不介意这一两句责骂。然而，这么多年了，作为老朋友的他仍然习惯不了这位君主不耐烦的态度，总爱不分青红皂白打断他的话。他告诉自己，这都是因为他几乎等了大半辈子才登上王位，急躁一点也是情有可原的。不过他即位以来这短短几个月，这种情况越来越频繁。

"那王室的其他人呢？您指望他们心甘情愿地交税吗？"

"是的。要是国王要交税，而他底下的家庭成员都不交税，那成何体统？民众不会理解的，我也不会理解。特别是，看看最近他们把媒体招惹得多么热闹，简直骑虎难下了。我知道媒体人都是一群秃鹰，但我们真的要自觉自愿地做案板上的鱼肉送上门去任他们宰割吗？时不时地多穿点衣服，多一点常识，是不会错的。"这是他能对自己家人给出的最严厉的批评了。但在宫里的角角落落，大家都已经传遍了，说他大发雷霆，一边指责夏洛特王妃不知检点，一边批评媒体不知轻重。

"如果您非要……说服他们拿出很多钱来交税，那就必须您亲自直接下命令，不能是我或者其他人去跟他们说。"米克罗夫听起来很是不安。以前他接过类似的苦差事，去给王室成员们"传旨"，结果发现，地位越低的王室成员，对他的态度越恶劣。

国王挤出一个可怜的微笑，半边脸都往下斜了，扯向嘴角："你这么敏感也没错。我怀疑不管派谁去干这苦差事，回来的时候绝对已经被打得头破血流了。别担心，戴维。这事情我来做。请你先给他们简单说说新的王室专款安排，再给我准备一篇短点儿的稿件，列出论点、论据，然后安排他们来见我。最好单独见，不要一起来。我可不想在晚宴桌上又被一大家子闹闹哄哄地围攻。这件事情尤其不可以。"

"现在有些人还在国外呢。这可能要好几天。"

"已经都好几辈子了，戴维。"国王叹了口气，"再等几天也没什么要紧的……"

第三十一章

一个王妃，最好就是大门不出，二门不迈，躲在城堡里做大家闺秀。要是她明事理、懂分寸，就一定会把城堡的吊桥拉上来，不放任何人进来。但，能做到这一点的王妃实在是凤毛麟角。

从牙买加首都金斯敦方向飞来的英国航空747-400号航班在接近伦敦希思罗机场的路上晚点了十分钟。这也是没办法的事情。离港的地方聚集了一大堆罢工的护照官，还有一部分人甚至胆大包天地来到还有飞机运行的跑道上。这条警戒线让飞机无法按照事先安排好的地方降落，一般来说，遇到这种情况，飞机都需要在空中再盘旋个十五或二十分钟，等地面的空中交通管控员在排队降落的飞机中瞅个合适的空儿，但这架飞机可不寻常，机长很快就接到降落的许可。另外十二架准时到达的飞机则被排到了后面。王妃正迫不及待地等着轮子一触地就赶快跑出去呢。

波音飞机滑行到机场比较安静的一个角落，停稳了。一般来说王妃和她的护卫们会从私人通道乘坐专车直接驶出希思罗机场，当同机到达的旅客们还在排队苦苦等候出租车时，她可能都到了肯辛顿宫了。不过，今天王妃殿下不会直接坐车走，她先要拿到自己新车的钥匙。

这几个月对所有豪车生产商来说都是个噩梦，接下来的前景看上去还要更糟。对外贸易很难做，能卖出一辆车，或者给车做做宣传，那真是所有人梦寐以求的事情。因此，玛莎拉蒂英国分部很识时务地免费送了王妃一辆最新型号的运动型跑车，希望这是个长期的"活广告"。她立刻就美滋滋地接受了。飞机往停机口驶来，玛莎拉蒂的总经理在停机坪上焦急地等待着，紧张得颤抖的手指上紧紧握着那串钥匙，上面还系了个非常夸张的粉色蝴蝶结。他不停地用眼睛看着天上的云，天公不太作美，断断续续的毛毛雨让他们必须万分注意车体的维护，好保持光亮，不过这一切都是值得的。最近王妃真是占据了很多版面，于是乎很多媒体都热情地等在这辆车跟前，送王妃一辆车这件事情的宣传价值已经在无形中上升了很多。

她像一阵风似的飘到湿乎乎的停机坪上，脸上挂着练习过千百遍的不带感情的微笑。她的皮肤已经在海边晒成了金棕色，冷天里格外惹眼。整个过程花不了十分钟，那个穿着闪亮马海毛西装的小个子男人显得很焦急，正挥舞着手里那串钥匙。她只要简单寒暄几句，道个谢，在那辆看上去激情洋溢的红色玛莎拉蒂旁边摆几个姿势，让记者们照几张相就行。另外再花上几分钟，慢慢开着车转几个圈，自己熟悉一下车子的性能，而他们就拍几段用来做宣传片的素材。这些都是轻而易举的事，这交易做得很值。毕竟，她面前可是一辆价值九万五千英镑的"意大利野兽"啊——4.5公升，涡轮增压，引擎轰隆轰隆地响，仿佛要带她再飞一次。

当然啦，媒体可不是这么想的。他们等在那儿，是要探听她度假的细节、丈夫的去向和度假时那位同伴的详细情况，但她不打算接招。"王妃殿下只会回答关于这辆车的问题。"一位助手向众人宣布。

"为什么不选捷豹？"——"因为是美国产的。"

"你拥有过多少辆车？"——"没有一辆这么野的。"

"最高时速多少？"——"我开的时候最多也就七十迈。"

"最近您不是才被测到一百迈吗？"——一个甜甜的笑容，回答下一个问题。

"可以稍微再趴低一点在引擎盖上，好让咱们拍照吗？"——"你们这群人可真爱开玩笑。"

看天气马上又要下雨了，赶快摆几个姿势照几张相就走吧。她尽量优雅地坐上低低的车座，降下车窗，最后对那群"狗仔"甜美一笑，他们都围上来了。

"一位王妃给外国车做广告，是不是有点自降身份啊？"一个尖锐的声音唐突地响起。

真他妈的极品啊。他们总是这样，总是准备着偷袭你。若不是脸晒成了棕色，大家一定能看到她脸色马上就变了："您说'做广告'这个词，可真是羞煞我了。好吧，我这辈子都一直在'做广告'。无论走到哪儿，我都会为英国的出口产品'做广告'；我为慈善晚宴的高价票'做广告'，好让大家一起来帮助非洲的饥民；我为福利彩票'做广告'，好为退休的人们建立养老院。我一直都在'做广告'，从来没停止过。"

"但是为亮闪闪的外国跑车做广告，是为什么呢？"那个声音
不依不饶地寻根究底。

"是你们这群人要我亮闪闪的。要是我穿着二手的衣服，开着
二手的车，最先抱怨的肯定是你们。我和别人一样，都要做到分内
的事情讨生活。"她脸上的笑容早就消失到九霄云外去了。

"不是有王室专款吗？"

"要是你知道大家对一个王妃有多少要求，用那点可怜的钱要
满足这些要求有多么难，你他妈就不会问这么蠢的问题了！"

这样就够了，他们就是在激她。她生气了，失态了，就可以走了。
她有点不耐烦地踩下离合器，车像袋鼠一样不太优雅地往前猛跳几
步，摄影师们警觉地四下散开。让你们这群浑蛋好好开开眼！大马
力的V-8引擎熄了火，穿着闪亮西装的男人看上去惊慌失措，闪光
灯不停地闪。她又重新发动了，换了个挡位，扬长而去。让这群鲁
莽无礼之辈都见鬼去吧！

她离开了一个星期，回到宫里就会看到小山似的文书，里面有
慈善机构和弱势群体送来的数不清的请柬、询问和祈求帮助的信件。
她要想办法给他们看看。她会回复所有的邀请，尽量多地应承下来，
继续去一个又一个的晚宴，筹很多很多的钱，对男女老少、老弱病
残展露笑容，安慰那些厄运缠身的人。她绝不会在意狗仔们的嘲弄，
继续像过去一样努力工作，在小山似的文件中磨炼自己。她现在还
不知道，在小山的顶部有张没开封的信，上面简要说明了新的王室
专款安排。她也不知道，记者们早就写好了文章，准备明天一早就

在显著位置攻击一下开着外国豪车、撇着小嘴、说自己'工资不够'的王妃殿下。

标题都想好了——"玛'莎拉蒂'中'洒泪滴'"。

厄克特按下红色按钮，王妃闪烁的刹车灯在电视屏幕上渐渐隐去。他紧紧盯着漆黑一片的屏幕，很久没有挪动，半松的领带无精打采地挂在脖子上。

"你是不是觉得我不够老，弗朗西斯？我这样身家清白的年轻女子，比不上那些欲求不满的半老徐娘，是不是？"

他阴郁地看她一眼："我不可能发表任何评论。"

萨利挑逗地戳着他的肋骨，他心不在焉地推开她："快停下，不然我就撤销你的签证了。"但这句警告却让她更起劲了。

"萨利！我们得谈谈。"

"天哪，千万别又是那种严肃的、有意义的关系啊。我刚开始享受这其中的乐趣呢。"她坐在他对面的沙发上，抚平自己的裙子，把内裤放进手提袋里，决定之后再去整理那一团乱糟糟的东西。

"明天这些照片一定会引起狂风骤雨的，头版头条绝对会毫不留情。哎呀，明天也是我公开宣布新的王室专款的日子啊。真遗憾，声明的旁边竟然是那样的照片，不过……"他露出一个颇富戏剧性的笑容，仿佛麦克白在迎接晚宴的宾客，"也帮不上什么忙了。我觉得最痛苦的是，大家注意到的不仅会是咱们倒霉的傻王妃，还有整个王室。这下我就需要你的帮助了。哦，我的吉卜赛女郎，请你帮我。"

"我是您土地上的异乡人，先——生——我的篝火多么微不足道啊。"她语带讽刺，用浓重的懒洋洋的南方口音说道。

"但你有魔法啊。这种魔法能将一个那么高高在上的尊贵家庭，变得最最平凡。"

"有多平凡？"

"你在问非王室成员的意见吗？和海滩上揽生意接客的舞男一样平凡吧，但别把国王也牵扯进去。这还不是一场一网打尽的战争，只要确保他还是被批评了一下就行，反映下某种程度的失望。能做到吗？"

她点点头："这全看你怎么来设问了。"

"你会怎么设问？"

"我能先去一趟洗手间吗？"她的裙子已经很平整了，但裙子下面还是一团糟。

"你先告诉我，萨利，这很重要。"

"你这个畜生。好，我首先想到的，应该这么开头：'你最近几天看过任何与王室有关的新闻吗？如果有的话，是什么新闻？'这么一问他们就会想到这些照片，但又不像是被故意诱导过去的，不然就显得不专业了。如果受访人是一群笨蛋，从没听过什么王室的新闻，那就是根本不用理的白痴了，不在民调的对象范围内。第二个问题可以这么问：'你认为王室在私生活中树立良好的公共榜样形象是否重要？'当然大家都会给出肯定的回答，那么就跟着问这个问题：'您认为与往年相比，王室在私生活中树立的公共榜样形象是更好还是更糟了呢？'我敢拿我下个月的全部薪水打赌，十个人有八个都会回答'更糟'，'非常糟'或者'糟到没办法'。"

"王妃的比基尼还真有可能和大卫的投石器①一样威力强大呢。"

"大概还要大一些吧。"她有些急躁地补了一句。

"继续你的辅导。"

"然后可以这么问：'你认为王室应该享受最近上涨的专款吗？还是认为在目前的经济形势下，王室应该带头节约克制？'诸如此类的话。"

"甚至还可以说，'你认为纳税人所供养的王室成员数量应该1.保持不变；2.增加；3.减少。对吗？'"

"你已经略懂一二了，弗朗西斯。在这前面还应该再问个问题，他们是否觉得夏洛特王妃和其他声名狼藉或籍籍无名的王室成员把这笔钱花在了刀刃上。那这就是个很好的热身，回答会更尖锐无情的。"

他眼睛都发光了。

"然后你再使出撒手锏。"

"与五年前相比，王室的受欢迎程度是上升了还是下降了？为国家做得更好还是更糟糕了？如果以平常方式来问，公众一般都会说他们还是很爱戴王室的，所以你必须要去唤醒他们心底的感觉，那些他们隐藏起来的担忧，还有他们自己都没意识到的事情。所以你要是先把这个问题提出来，你可能会发现王室的拥护度只不过下降了一点点。但我说的那些问题就让大家会先去想想沙滩、性和王室专款。然后这些原本热爱王室、终于王室的顺民们就会变成一群

---

① 传说中以色列王大卫用投石器杀死了巨人。

愤而起义的暴民，用尊敬的夏洛特王妃的比基尼带子把她给吊死。可以了吗？"

"太可以了。"

"那您要是不介意，我就消失一下去收拾收拾了。"她的手都放在门把手上了，但又转过身问了句，"你不喜欢国王，是不是？我的意思是，单从男人的角度来说。"

"不。"他的回答平淡、生硬且不情不愿，但这只是让她好奇心大增。

"为什么？告诉我吧。"这些是他不愿轻易敞开的门，而她却努力要推开。但是她不得不这么做，因为两人的关系很容易就走向空洞的习惯和无聊的重复了，必须要在目前单纯的肉体关系和对付反对党的基础上更推进一层，而且，她本来就很好奇。

"这个人道貌岸然，装得一本正经，而且很幼稚。"那边低低地回答道，"真是个可悲的理想主义者，老是在那儿碍事。"

"不止这些原因，是不是？"

"你什么意思？"他问道，带着掩饰不住的恼怒。

"弗朗西斯，你这差不多就是叛军起义了。你策划这么大一盘棋，绝不仅仅因为他假正经。"

"他还想干涉我的工作？"

"大报社的每个编辑都想干涉你的工作，但你还请他们来午餐会呢，从来没说给他们点颜色瞧瞧。"

"你干吗一定要逼问我呢？他的话真的啰唆得让我烦！什么他的孩子和未来！"他脸上露出极度苦闷的表情，语气变得很尖锐，

235

丝毫也顾不上克制自己的情绪了，"他经常像讲课似的教育我，说他满怀激情，要为自己的孩子创造一个更美好的世界。说什么我们应该慎重考虑之后再去建输气管道或者核电站，都是为了他的孩子。他还说自己作为君主，最重要的一件职责就是生育和培养一个继承人。还是关于他的孩子！"他眼圈周围皮肤都变灰了，越说越激动，嘴唇上沾满了细小的白沫，"这男人真是对自己的孩子着了魔了。不管我什么时候见到他，他三句话不离孩子。唠唠叨叨，啰啰唆唆，跟个老太婆似的。就像生孩子是个奇迹，这世上只有他能生得出来似的。但是，想通过生孩子来复制自己，这难道不是世界上最普通但也最贪婪、最自私的行为吗？"

她坚守自己的立场。"不，我觉得不是。"她轻柔地说道。眼前这双红彤彤的眼睛里燃烧着狂怒的火焰，直勾勾地盯着她，又好像穿透她的身体盯着藏匿在某处的恼人恶魔。她突然有点害怕："不，不自私。"

"我告诉你，这是完完全全的个人主义和自恋，想用这种可悲的方式为自己达到永生。"

"这叫爱啊，弗朗西斯。"

"爱！你的孩子是因为爱出生的吗？这他妈的爱还真是可笑，让你肋骨断掉，躺在医院里，而你的孩子早入土了！"

她用尽全力狠狠扇了他一个耳光，但立刻就意识到这是个错误。她应该看到他两鬓暴起的血管，感应到这个危险信号的。她应该记得他没有孩子，也从来没有过孩子的。她应该表现出怜悯、遗憾和同情。她还没来得及表达自己电光石火间的理解，他的巴掌已经迅速挥了回来，她痛得惊叫一声。

他立刻收回手，颓然往后退了几步，显然对自己刚才的行为万分沮丧。他瘫倒在一张椅子上，刚才还满满的恨意消失无踪，精气神也一下子都没了，就像一个沙漏漏得不剩下几粒沙了："天哪，萨利，原谅我。我非常非常抱歉。"

萨利与厄克特形成鲜明的对比，她非常平静。挨打这种事情，她的经验很丰富了："我也很抱歉，弗朗西斯。"

他气喘吁吁。过去，他精瘦的身材总让人感觉到活力充沛和老当益壮，现在却只剩下一个垂垂老矣的皱缩皮囊，他把自己打垮了。"我没有孩子。"他上气不接下气地说，"因为我生不出孩子。我一辈子都在努力说服自己，这没关系，但每次我看到那个讨厌的男人，听他唧唧歪歪地说孩子的事，就感觉自己被扒光了，受尽羞辱。就因为他出现在我面前。"

"你觉得他是故意的……？"

"当然是故意的！他满口爱啊，仁义啊，但这些东西都跟打仗的武器没什么两样。你难道还看不出来吗？"但悔恨瞬间代替了愤怒，"哦，萨利。相信我，我真的很抱歉。我以前从来没打过女人。"

"这不是什么稀奇的事，弗朗西斯。"

萨利看着眼前这个她自以为很了解的男人，现在她眼里的他已经换上了一副全新的面孔。她安静地关上门，走了。

第 三 十 二 章

何为领导力？一个拥有领导力的男人，有本事弄个大烂摊子，然后干干净净地退步抽身，撇清关系。

下议院会议室里响起一阵满含期待的交头接耳声，厄克特从议长的专座后面走到会议室中间，臂下夹着红色皮面的文件夹。随行的公务人员鱼贯而入，在会议室后排的位子上就座，他们来这儿是要在需要的时候马上为他提供信息，但这种情况应该是不可能的。这次的发言他已经烂熟于心，做好完全准备了，他的目的非常明确清晰。

"议长女士，请您允许我发表一个声明……"

说完，他缓缓扫视了一下坐得满满的会议室。麦吉林坐在公文箱的后面，正仔细看着厄克特的办公室一个小时前送到他手中的声明稿。他会表示支持的。一般来说这样的事情都不会有什么争议，而且，不管怎么说，厄克特和国王的私人关系已经成为媒体上争相报道的热门话题了，反对党党魁对君主的认同度自然提升了。敌人的敌人就是朋友嘛，反对党就是这么运作的。自由党这个小党派的党魁和他那一群看上去永远乐呵呵的党员们一起坐在会议室的远端，他们可能不会那么感冒。虽然他这个党只有十七个议员，但他的自我简直大到无以复加。他是"老资格"的后座议员了，曾经提出过一个很有名的建议，拟了一条私人法案，要把王室专款供养的范围限制在五个王室成员之内。另外，还强烈要求发扬平等精神，将王室的继承人扩大到长子或长女，而不光是长子。他在议会上慷慨激昂地讲了十分钟，最后法案仍然被否决了，但黄金时段的电视节目却花了几个小时来报道，报纸上的相关文章也可谓连篇累牍。这个人是出了名的"刺儿头"，毫无疑问，这次他也会有礼有节地来做这件事。不过，首相厄克特再一次环顾四周后发现，那些曾经有礼有节的人基本都已经黯然退出政坛了。

突然，他双眼放光，因为他看到了"布拉德福德的野兽"。这位来自布拉德福德中心地区的议员像往常一样穿着宽松的运动夹克，个性突出，行为怪异。他身子向前倾着，已经做好了与对方一决高下的准备。细长的头发遮住了眼睛，他摩拳擦掌，只等机会来临就会立即跳将起来。这位反对党的议员身上有浓烈的街头气质，把每一个议题都看作与资本主义进行阶级斗争的大好机会。学生时代，他去一个工厂勤工俭学，发生了严重的事故，左手有两只手指被砍断，还留下了很多伤疤。有了这段惨痛的经历，他"攻击"起来格外地稳、准、狠。作为一个激情燃烧的共和主义者，一听到有关王室继承权利之类的问题，他心中的怒火马上就会燃起来。不过这个人会说什么、做什么是完全预料得到的。所以厄克特才安排自己党派这边一个绰号"郊区骑士"的人坐在"野兽"的正对面。这位党员身上有种乡土气息，好战程度也丝毫不逊于对手。"骑士"事先就被委以重任，要在厄克特发表声明的过程中就将"野兽"解决掉，至于该怎么做，就由骑士"灵活处理"了。从"骑士"过去的表现来看似乎有点不靠谱，但他之前心脏犯了点小毛病，才住院归来，声称自己很急切地要"重回竞技场"。现在，他早就已经眼冒怒火，狠狠盯着不到两米开外的布拉德福德议员了。

"我声明一下未来十年内关于为国王陛下提供资金援助的安排。"厄克特说。他停顿了一下，直视着"野兽"，笑容里带着一种优越的谦虚。对方发出低低的咆哮，结果首相先生脸上的笑意更浓了。"野兽"已经要出笼了。

"金额比较大，我也希望王室会觉得我们很慷慨，但这是整整十年的拨款，必须考虑到可能面对的通货膨胀。如果通货膨胀并未像预计的那么严重，这项拨款计划仍然继续……"

"王妃能拿到多少？""野兽"不客气地打断了他。

厄克特没理他，继续念声明。

"来啊，快告诉我们。我们付给夏洛特多少钱，好让她明年继续在加勒比的海滩上乱搞？"

"秩序！秩序！"议长尖声喊道。

"我只是在问……"

"闭嘴，你这个蠢货！""骑士"加入了战局，会议室里所有人都听见了这句辱骂，但负责记录的议会书记员们都选择充耳不闻。

"请继续，首相先生。"

现场气氛已经是剑拔弩张了，随着厄克特继续发表这个短短的声明，会场气氛持续升温。"骑士"一直在向对面"出口成脏（章）"，而且声音越来越大，他不得不提高音量。整个过程中"野兽"也没闲着，一直在嘟囔抱怨，而反对党党魁则一直发出支持的回应，想尽自己所能去惹厄克特心烦，而且还不厌其烦地颂扬着国王对环境保护方面的贡献和对社会问题的感知与洞察。

"你他妈的去跟这个烂人说啊！""骑士"大吼一声，用手指着"野兽"。他刚刚问候了"骑士"的娘亲，还质疑了他妻子的忠诚度。"野兽"向"骑士"做了个粗鲁的回应动作，连两根断指都用上了。

轮到自由党党魁时，他就没那么支持了："不知首相先生是否承认，尽管我们完全支持和认同王室的工作和其价值，其财务方面的事宜仍然有待商榷？对于纳税人来说，王室专款不过是王室花销的一小部分。你想想，那么多的王室专机、王室游艇、王室专列……"

"还有王室赛鸽。""野兽"帮着他如数家珍。

"这些东西的花费其实都包含在很多政府部门的预算里。那么，如果我们更公开和坦诚地将这些花销归纳到一个预算上来，得出一个准确的数字，是不是要好一些呢？"

"你在绕圈子，直话直说吧。"

"我反对，这位尊敬的先生在含沙射影地说我既不公开，也不坦诚……"厄克特开口了。

"那到底是多少钱呢？"

"这样的事情上不存在什么密谋。王室拿了这笔钱，做的工作是很有价值的……"

"多少钱？"

反对党那边也有一些人加入了质问的声浪。他们好像在首相的辩词中找到了一个弱点，自然而然地紧抓不放，步步相逼。

"每年的数字都有很大的不同，因为存在特殊项目……"

"比如？"

"……比如对王家列车的整修、添加现代设备等。另外有些年份王家宫殿需要大量细致的维修，这笔钱也是很可观的。通常情况下很难从各部门的庞大预算中单独算出准确的单项花费。"厄克特装得自己很烦这些提问。大家眼里的他，压力很大，不愿意谈及细节，这让那些发出质问的人更加激动不已。他越是闪烁其词，质问的声音就越大，咆哮着要让他说清楚，连自由党的领袖都加入进来了。

"请议会了解，我今天所发表的声明只涉及王室专款，其他的花费项目我是遵从约定俗成的习惯。如果我不向国王陛下请示就发表相关事务的声明，那是非常不得体的。我们必须保护王座的尊严，承认王室，尊重王室，并爱戴他们。"

厄克特停顿一下，字斟句酌。他周围的声音变得更大、更尖锐了，搞得首相的眉心迅速乌云密布。

"前不久反对党议员们还在指责我蔑视国王陛下，现在他们又不依不饶地要求我这么做。"这话在反对党那边引起了轩然大波，那边扔过来的激烈批评越来越不像话，用词越来越不堪入耳。"他们实在太乱了，议长女士。"厄克特带着恐吓的表情指指对面发了疯的议员们，"他们并不想从我这里得到任何信息，他们就是想大闹一场。"他们不断地在引他发火，他也很配合地装着发了火。议长心里清楚，这就意味着双方不可能理性对话了。她刚要叫停讨论，进行下一项议题，"骑士"周围突然一阵喧哗，他站了起来。

"请求就程序问题提出质疑，议长女士！"

"不再质疑。我们浪费的时间已经够多了……"

"但那个可恶的人刚刚咒我再得一次心脏病!"

他愤怒地指着"野兽",全场更是乱作一团。

"真的吗?!"议长大惊。

"他听错了,他耳朵和脑子一直都不好使。""野兽"非常无辜地抗议道,"我说的是他要是知道了王室他妈的到底花了多少钱,他会再得一次心脏病的,那数以百万计的钱啊!"

四面八方都涌来愤怒的声讨,他的话被淹没了。

厄克特收起文件夹,准备离开,他看了一眼完全陷入混乱的议会座席。毫无疑问,他们会给他施加很多压力,逼他透露王室全部花费的具体数字,说不定他不给还不行了。无论如何,在这场剧烈争吵的推动下,英国的每一张报纸都会派记者去深挖其中内幕,进行各种各样的猜测,而要找到准确的数字绝对不难。真可惜,他暗暗地想,去年王室才淘汰了两架使用时间很久的飞机,而现代的飞机可绝对不便宜。还有更大的遗憾,王室同时还对王室游艇"大不列颠号"进行了大规模的整修。就算再糊涂、再大大咧咧的记者,最后挖出的数字也绝对会远远超过一亿五千万英镑。这块"肉"也太大了,就连最忠于王室的编辑也不可能不去咬一口。但没有任何人能够指责厄克特对国王不公平或者不体谅,至少他本人的姿态是做足了的。他难道没有尽自己所能为国王辩护吗?而且还是在面对巨大压力的情况下。明天各大报纸的头条就是国王自己在承受压力了,然后萨利的民意调查就要横空出世了。

即使以首相的标准来评价,今天也干得太出色啦,他对自己说。

第三十三章

流芳千古，或遗臭万年，皆好过被人遗忘。被历史牢记是我心中夙愿，若付出的代价是不被原谅，又有什么要紧？

"斯坦普尔先生想跟您谈谈，首相先生。"

"他是以什么身份跟我谈？私人顾问？党主席？杂役总管？还是他那个足球俱乐部的荣誉主席？"厄克特已经在下议院办公室熬了好几天的夜了，在等待各类会议开始的间隙，他就蜷在这张绿色皮沙发里读内阁的文件。此时他双腿一晃，在皮沙发上坐正。他记不住接下来这场是要就什么问题投票，是加重罪犯的刑罚，还是减少付给美国的资金？总之，就是要投票决定什么事吧，决定之后那些小报就会大张旗鼓地写，把反对党的名声搞臭。

"斯坦普尔先生没说。"毫无幽默感的私人秘书回复道。他只有头和肩膀在门里面，身子仍然在外面。

"那让他滚进来吧。"首相命令道。

斯坦普尔出现了，没有任何问候和寒暄，直接跑到放饮料的橱柜那边，给自己倒了一大杯威士忌。

"好像你有什么坏消息，蒂姆。"

"是，是坏消息。很多年没听过的坏消息了。"

"不会又是哪个自私自利占了边缘席位的猪头死了吧？"

"更糟糕的事，糟糕得多的消息。最新的调查显示，我们领先三个点。更让人担心的是，不知道为什么大家好像挺喜欢你的，你比麦吉林领先了十个点。我看你的虚荣心又要膨胀得没法控制了，你关于提早选举的荒唐计划说不定还真能成呢！"

"啊，赞美上帝吧！"

"‘好消息’还在后头呢，弗朗西斯，别高兴太早。"斯坦普尔严肃起来，他给厄克特倒了一杯威士忌，递给他，再继续报告，"我跟内政大臣私下谈了谈，真是天灾不如人祸啊。那个贱人马尔普雷斯还是被捉奸在床了，有天晚上在帕特尼的一艘游艇上。"

"一月份吗？这么冷还在船上……？"厄克特很是怀疑。

"简直就是在露天场合公开那啥啊，还是跟一个十四岁的孩子，显然他就好小男孩这一口。"斯坦普尔在厄克特的书桌后坐定，双脚搭在首相专用的记事簿上。他显然是故意要做出一副得寸进尺的样子，语气里的戏谑挡也挡不住。他的消息一定很有分量，厄克特暗想。

"但我们的运气很好。警方说要起诉他，他马上就崩溃了，什么都招了，希望警察放自己一马。他说了好多好多的名字、地址、八卦和隐秘的那种店，就凭这些，警察可以端掉一个有组织的卖淫团伙，不管是‘鸡’还是‘鸭’。"

"那也不可能把他们都阉……"

"他好像招了一个很有趣的名字哦。戴维·米克罗夫。"

厄克特仰头灌了一大口酒。

"结果我们的警察马上瞻前顾后了，打电话询问怎么办。要是真的起诉马尔普雷斯，他绝对会提到米克罗夫这个名字，会掀起什么样的风波可想而知。内政大臣马上表示，起诉我们尊敬的达格南议员先生不符合公众利益，所以我们这次暂时不用进行补选了。"

厄克特把双腿从沙发上晃下来："他们爆了米克罗夫什么料？"

"没说什么。只是提到他的名字，还有马尔普雷斯新年前夜的时候在某个同性恋酒吧跟他起了争执。谁知道会有什么后果呢？他们还没有去问过他呢。"

"也许他们应该去问问。"

"他们不能问，弗朗西斯。要是他们去追查米克罗夫，就得惩罚马尔普雷斯，这对我们大家都不好。不管怎么说，要是在同性恋酒吧待着就犯法，那上议院有一半的人都该去蹲大牢了。"

"听我说，蒂姆。就算他们把马尔普雷斯大卸八块放在架子上烤了我也不在乎。不过就算要起诉他也要等好几个星期，一直到选举以后，到那时他怎么样真的完全不重要了。但要是他们现在就能给米克罗夫施加一点压力，这很有可能就成了我们手里的一张'保险单'。你明白吗？各个击破。跟对方说好之后会拱手让给他们一个棋子，好先把这块地占着。到交的时候棋子已经不重要了，大概就是'弃后保王'吧。"

"我得再来一杯。这样的问题，跟宫里关系太密切了，要是这个消息爆出来……"

"米克罗夫跟了国王多久了？"

"两人还血气方刚的时候就认识了。是跟他最久的助手之一，也是最亲密的朋友。"

"啊，这么密切的关系，真令人感伤。要是国王知道了，一定很伤心吧。"

"他肯定是在帮米克罗夫打掩护吧，就算他做的事情，他所处的位置那么敏感。这人肯定知道全国一半儿的秘密。"

"要是国王陛下不知道，那就更糟糕了。三十多年了，被最亲密的朋友欺骗、玩弄，跟耍猴子似的。他这么信任他，给他那么重要的工作。"

"总之，不是无赖就是傻瓜。国王要么就是没有尽到责任，要么就是不能尽到责任。要是消息爆出来了，媒体会怎么办呢？"

"重大新闻，最坏消息。真是太糟糕了。"

"很多年没听过的坏消息了。"

两人沉默了好一会儿。接着，等候在外面的私人秘书听到首相房间里传来久久停不下来的大笑，笑得撕心裂肺，几乎无法控制。

"去他们的！让他们都下地狱！他们怎么能这么愚蠢呢？"国王把报纸一张接一张地甩到空中，米克罗夫则看着它们哗啦啦地掉下来，散得满地都是。

"我又不想增加王室专款，结果现在他们攻击我，说我贪得无厌。我前几天才通知了首相，希望王室能交纳全额的税款，结果他们这报道一写出来，倒好像是他的主意！怎么能这样呢？！"

247

"据唐宁街不愿透露姓名的来源透露……"米克罗夫无力地重复着报上的字眼。

"当然啦！"国王打断了他，好像在跟一个智力发育不完全的小孩讲话，"他们还暗示说，我是迫于压力才同意交税的，是迫于舆论压力！厄克特这个人太可恶了！他这人真是什么都要利用，什么都要变成他自己的好处。就算他偶尔被一个叫作'真相'的东西绊倒，他也会爬起来，若无其事地继续前进。真是太荒唐了！"

一份《泰晤士报》被甩到房间最远处的角落里，像一片巨大的雪花，缓缓落在地上。

"他们就没有一个想到来问问事实的真相吗？"

米克罗夫尴尬地咳嗽一声："《每日纪事报》，他们写的报道还算公道。"

国王从一摞报纸中翻出《每日纪事报》，快速扫了一眼，看上去平静了些："厄克特在羞辱我，戴维。要一点一点地把我剪成碎片，我甚至连解释的机会都没有。"昨晚他做了个梦，梦见所有报纸的每一页上面都是那个肮脏的男孩，张着好奇的大眼睛，下巴上沾着面包屑。这让他从骨子里害怕。

"我不会像待宰羔羊一样坐以待毙的，戴维。我决不允许。我一直在想，应该找个法子来阐述一下我的观点。要避开厄克特，让民众知道我的想法。我应该接受一个采访什么的。"

"但国王是不接受报纸采访的。"米克罗夫虚弱地抗议道。

"以前是不接受。但现在什么时代了，君主也要求新、求变、求开放。我一定要做，戴维。《每日纪事报》就可以，来个独家专访。"

米克罗夫本想继续和国王争执，他觉得接受采访本来就挺糟糕的了，还搞独家专访，那就更愚蠢了，简直会成为其他报纸的众矢之的。但他根本没力气去争执，一整天他都没办法清楚地思考。因为早上他应了个门，发现不速之客竟然是来自刑警队的侦探和调查员。

第三十四章

一月第四个星期

自由的媒体总是夸夸其谈他们的原则，就像嫌疑犯总是绞尽脑汁地找不在场证据。

兰德里斯自驾出游了，临走时给员工丢下一句话说自己要消失几天。他的秘书很讨厌老板这么神神秘秘的，每次他说出各种各样的借口时，她总是觉得，老板肯定又要出去跟某个年轻漂亮的女人鬼混去了。这些女人一般都是床上的花招多得炫目，银行的存款少得可怜。她很清楚老板的口味。大概十五年前吧，她也曾年轻过，也曾是兰德里斯"麾下"的"小情儿"之一。那时候多年轻啊，婚姻、体面、妊娠纹这类东西都还不在考虑范围之列，和这个男人彼此"深入"了解之后，她进步神速，成了一个雷厉风行的私人助理，赚得比应得的多很多。然而钱也阻止不了她无限膨胀的嫉妒心，比如这种时候。今天，兰德里斯没有找任何借口，对助理也三缄其口。他可不想任何人知道自己此行的目的地，至少现在不能知道。

前台很小，等候室的布置也平淡无奇，墙上挂着维多利亚早期的油画，画的是马儿奔跑、人们打猎，明显是在模仿画家乔治·斯塔布斯和本·马歇尔的笔法，但水平欠佳。仔细看看，其中一幅说不定是约翰·赫林的真迹①。他拿不准，不过最近他越来越会分辨这类东西了。毕竟，过去几年来，他还是买了一些真迹来装门面的。还没来得及细想，一位年轻的侍从就上前来招呼他了。这侍从穿着全套制服，皮带扎得整整齐齐，搭扣闪着光，皮鞋锃锃亮。他领着兰德里斯进了一个电梯，里面空间狭窄，但布置不凡，墙面的桃心花木和这位宫中侍从的鞋子一样，亮得能当镜子使。他真希望母亲在场，她会很喜欢这里的。母亲出生的那天，亚历山德拉王后②恰好猝然薨逝，这个巧合让她觉得自己大概和那位母仪天下的女性有着某种联系，某种神秘的"特殊纽带"。她晚年的时候总去参加各种各样的灵修集会，仿佛在寻找什么。在他亲爱的老妈妈就要走向生命的彼岸之前，虚弱的她站了整整三个小时，就为了透过拥挤的人群看一眼戴妃的婚礼。虽然她只看到了婚车的车尾，也只看了短短的几秒钟，但她站在那儿激动地摇旗呐喊，欢呼雀跃，泪流满面。回到家时，她感到很满足，感到自己尽到了责任。在世的时候，她与王室唯一的真正联系，其实只是内心的爱国热情和纪念性的饼干盒子。那么此时此刻，要是她正在天上看着儿子，一定会激动得大小便失禁。

"您第一次来？"侍从问道。

---

① 这一段里提到的名字均为著名画家。
② 英国国王爱德华七世的妻子。

兰德里斯点点头。夏洛特王妃给他打的电话，说国王要跟《每日纪事报》进行一次独家专访，并说这完全是出于她的个人安排；问他能不能派一个非常可靠的人过来；能不能在发稿之前让宫里审审稿子；两人什么时候能不能在一起吃个午饭。

侍从领着他穿过一条宽阔的走廊，从边上的窗户可以欣赏到内庭的风景。这里的油画水平要高些了，很多都是王室子孙的肖像。不过相比起这些早已被忘却的画中主角，画家的名字似乎更响亮些。

"进去之后，第一次称呼他请称呼'陛下'，后面直接叫'先生'就可以了。"侍从边说着边领他来到一扇看上去相当坚固，但装饰十分朴素的门前。

门安静地打开了，兰德里斯想起夏洛特还问了一个问题。"这样做好吗？"他也怀疑过，非常严肃地怀疑过，不知道接受独家专访到底对国王本身是利还是弊，但他确信无疑的一点是，这对于自己的报纸来说，真他妈的太棒了。

"萨利吗？抱歉这么早给你打电话。你好几天没消息了，一切都还好吗？"

事实上已经快一个星期了。这期间厄克特给她送了花，还介绍了两个可能的大客户，但始终没找到合适的时间打电话。不过他总是无所谓地耸耸肩，两人是吵了一架，闹了别扭，但她会忘了的。只要她还想保持这个"内线"，就必须忘掉。不过，这次事情紧急，他不得不拉下面子打个电话了。

"民意调查怎么样了？准备好了吗？"他试图揣测电话线那头

她的情绪。嗯，听语气居然有点冷淡和正式，好像他把她吵醒了似的。不管怎么说，这是正事，该说就要说。"出了点事。据说我们那位国王陛下和《每日纪事报》进行了一次独家专访，几天后就要见报。我完全不知道专访里都说了些什么，兰德里斯像老母鸡孵蛋似的一丝消息都不透。不过我就想了，为了公众利益，应该有点什么东西来平衡，是吧？也许弄个民意调查，赶在那之前发表，反映一下公众对王室越来越大的不满？给这个专访一个背景？"他看着窗外的圣·詹姆斯公园，昏暗模糊的晨光里，隐隐看到鹈鹕塘边两只狗正打得难分难解，两个女人正努力把它们分开，"我甚至怀疑像《泰晤士报》这样的报纸可能会暗示说，国王这个独家专访是为了补救民意调查的大败而匆忙出炉的产物，是要淹死的人试图抓住救命稻草。"那边厢两只狗还在打架，其中一只身形要小些，被对方那条黑色大型混种狗死死地咬着，于是小狗儿的女主人飞起一脚，给了大狗的要害部位狠狠一踢。厄克特禁不住畏缩了一下。两条狗终于分开了，结果主人又疯狂地争吵起来。"要是民意调查能够在……今天下午弄好，那就太棒了。"

　　萨利翻了个身把电话放好，舒展了一下身体，缓解昨晚的酸痛和劳累。她躺在床上，盯着天花板看了一会儿，让大脑慢慢向全身发出指令。被子盖住了她的嘴巴，留在外面的小鼻子抽动着，好像在感觉刚刚收到的这个消息。她坐了起来，活力充沛，警觉机灵。下床之前，她转身看着另一边："我走啦，亲爱的。'整人计划'进行中，还有好多活儿要干呢。"

《卫报》，头版，一月二十七日

国王遭遇新风暴 基督信仰被质疑

昨晚，达拉谟大主教在布道时对国王的宗教信仰提出了质疑，新一轮的"争议风暴"再次席卷王室。主教引用了国王本周早些时候接受的备受批评和质疑的报纸专访。在专访中，国王对东方的各类宗教显示了浓厚的兴趣，也并未否认肉体复活的可能性。虔诚信奉正统派基督教的主教对此表示强烈不满，认为这是"盲目跟风，对神秘主义的肤浅闲情"。

"国王是信仰的捍卫者①，英格兰国教的受膏②元首，但他是个真正的基督徒吗？"

白金汉宫昨晚表示，国王发表的言论仅仅是在强调，作为一国之君，对于这个国家数量庞大的少数民族和其他宗教也负有职责，因此自己在宗教事业上的角色也不应该那么局限，应该持兼收并蓄的包容态度，然而，主教的批评并非无源之水。近期的一份批判性民意调查显示，某些王室成员的支持率急剧下降，夏洛特王妃榜上有名。这引起了轩然大波，越来越多的人们希望限制获得王室专款的人员数量。相比之下，主教的批评不过是这滔天巨波中的一朵小

---

① 每个英国国王或女王的头衔中都有"信仰的捍卫者"这一条。

② "受膏"是基督教专用语，意思是，以油或香油抹在受膏者的头上，使他接受某个职位。比如《圣经》里的君王、祭司及先知，都是用橄榄油来抹在他们的头上，使他们受膏，也就意味着接受上帝赐予他们的职责。

浪花。

国王的支持者们昨晚集体为他辩护。"我们不应该听任唆使，在'宪法的超市'里游来晃去，寻找'最便宜的政府'。"奎灵顿子爵表示。

相反，批评者们很快指出，尽管国王本人仍然深受爱戴，但他在很多领域也没能成功地树立一个鲜明的榜样形象。"一国之君应该代表公众道德的最高水准。"一位政府高级后座议员表示，"但他对自己家庭的领导却不尽如人意，他的家人让他和我们都大失所望。给他们的钱太多，他们去海滩享受的阳光太多，但做的工作太少。另外，王室真可谓'人满为患'了。"

"王室好比一棵巨大的橡树，这棵橡树的根基正在被撼动。"另一位批评家说，"修剪修剪枝叶，减掉一两个成员，有百利而无一害……"

第三十五章

要提防一个想当"人民公仆"的国王；更要小心并非选举上位，却装作爱民如子的首相。

　　下午四点后不久，消息就像长了翅膀似的传开来，而此时恰好冬天短暂的白昼结束，黑暗开始笼罩伦敦。这真是糟糕透顶的一天，暖锋经过首都，带来阴雨连绵，以淹没整个城市的气魄，雨下了一整天，入夜也丝毫没有停止的趋势。今天就该待在家，哪儿也别去。

　　然而，对于三个女人和她们的孩子来说，待在家里是一个错误，这仿佛是他们命中注定逃不过的劫难。他们的家在诺丁山中部一个名叫"女王门新月街十四号"的地方。那是一个破旧贫民窟的中心地区，20世纪60年代曾是流浪汉和一拨又一拨移民的栖身之所，也是骗子和敲诈勒索者最爱大展拳脚的用武之地。最臭名昭著的一位吝啬房东叫作"拉克曼"，还因此衍生出了一个词"拉克曼式剥削"，指的便是房主对贫民区房客无情的盘剥。现在，这里全是"住宿加早餐"的便宜旅馆，地方议会将单亲家庭和其他问题家庭都安置在这里，然后再懒洋洋地等着下一任来承担这个责任。十四号过去是个妓院，三十多年来，这里基本没变过，还维持着当年临时住宅脏乱不堪的样子，单人房、公共浴室、暖气不足、人声嘈杂、木作腐坏、抑郁之气弥漫不散。下雨的时候，居民们就看着窗棂不断地滴水，墙面不断地剥落，棕色的霉迹更加猖狂肆虐，但头上有片瓦，总比直接坐在倾盆大雨中好。他们这么天真地想着。

住在这种公屋的人大都谨慎冷漠，没有任何人向上面报告已经萦绕不散好几天的煤气味。煤气是楼管在负责，高兴的时候才打开。这是别人的问题。他们这么天真地想着。

夜幕逼近，自动计时器又走了一圈，公共走廊里的灯亮了，都是光秃秃的六十瓦灯泡，每个楼梯间一个，非常昏暗，基本没有照明的功能。然而，就是电灯开启时的那一点点火星，就点燃了空气中的煤气，把这栋五层小楼整个儿夷为平地，还波及了旁边不少楼宇。

好在旁边是栋废楼，没有一个人，但十四号里住的五户人家就难逃一劫了。二十一个女人、孩子和小婴儿都被埋在了废墟之下，其中只有八个被活着救了出来。等国王陛下赶到现场时，只看到一堆残垣断壁、七零八落的门框和各种家具的碎片。消防员们戴着刺眼的弧光灯，趴在上面寻找生者的迹象，好些爆炸前待在楼里的人现在还下落不明。救助人员头上几英尺的一块断木平台上，一张双人床摇摇欲坠，床单在狂风中啪啦啪啦响。应该在它掉下来砸到人之前赶快抬下来的，但这瓢泼大雨的高峰时间，移动吊车一时半会儿赶不来，搜救人员也等不及了。有人好像在废墟下面听到一声响动，所以尽管红外图像显示没有任何生命迹象，很多人还是伸出了援助之手，开始扒开废墟寻找生还者。他们很着急，一方面雨越下越大，

257

一方面害怕自己动作太慢。

国王一听到这个消息，就要求到现场去。"不是要去干预，也不会站在一边干着急，但这种时候，和那些丧亲的人讲一句安慰的话，能胜过后面千言万语的华丽碑文。"这个请求传给了伦敦警局，警局向内政大臣汇报，而后者立刻将消息传给了唐宁街。到达现场的国王发现自己不知不觉卷入了一场已经输掉的比赛。厄克特已经先他一步到了那儿，握着现场民众的手，安慰伤者和痛苦紧张的人们，接受采访，寻找电视台的摄像机，万众瞩目。后赶到的国王陛下就像个刚从冷板凳上被踹上场的替补队员，毫无章法，照猫画虎。不过这有什么要紧呢？这不是一场比赛，至少，不应该是。国王努力想说服自己。

起初，君主和首相都成功地避开了对方。一个安静地找到幸存者，不断安慰他们；另一个则一心一意地寻找干燥的地方好接受采访，但两人都知道正面交锋是躲不掉的。如果两人避而不见，报纸绝对会抓住这个大做文章，把这个悲剧变成一场闹剧。国王像个哨兵似的直挺挺地站在一堆废墟上，周围是被雨水浇透迅速扩张的泥塘。厄克特不得不"长途跋涉"去"觐见"。

"陛下。"

"厄克特先生。"

两人的寒暄是名副其实的"寒暄"，如同两座冰山相撞，毫无温度。两人都没有直视对方，而是看着周围。

"一个字也别说，陛下。您已经够倒霉的了，关于您的风波和争议已经够多了。千万别说话，这是我的忠告。"

"难道一句敷衍的哀悼都不说，厄克特先生？对着你写好的稿子念都不行？"

"别眨眼，别点头，别做什么意味深长的表情，别夸张地垂下眼睛，就连公认的规定动作都不要做。反正你也很喜欢拆台，把我们辛辛苦苦建立起来的一切摧毁。"

国王轻蔑地挥挥手，不理会他的指责。

首相带着深思熟虑的表情，慢慢又说了一遍自己的要求："千万别开口，我坚持。"

"你觉得沉默最好？"

"绝对的沉默，长时间地保持。"

国王将目光从眼前的人间惨剧上收回，第一次直视了首相的双眼。他板着一张冷冰冰的脸，一副纡尊降贵的表情，双手深深地插在雨衣口袋里："我不这样认为。"

厄克特用尽全身的力气控制自己不要失态，不要冲撞眼前这个迂腐的人，他可不想让国王占了上风。这人今天别想带着哪怕一丝得意离开。

"您也看到了，您的各种观点被广大民众所误解。"

"或被某些小人所操纵。"

厄克特没有理会这尖锐的讽刺。

"你刚才说，保持沉默。"国王转过脸直面狂风暴雨，突出的大鼻子好像大型帆船的船头，"厄克特先生，不知道你在我的位置上，会做什么呢？要是某个愚蠢的主教把你当作靶子，断章取义，荒唐解读，你是闭嘴忍耐还是奋起抗争？你难道不会认为，最重要的是说出自己的想法，让那些愿意倾听的人有机会听到你的倾诉，理解你真正的想法吗？"

"但我不是国王。"

"你不是。对于这一点，你我都应该感到万分庆幸。"

这是很严重的侮辱，但厄克特忍了。搜救队员的弧光灯所及之处，废墟下出现了一只小手。人们愣了一下，满怀希望地一阵乱刨，希望又瞬间破灭在烂泥塘中，只是个洋娃娃。

"陛下，我必须要确保您听清并听懂我的话。"旁边有砖石滑坡的巨大响动，但两人都纹丝不动，"未来您不管发表什么样的公开言论，您的政府都会将其视为严重的挑衅，是在向宪法宣战。近两百年来，与首相作对的君主没有一个赢得胜利的。"

"真有趣。我都忘了你以前是个学者了。"

"政治就是对权力的研究和运用。这个竞技场太粗野、太残酷，国王根本没有立足之地。"

雨水沿着他们的脸，流成一条小溪，顺着鼻子滴到地上，蜿蜒到衣领后面，钻进脖子。两人都全身湿透，冷得直打哆嗦。首相和国王都不再年轻，这样的天气应该要找个地方避雨，然而没有谁会先行动。远处的观望者们什么都听不到，手提钻的轰鸣和指挥官们焦急呐喊的声音盖过了一切。他们只能看到两个男人面对面站着，都是统治者，又是死对头。雨水冲刷着救援的灯光，各种颜色都暗淡下来，仿佛天地也变成黑白，两个人的轮廓却异常清晰。不过，他们自然是看不到厄克特脸上的傲慢无礼，也看不到另一个人脸上经年累月形成的专属于君王的轻蔑。也许有目光非常敏锐的人，看得出国王在强撑着挺起胸膛。不过，大多也都会认为，他应该是受不了眼下这恶劣的天气，觉得自己倒霉，竟然沦落到这步田地吧。

"首相先生，我是不是忘了跟你说，人要讲道德？"

"陛下，道德，是那些索然无味的人闲来无事的独白，是没能成功的可怜虫们心怀愤懑的复仇，是那些屡战屡败的人接受的惩罚，或是那些从未有勇气尝试的懦夫寻找的借口。"

现在轮到厄克特来激怒国王了，两人陷入了长久的沉默。

"首相先生，我可以祝贺你吗？你成功地让我把你这个人看透了。"

"我也不想给您留下什么疑问。"

"你没有。"

"那我们就达成一致了？什么话都不说？"

长久的沉默。等到国王终于开口的时候，他的声音变得很轻柔，厄克特必须竖起耳朵才听得到："请你放一万个心，我会惜字如金，就像你字字如箭，直刺人心。你今天说过的话，我永远不会忘记。"

一声惊呼打破了两人的对峙，人们急匆匆地从那边的瓦砾堆跑过来。那个危险的木平台在风雨中颤抖多时，终于垂死一震，倒塌了。那张床在空中做了一个缓慢优雅的死亡滚翻，轰然倒地，成为另外一堆废木头。翻滚中飞出来的枕头在风中被湿透了，插在一块尖利的碎片上。早上的时候这里还是一个孩子简陋却温暖的小床，上面的塑料拨浪鼓还在风吹之下嗒嗒作响。厄克特再也没说一句话，踏着淤泥，深一脚浅一脚地艰难地往回走。

驱车回宫的路上，米克罗夫和国王一起坐在后座。一路上国王都很安静，他双眼紧闭，沉浸在自己的情绪中，陷入沉思不能回神。米克罗夫想，一定是刚才看到的景象让他觉得惨不忍睹。等国王终于开口的时候，声音很轻柔，几乎就是在对米克罗夫耳语了，好像他们是在教堂做礼拜，或者去某个死囚牢参观。

"一句话都不说，戴维。有人命令我闭嘴，否则就要承担后果。"他的双眼仍然紧闭着。

"不接受任何采访？"

"除非是要对他国宣战。"

两个人都没有说话，好像在思考这句话的意义。他仍然闭着双眼。沉默一会儿之后，米克罗夫觉得自己大概可以开口了。

"也许现在说这个不太合适……但永远也找不到真正合适的时候。不过，我觉得……我休几天假可能会好一些，如果您最近不会有那么多公开活动的话。就一段时间，我需要去处理一些私人问题。"

国王的头还是靠在靠背上，双眼紧闭，语气平淡单调，不带感情："我必须要向你道歉，戴维。我可能是太习惯你的存在了，觉得你理所当然该陪在我身边。我太专注于自己的问题了。"他叹口气，"虽然很多事情都焦头烂额，我应该还是有时间关心一下你的。没有奥菲娜的圣诞节一定糟透了，这是当然的。你当然必须休息一下，但在你休假之前，我希望你能再帮个小忙，我想让你帮我安排一次小小的出游。"

"去哪儿？"

"三天，戴维。就三天，也不去很远的地方。我在想，就布里斯顿、汉兹沃思、莫斯塞德或者戈尔博斯，过一过乡村生活。比如第一天在棚户区的施粥场用晚餐，第二天就去救世军那里吃早饭；和某一家以政府福利为生的人们喝个茶，和他们一起烤烤火；再见见那些露宿街头的年轻人。你明白了吧？"

"您不能这样做！"

他靠在后座上没有动弹，眼睛没张，语气仍旧冷冷的："我能，而且我希望走到哪儿都有摄像机跟着。也许我应该整整三天和那些靠救济金生活的人吃一样的饭菜，并要求和我一起去的摄制组做同样的事情。"

"这新闻会比任何演讲都要轰动的！"

"我一句话都不会说。"他大笑起来，仿佛只有通过幽默才能释放他内心交集的各种情绪。这些情绪太强，斗争得过于激烈，让他甚至有一点害怕起自己来。

"您不用这样做的。那些照片每天都会变成头版头条。"

"要是能给每个王室成员都来这么一篇报道就好了。"他的语气越来越疯狂，开始有些异想天开了。

"您不知道自己在做什么吧？这是对政府宣战。厄克特一定会报复的……"

听别人提到首相的名字，国王仿佛全身通了电，头抬了起来，眼睛张开了，血红血红的，愤怒在燃烧；下巴收紧了，仿佛电流刚刚通过。他的心中翻滚着岩浆一般的热浪："我们先出手！厄克特不能阻止我。他可以反对我的演讲，可以欺侮我、威胁我，但这是我的王国，我他妈的无论什么时候，想去哪里，都可以！"

"您想什么时候发起这场内战？"

他脸上又浮现出那种冷酷的幽默："我在想……下个星期吧。"

"那您就是在开玩笑了，要组织这么一场出游至少要好几个月。"

"我无论什么时候，想去哪里，都可以，戴维。根本不需要什么组织。我又不会专门去见什么人，不需要提前给什么通知。不管怎么说，要是给了他们时间准备，那我看到的肯定是虚假的英国，被他们清扫过、粉饰过，做给我看的，而不是真实的样子。不，戴维。不要准备，不要提前通知。我已经厌倦了扮演国王，是时候做一个真正的男人了！那么多人一生都要过凄苦的生活，我就看看自己能不能那样过上三天；看看我能不能甩掉沉重的金银枷锁，直面我的灵魂。"

"安全呢？安全问题怎么办？"米克罗夫绝望地警告道。

"最好的安保就是出其不意，没有人知道我要去，也就没人提前策划什么阴谋。如果我必须自己开车，也可以的，请上帝见证。"

"您一定要想得很清楚，这样的出游就相当于宣战了。摄像机到处都跟着您，藏不了，躲不掉，之后也不可能做出什么外交上的妥协或让步来安抚那边。这将是对首相发起的直接、公开的挑战。"

"不，戴维。我不是这么看的。当然，厄克特对我们来说，是个公开的威胁。但这件事情主要是为了我自己，我需要把自己找回来，回答内心深处那些疑问，看看我是否不仅仅能做好一个国王，还能做好一个男人。我不能再回避真实的自己了，戴维，不能再对我的信念充耳不闻了。这不仅仅是对厄克特的挑战，更是对我自己的挑战。你明白吗？"

国王的话一字一句打在米克罗夫心上，他的肩膀垮了下来，好像上面承担着全世界的重量。跟着君王奔波了大半辈子，他也筋疲力尽，无力可使了。坐在他身边的这个人，不仅仅是个国王，还是一个坚持要做自己的男人。米克罗夫非常了解他的感受，并为他的勇气惊讶。他点点头，温和地回复道："我当然明白。"

第三十六章

立宪制下的君主就好比一瓶陈年好酒，应该静静待在黑暗的酒窖中，偶尔见见天日，任人轻轻地掸掸灰尘。其他时候，最好安心等着主人来开启它。

"莫蒂玛，吐司又糊了！"

厄克特的刀叉一碰到盘中的早餐，吐司就碎了，四散掉在他腿上。他注视着这一摊狼藉，哭笑不得。他的妻子还穿着睡衣，昨晚她又深夜才回来。她自己解释说："我是在外面努力工作，告诉全世界，亲爱的你有多棒呢！"此时她还有点睡意蒙眬的样子。

"我在那个小得可怜的厨房里没法思考，弗朗西斯。给你做好吃的吐司就更不可能了，必须重新整修一番，这样你才能吃顿好一点的早餐。"

又来了。他早就把这事忘在脑后了，他要考虑的大事比这重要多了。

"弗朗西斯，怎么了？"结婚多年，她在他面前还是很能察言观色的。

他指了指报纸，上面宣布了国王出游的计划："他接受我的挑战，开始行动了，莫蒂玛。"

"会很糟糕吗？"

"还能再糟糕一点吗？现在什么事都水到渠成，民意调查我们在领先，马上要进行选举了，但这么一来就完全重新洗牌了。"他把腿上的吐司碎屑拂走，"我不能去乡下，那里人人都穷困潦倒，到处都是衣不蔽体、靠养老金生活的可怜人。说不定你根本来不及选新墙纸，也来不及粉刷一下，我们俩就得滚出唐宁街了。"

"滚出唐宁街？"她的声音一下子警觉起来，"我说这话可能有点不礼貌，但我们不是才刚到这儿来吗？"

他目光尖锐地看着她："你会留恋这里的生活？真让我吃惊，莫蒂玛。你好像经常在外面嘛。"不过天亮之前她总是要回家的。看着坐在那里的妻子，他明白了原因。莫蒂玛早上的样子可不大好看。

"你不能跟他斗一斗吗？"

"有时间当然可以，打得他落花流水都可以。但我没时间了，莫蒂玛，只有两周。最可悲的是，国王甚至都没意识到自己做了件多么了不起的事情。"

"你不能屈服啊，弗朗西斯。你要为了我振作起来，也要为你自己。"她努力对付自己盘里的吐司，好像在强调男人是多么虚弱无用的生物。结果她也和丈夫一样，没能好好把吐司吃到嘴里，这让她心烦意乱。"所有的牺牲，所有的辛苦里都有我的一份，你记住了。我也有自己的生活，我也是有血有肉的人，我喜欢做首相夫人。有一天我会变成前首相的遗孀，那时候就剩我一个了，我需要别人的支持，需要一点体面的社会地位。"这话听上去很是自私，丝毫不顾及对方的感受，但她情不自禁地把心里话说出口了，接着她使出了最有效的撒手锏，唤起他无尽的负疚感，"如果我们有儿女，能陪伴我、支持我，那当然会不一样。"

他盯着碎成渣的早餐。事情已经走到这个地步了，两人竟然在讨论他的身后事。

"和他战斗吧，弗朗西斯。"

"我会的，但这个对手不容小觑。我砍下他的腿，他居然还能跳着站起来。"

"那就打得更狠些。"

"你说像乔治·华盛顿那样？"

"我说像他妈的克伦威尔①。咱俩非得和他争个你死我活、鱼死网破不可，弗朗西斯。"

"我很努力想避免这种情况的，莫蒂玛。真的，这不仅仅是在毁掉一个人，而是几百年的历史，还是有诸多限制的。"

"想想总没错的，弗朗西斯。有可能做到吗？"

"当然会让他分心的，不会一味地去大谈特谈什么劳苦大众。"

"政府是不会真正解决人民的问题的，只是通过重新的架构重组，让自己处于上风。你能做到这点吗？"

"在两周之内？"他审视着她坚定的眼神。她非常严肃，非常真诚。"我一整晚也都在想这个问题。"他轻轻点点头，"说不定

---

① 克伦威尔领导了17世纪的英国资产阶级革命，曾经处死国王查理一世，宣布成立共和国。

真的可以。只要有那么一点运气，耍那么一点法术，把焦点集中到他身上，人民对阵国王。但这就不仅仅是个选举了，而是一场革命。如果我们赢了，王室就永远翻不了身了。"

"我不会觉得遗憾的，我是柯宏家族的后代。"

"那么我能做一个克伦威尔吗？"

"你会的。"

他突然想起来，克伦威尔死后，查理二世把他的尸体挖了出来，还把腐坏的头颅挂在绞刑架上示众。他看着烧焦吐司留下的残渣，真怕莫蒂玛刚刚说的话是对的。

下

第三十七章

二月第一个星期

公众生活就像洗衣篮,满满的脏衣服就是那一件件家丑,
人人都能斜眼视之,指指戳戳。

安静的公寓里,电话铃声轰然大作,他惊得跳了起来。时间已
经很晚,十点多快十一点了。今晚肯尼没有与米克罗夫耳鬓厮磨,
好让他集中精力把国王的出行安排妥当。不过这时候体贴的他已经
去接电话了,正对着听筒说着什么。米克罗夫心想,大概又是谁打
电话来让他临时去顶某个机组成员的班吧,不过都这么晚了呢。

肯尼出现在卧室门口,揉着惺忪的睡眼:"找你的。"

"找我?谁会……?"

"不知道。"肯尼睡意未消。

米克罗夫忐忑不安起来,他颤抖着拿起听筒:"您好?"

"戴维·米克罗夫?"电话那头的声音问道。

"请问您是……?"

"戴维,我是《少数报》的肯·罗切斯特。对不起这么晚了还

打扰你。没有不方便吧，戴维？"

　　米克罗夫从没听说过这么个人。他说话带着浓重的鼻音，令人很不舒服；刻意做出的亲密也显得很无礼，甚至讨厌；话里的客套也相当不真诚。米克罗夫没有回答。

　　"不过我有急事找你。我的编辑问我明天可不可以和我们报的王室特派记者一起去采访你，我自己是写特稿的。你应该是搬家了吧，戴维？这不是你原来的电话号码。"

　　"你怎么拿到这个号码的？"米克罗夫问道。他的嘴唇突然变得很沉重，每一个字都是用尽全力挤出来的。

　　"你是戴维·米克罗夫吧？宫里的？要不是的话我刚才说那些真是白说了，戴维？"

　　"你怎么拿到这个号码的？"米克罗夫又问了一遍，喉头发紧，口干舌燥。他只把这个电话交给过宫里的总机，怕出了紧急情况找不到他。

　　"哦，通常我们想拿什么都拿得到的，戴维。那么，请你做些必要的安排，我明天会加入大部队的。要是我不能说服你，那我的编辑可是会发飙的。刚才跟我通电话的是你儿子吗？哦，对不起，这个问题太傻了。你儿子在读大学呢，是吧，戴维？"

　　米克罗夫感觉自己的喉头已经完全被封住了，一个字都说不出来。

　　"也许是个同事？宫里那些上等人士之一？听他声音好像我把他吵醒了吧？真抱歉这么晚打扰了你们俩，但你也知道，编辑就是这样。请代我向你的妻子道歉……"

　　讨厌的记者继续滔滔不绝地说着，甜言蜜语，笑里藏刀，话里话外含沙射影，咄咄逼人地盘问着。米克罗夫慢慢将听筒拿开，放回电话机座上。所以，他们知道他在哪儿了。他们也会知道他和谁在一起，为什么和他在一起。上次刑警队的不速之客来过之后，他就知道这是迟早的事了。不过，他一直在祈祷这一天晚一点来。另外，他很了解这些可恶的媒体，光毁了他是满足不了他们的，他们还会对肯尼穷追不舍，刨根究底。他的工作、家庭、私人生活、朋友，认识的每一个人，甚至还会去翻他的"垃圾箱"，在陈芝麻烂谷子的过去里找出他犯的每一个错误。谁又没犯过错误呢？这些人一定会冷酷无情地打击到底，没有下限地口诛笔伐，绝不妥协让步，做出一些语言无法形容的恶事。

米克罗夫拿不准自己能不能承受那样的压力，更不知道自己有没有权利要求肯尼去承受。他茫然地走到窗边，看了一眼楼下黑漆漆的街道，想辨清黑暗中有没有窥探的眼睛。什么也没有，至少他什么也没看到，但这种清净日子不会长久了，也许明天就会结束。

肯尼又睡着了，无忧无虑，丝毫不知大祸临头。他的身子在被子里蜷成一团，那样的柔韧度只有年轻人才达得到。两人想要的不过就是清清静静，然而，马上就会有人插手进来，将他们硬生生分开，这不过是时间问题而已。

厄克特刚出席了一个外事招待会，回来时已经很晚了，却发现萨利在等着他。她手里拿着装着咖啡的塑料杯，正和一群护卫队的队员有说有笑。这里勉强算是护卫队的办公室吧，紧靠门厅，狭小得像个壁橱。她站在办公桌的一角，优雅的长腿显露无遗，那些坐着的侦探们都目不转睛地盯着眼前这尤物，一点儿克制的意思都没有。

"对不起，打扰你们工作了，先生们。"他颇为恼火地嘟哝一声，发现自己竟然吃醋了。不过，侦探们看到他马上起身，立正站好，明显有些慌乱，其中一个匆忙中还弄洒了咖啡。这态度倒让厄克特感觉好了些。

"晚上好，首相先生。"萨利脸上带着笑容，那笑容灿烂、温暖，仿佛丝毫没受那次争吵的影响。

"啊，奎因小姐。我都忘了，是给我带另外的民意调查来了吗？"他企图装出一副略微心烦的样子。

"你以为大家都是小孩儿吗？"两人走向厄克特房间的时候，萨利从嘴角挤出这么一句。

他扬起一条眉毛。

"要是他们真认为你忘了这么晚的一个约会，还是跟我这种魔鬼身材的女人，那绝对马上会叫精神科医生来的。"

"我给他们开工钱，不是来'认为'什么的，而是完全遵照我的命令。"他尖刻地回答道，听上去好像字字句句都发自内心。萨利突然头皮发紧，决定改变话题。

"说到民意调查，你领先了六个点，但在你祝贺自己之前，我必须告诉你，国王这次'微服出巡'，马上就会让你的领先地位消失得无影无踪。这次他可是会把秀做足的，跟每个人握手，亲切问候每个平民。坦白说，你的团队在这个领域可没那么擅长。"

"恐怕本周内国王陛下会遇到一些其他的棘手事件吧。"

"什么意思？"

"他的新闻官和亲密好友，米克罗夫，是个同性恋，和一个机组成员在搞着呢。"

"那又如何？这又不是犯罪。"

"是啊。不过很可惜的是，各个媒体正先后知道这个消息。你也知道这群跑新闻的人，他们一定会把他弄得生不如死，甚至希望自己就是犯了其他的罪，可能死得还干脆些。首先是欺骗自己的家人，很明显他那可怜的妻子在一段名存实亡的婚姻中忍耐了二十多年以后，不得不离开。他为了一己私欲毁了一个女人的大半生，这还不够，还可以从安全角度去挖料。这个人接触了很多敏感信息，包括国家机密。他可是身处王室中心的人，居然在各种审查程序中伪装了自己的私生活状况，谎话连篇，而且这样的人是多容易受到敲诈和外界的压力啊。"厄克特按下墙上的按钮，待会儿私人电梯就会过来，接他们到顶楼的公寓去，"还有，最严重的是对国王的欺骗。他们是一辈子的朋友，米克罗夫却背叛了他。当然，你也可以毫不留情地推断国王什么都知道，一直在帮这个老朋友遮遮掩掩。那就更乱了套了。"

"你的意思不是说国王也是个……"

"我什么意思都没有，这是媒体该干的活儿。"他回答道，"我很自信地做个预言吧，这周结束的时候，他们一定会得出这个结论的。"

电梯的门打开了，就像无形的手在招呼他们进去："那还等什么呢，弗朗西斯？为什么不现在就出击，在国王出发前就出其不意地发起进攻？"

"因为米克罗夫只不过是个小山丘，我不会把国王从小山丘上推下来的，要推也要等他到达高高的巅峰，也就是等到他这次出巡结束，那时他已经爬到这辈子的最高峰了。我可以等。"

两人走进电梯，里面空间狭窄，空气也不甚新鲜，这还是 21 世纪初翻修这座老房子时硬安上的。光秃秃的金属轿壁，逼仄的空间，两人不得不挨在一起。电梯门关上之后，她看到他的眼睛亮了，里面充满了自信、自负，仿佛一只居于巢穴中蓄势待发的雄狮。她要么是他的猎物，要么是旁边的母狮，要么就跟上他的脚步，要么就被他无情吞食。

"有些事情你不该等了，弗朗西斯。"看他的表情，显然正在攀爬自己的高峰，她努力和他保持步调一致。她斜靠在他身上，伸手去够控制板，摸摸索索地找到那个按钮，电梯安静地停在了楼层中央。她的衬衫扣子已经全开了，他正揉搓着她紧实丰满的双乳，动作越来越大，越来越狠，让她有些畏缩，但他迫切地要占有她，征服她。厄克特没有脱外衣，但她也不能抗议，只能纵容他、鼓励他。他变了，变得不再克制，也许是无法再克制自己了。她被挤在电梯的角落里，十分不舒服，双腿顶着对面的轿壁，后背和臀部贴着冰凉的金属。但她知道，自己不能发出任何怨言，她必须跟着他，任由着他，只要她能做到，他想走多远就跟着他走多远。这样的机会百年难得一遇，她必须紧紧抓住，不管他有没有再说"请"。

凌晨四点，外面还是漆黑一片。米克罗夫轻手轻脚地从卧室走出来，开始穿衣服。肯尼还在熟睡，他那美好天真的身体仿佛跟被子扭打在一起，一只手臂抱着只玩具熊。米克罗夫感觉自己不那么像个情人，更像是个父亲，对眼前这个年轻男子有种发自内心的深深的保护欲。他必须相信，自己正在做的这件事情是正确的。

穿戴完毕之后，他坐在桌子旁边，打开一盏小灯，他需要借点光来写下这个留言。但好几次提笔都不知从何写起，最后都撕成碎片，旁边很快堆起小山一般的碎纸堆。他怎么解释得清楚呢？他对两个男人都有爱和责任，一个是国王，一个是肯尼。这种感觉快要把他撕碎了，现在两个男人都因为他身陷囹圄。他要逃离，因为一生中遇到任何事情，逃避是他的唯一选择，他不知道还能做些什么。国王的出巡一结束，他就继续逃，这么说灾难来临之前他还有三天时间。这些烦乱的想法，从何解释起呢？

手边的纸越堆越高，最后，他只匆匆写下一行字："我爱你。相信我。对不起。"真是太苍白，太可悲了。

他把那一堆碎纸胡乱揉进公文包里，尽量安静地打开门，穿上大衣。他看了看窗外，空空的街道看上去又寂寞又寒冷，和屋子里的感觉一样。于是他又尽量蹑手蹑脚地回到桌边，拿起留言的纸条，放在一个插满花的花瓶旁，电光石火间，他瞥见肯尼已经从床上坐了起来，看着他肩上的公文包，身上的大衣，手里的纸条。一双睡意蒙眬的眼中顿时涌起一片潮水，他在瞬间明白了一切。

"为什么，戴维，为什么？"他悄声细语，没有大吵大闹，没有伤心流泪，他这一生，在生活和工作中都遇到过太多的离别，但话里的每一个音节都有掩藏不住的指责。

米克罗夫无法回答，他只感觉到一种迫在眉睫的绝望。他希望自己能一个人承受，让所爱之人全部幸免。肯尼胸前抱着自己最喜欢的一只玩具熊，孤零零地坐在堆叠的被子中，眼睁睁地看着他，而他却头也不回地逃走了，飞一般地逃出公寓，回到真实的世界，回到无边的黑暗中。住家的门前摆着一个又一个空空的牛奶瓶，他的脚步在铺路石上引起回声，响彻空荡荡的街道。在急速的奔跑中，他发现自己正爆发出成人生涯中的第一场痛哭。

第三十八章

国王陛下接受过包皮割除手术，不过他们是不是割错了呢？也许现在应该再来给他割一割了吧。

夜晚的空气满含冬日的阴冷潮湿。土墙上的积水不断流下来，混凝土地下通道旁边的水沟早已"洪灾泛滥"。蜗居在这里的那位被遗弃的老人正看着国王的脸，他的指甲里全是黑乎乎的泥土，他自己早就习以为常；身下失禁的小便散发着长时间没有清理的恶臭，他也闻不到了。但还在几米开外，国王就感到脏乱阴湿之气迎面扑来，等他单膝跪在这个老人面前时，这一切就更为明显。眼前是他的全部家当：一把缠着麻布的握力器，一个布满污渍、千疮百孔的破旧睡袋和一个装满报纸的硬纸箱。明天晚上他回来的时候，估计这个硬纸箱就不见了。

"他怎么落到这步田地的？"国王问旁边站着的一个慈善工作者。

"您不如问问他自己。"慈善工作者回答道。这么多年，他早已厌倦了这些高高在上的领袖和君主，标榜着自己悲天悯人、爱民如子的情怀，四处寻访贫民，表达自己深切的慰问和关心。不过，无一例外地，他们都带着一大群摄制团队，那些人根本不把这些贫民当人看，只把他们作为拍摄的道具，拍完了就呼啦啦离去，什么实事都不做。

国王脸红了，他知道自己这个问题问得太唐突。他单膝跪地，不顾地上随处可见的水洼和污迹，满含倾听和理解的真心实意。远处，在地下通道的尽头，米克罗夫正组织着一群摄影师捕捉国王的影像。一国之君满脸忧伤，热泪盈眶，在污浊脏乱的地上单膝跪着，倾听一个流浪汉的故事。

后来，此行与米克罗夫共事的人们都说，从来没遇到过这么不知疲倦而且创意层出不穷的王室新闻官。他们想要的报道和图片，能满足的他都尽量满足。他们没有打扰到国王自身的行动，也没有过于"凶残"地去挖掘那些穷苦人们悲伤的过往，然而，在米克罗夫的帮助下，他们依然有了丰富生动的素材。米克罗夫耐心倾听他们的需求，尽量情同此理地去理解他们的立场，能言善辩地权衡各方的利益，巧妙地引导他们，明智地做出决定，不失时机地鼓励和建议，并给予一切可能的帮助。有时他会稳住国王，好让某个摄制组找到理想的拍摄地点或者更换录影带；有时他又在国王旁边耳语，让他重复某个场景。此时水汽从后面升腾起来，在街灯的照射下形成完美的背景灯光，在国王的面前，一个母亲正怀抱婴孩。任何想要抢一两个镜头的警察和当地官员，都被他毫不留情地喝止。这不是什么政治作秀，等拍完了需要的东西，一干人等就拍拍屁股坐车离开。这是一个男人，走出深宫，去了解自己的王国，去慰问自己的贫民，去拷问自己的良知。米克罗夫对外这样阐释国王出行的意义，心中也深信不疑。如果说这三天里国王睡眠不足，那么米克罗夫就是根本没合眼。在刺骨寒风中不分白天黑夜地巡游，国王越来越面如土色，眼窝深陷，偶尔脸上会带着懊悔的表情。然而，米克罗夫却一直精力充沛，整个人仿佛一团火焰，散发着征服者的气场，让每一次慰问都变成必胜的战场，让每一次快门的闪动都变成最终凯旋的号角。

国王弯腰跪在老人的硬纸箱旁边，倾听他的故事。他知道自己身上这身名贵的西装已经被地上湿乎乎的黏土给毁了，但他一动不动。他只不过是在里面跪一会儿而已，这位老人却长期生活在这里。他强迫自己保持那个姿势，忽略灌满鼻腔的恶臭和寒冷的北风，不时点头微笑，鼓励老人说下去。老人呼吸吐纳着肺部浑浊的空气，给他讲起自己的故事：学业有成，风光无限；遇人不淑，婚姻破裂；事业受阻，信心尽失；堕落颓废，无路可退，一步一步走到今天连个固定住址都没有的田地。这不是谁的错，不能怪任何人，不能有任何怨言，只能怪今天的风太冷、夜太寒。他曾经住在下水道里，那里反而更干燥、更暖和一些，警察也不会来骚扰，但污水管理局发现了，在入口上了一把锁。这故事太令人惊愕，需要时间来消化。他们竟然把这个人，锁在了下水道外面。

老人伸展了一下胳膊，上面缠着一块绷带，有些体液覆盖在绷带上，已经变硬了。绷带肮脏不堪，国王感觉自己全身的皮肉都缩紧了。老人坐近了些，他畸形的手指在颤抖，上面沾满了黑乎乎的脏东西，厚厚的指甲有的拦腰断掉，仿佛鬼怪的爪子。这只手竟然连下水道都进不去。国王紧紧握住这只手，久久没有放开。

半晌，他终于站起身来，准备离开。他的西裤上沾满了泥污，双眼满含泪水。也许是寒风太甚了吧，他的下巴愤怒地收紧了。不过，媒体会说，一切都是因为大爱，一切都是因为同情。"良心国王"，明天报纸的头条将大声把这个称号昭告天下。满身污浊的国王，慢慢地走出漏水严重的地下通道，走向了全国每一份报纸的头版。

戈登·麦吉林的顾问们已经就这个问题争论一整天了，一开始的构想是召开一个记者发布会，一切尽善尽美，程序标准严谨，尽量鲜明地表明自己的立场和态度，确保对每一位记者的问题都知无不言、言无不尽。但反对党的党魁有自己的顾虑，如果这个行动的目的是要表明自己和国王立场一致，也和这次巡游关系密切，那么在风格上是不是也应该更贴近一些？这么正式的一个记者发布会，难道不会太隆重、太刻意吗？好像有那么点儿为了党派的政治目的，"挟天子以令诸侯"的感觉。这种顾虑逐渐演变成强烈的不安，于是计划变了。先放出点风声，明天早餐后，麦吉林会在自家的门阶上和太太告别，这是一副寻常和感人的夫妻生活图景，与国王此次非正式的巡游正好契合。这时如果恰好有摄影师或媒体人经过……

麦吉林的家在教堂街上，一大早前门就闹哄哄的，各路媒体以令人大跌眼镜的低素质争抢最佳位置。过了好几分钟，麦吉林的通讯顾问才点了点头，表示所有的摄像机都各就各位了。一切必须要天衣无缝，毕竟，这正在"早餐时间"上现场直播呢。

"早上好，女士们，先生们。"麦吉林开口道，他的妻子站在后面，有些羞涩，有些不知所措，"很高兴见到你们大家。我想你们来此，都是想对近期即将宣布的新交通政策先听为快的吧。"

"我们希望新政策能取消王室专列。"

"不太可能。"

"麦吉林先生，国王这么高调地进行巡游，您觉得对吗？"提问的人年轻气盛，满头金发，咄咄逼人，一支麦克风直挺挺地对着他，仿佛尖利的武器。当然，这的确也是一把好武器。

"国王的确高调，但他别无选择。作为一国之君，想看看贫苦的民众是怎么生活的，这何错之有呢？我认为他正在做的事情着实令人钦佩，我为他喝彩。"

"但据说唐宁街方面非常不满，他们说这样的事情应该是政治家们来做的。"另一个声音插了进来。

"天哪，厄克特先生上次去到那些地方是什么时候的事儿啦？就因为他没有勇气——"他的苏格兰高地口音出来了，一字一句都像军队激励士兵向前冲锋的鼓点——"去面对自己那些政策的牺牲品，那也不能阻止别人和他一样逃避责任啊。"

"这么说无论从任何一个方面，您都不会批评国王此次巡游咯？"

麦吉林没有立即开口。眼前一只只贪婪的秃鹰们焦急地等待着，猜测着，蠢蠢欲动。他抬起下巴，看起来更添政治家的风范，颌骨周围的肉也紧实了些，这是他提前演练过千百遍的动作了："我完完全全地支持国王的行动，我一直是王室坚定的支持者和拥戴者。我想，大家都应该感谢命运，因为我们遇到了一位关心民间疾苦、爱民如子的好君王。"

"那么您是百分之百地支持他啰？"

他缓慢而坚定地一字一顿："百—分—之—百。"

"您会在下议院会议上提起这件事吗？"

"啊，不会，我不能提。下议院的规章里写得非常清楚，不能讨论任何与君主有关的争议。退一步说，就算规章允许，我也不会。我非常坚定地认为，政客不应该利用王室来达成狭隘的党派目的，所以我绝对不会提起这件事或举行任何记者招待会。我只在这里简单阐明我的观点，国王现在所做的事情是绝对合乎身份的，我也和他一样，关心贫苦的人民，他们是现代英国的重要组成部分……"

通讯顾问把手举过头顶，不停地挥舞着，一只手臂划过脖子。该结束了，说得已经够多了，可以上头版了，而且也恰到好处，不会被人批判说是在借国王出巡的东风。千万别把那些秃鹰们喂得太饱，要让他们一直眼巴巴地盯着你，还想要更多。

麦吉林对着众多摄像机，开始说起自谦的结束语。突然间，街上传来一阵突兀而喧闹的汽车喇叭声。他抬起头，看到一辆绿色的路虎揽胜正缓缓经过。啊，真他妈的讨厌！那是同住在教堂街的自由党议员，他仿佛时刻准备着，最热衷于在反对党党魁的"门阶采访"时来掺和掺和，捣个乱什么的。麦吉林大声抗议说别来这些幼稚的鬼把戏，结果这位"芳邻"倒好，喇叭越按越起劲儿，声音越来越响亮。麦吉林心里清楚，这样一来，"早餐时间"的制作人就要准备结束对这场采访的直播了，也就是说他在电视上露脸的机会也就只剩下一两秒了。他急中生智，眼中突然满含着愉悦的光彩，脸上露出灿烂的笑容，对着远去的路虎揽胜夸张地挥了挥手。电视机前的八百万观众都见证了这位政治领袖的最佳状态，他风度翩翩，好像正在优雅而热情地回应一位不期而遇的狂热支持者。见机行事！麦吉林可不会允许任何事毁掉这完美的一天。

　　制作人把镜头切回到演播室，莫蒂玛·厄克特把注意力从屏幕上收回到丈夫身上。他正玩弄着焦黑的吐司碎屑，脸上挂着笑容。

第三十九章

丝毫不知他为何要对我喋喋不休。我能帮上什么呢？我又不是精神科医生。

载着一群记者的大巴车正从戈尔博斯开往格拉斯哥外缘的机场，突然间车子摇晃一下，来了个急转弯，进了停车场。米克罗夫正站在车子的过道上，审视着自己这几天的工作成果。车上的记者大多筋疲力尽，但又满心欢喜。他们的报道整整三天都牢牢占据着各家报纸的头版，而报社批给他们的钱至少还能再用一个月。他们同时也为劳苦功高的米克罗夫热烈鼓掌，每一张脸上都充满真诚的善意，直到他来到大巴的后排。肯·罗切斯特和他的摄影师就像小时候每个班级里最好斗的孩子一样坐在那儿，还有两个最后才急匆匆加入进来的来自另一家报纸的记者和摄影师组合。他们都不是公派的王室记者，但总是举着记者的旗号，四处探询，自称"特稿作者"。他们一点儿也没在意国王，镜头对着的人也是米克罗夫。他非常清楚他们下一篇的"特稿"主角会是谁，显然那事儿已经传开了，秃鹰们就在他的头上盘旋，而竞争对手的出现会让他们更加心急难耐，一瞅准时机就会俯冲而下，来个猛扑。他发现时间根本没之前预想的那么多。

他的思绪回到那些过去这几天时刻鼓舞着他和其他人的话上面来，都是直接出自国王之口。关于寻找自我；回答内心深处的声音；看看是否能在做好工作之外，做一个合格的男人；还有，不要再逃避。他想起肯尼，他们绝不可能不去招惹肯尼的，这一点他可以肯定。罗切斯特们和他的同行可没有这么慈悲，就算米克罗夫和肯尼永远不再见面，他们还是会把肯尼揪出来，把他丢向火葬自己的柴堆，好让火越烧越旺。他们会毁掉肯尼，就为了制服他；然后再毁掉他，最终制服国王。他心中没有愤怒，因为这是毫无意义的，体制就是如此，他也无可奈何。这个国家倡导新闻自由，所以软弱的人毫无躲藏之地。他感到全身僵硬麻木，好像犯了什么怪病，仿佛面对这棘手问题的并不是他，而是某个毫无干系的人。他的灵魂好似已经出窍，能够像个专业人士一样客观冷静地来看待这个问题。毕竟，他本来就是这样一个人。

罗切斯特坐在大巴后面，鬼鬼祟祟地和摄影师耳语一番。摄影师接着就举起相机，对着米克罗夫"咔咔咔"又是一顿狂拍。记者们坐着，像是观众；他站着，仿佛戏剧中注定悲剧的人物。米克罗夫推断，自己只剩下这个周末的时间了。真遗憾，首先爆料的人居然会是罗切斯特这种人渣，而不是他合作了多年并且逐渐心生敬意的皇室特派记者们。快门声与闪光灯逐渐消散，他发现自己已经很难镇静了，倒不是因为即将到来的厄运，而是对罗切斯特这个人由衷的厌恶，你看他那猥琐的嘴唇，见风使舵的小人样，真是恶心。

米克罗夫情不自禁地颤抖起来，于是只好更加努力地控制住自己。千万别失态，他的内心在对自己狂吼，否则罗切斯特们就会赢，他们会一拥而上，把你撕成碎片。拜托，专业一点，镇静一点，按照你一贯的风度来！

车已在停车场行驶了好一会儿，正开向喧闹的离港大楼。罗切斯特的摄影师透过镜头，看到米克罗夫拍了拍司机的肩膀，说了点什么。大巴拐了个弯，停在一个离航站楼很远的安静角落。车停稳了以后，米克罗夫朝记者们挤出一个笑容，站在他们中间。

"在大家结束这次巡游之前，还有点事情想跟你们宣布一下，可能会让你们很吃惊，甚至可能会让国王也很吃惊……"

第四十章

一生疲于奔命、争先恐后的人，当不起国王的华冠，更称不上是"人民之子"。

厄克特坐在议会政府席位的前座上，面前的遮挡物只有公文箱，他静静观察着眼前纷纷挥舞的手臂和上下翻飞的三寸不烂之舌。乔治·华盛顿？他觉得自己更像是卡斯特将军①。后座的那些饿红了眼的"猎狗"们仿佛已经闻到了血腥的味道，麦吉林家门阶上的那种隐忍和克制荡然无存。在其位，谋其政。真是需要很大的勇气去承受各种各样的厄运和最残酷的嘲弄和奚落，只有你想不到的，没有他们做不出的。他必须完完全全地相信自己，不留一点怀疑的空间，否则敌人们就会乘虚而入。他需要做到天衣无缝，绝对自信，毫不妥协，全心笃定。眼前就是一群乌合之众，不仅没有原则，而且缺乏想象。他们刚刚变成了狂热的王室追随者，要是他们此时此地，在下议院的会议室里唱起《上帝保佑国王》的国歌调子来，他也不

---

① 美国南北战争时期的名将，经常打胜仗，但旗下伤亡人数众多，因此被老百姓认为是英雄，却不受下属和部将的爱戴。

会稀奇，尽管这里是整个王国唯一禁止君主进出的地方。他瞥见了"野兽"，眼睛一下子亮了，脸上荡漾开一丝笑意。毕竟，这头"野兽"算是个诚实的人，展现的是真实的自我，而他周围那些人呢，号叫着，舞动着，跳梁小丑一般，但激情全是装出来的。"野兽"坐在那里，脸上的表情相当尴尬。对于他来说，自己作为一个议员的良心，比胜利更为重要。他绝不会为了抓住大好机会羞辱对手，就忘掉自己的原则。真他妈的白痴！

这是一群多么可怜可悲、一文不名的生物啊。他们自称政客、领袖，但没有一个真正熟谙权力的含义。就让他来展示给这群蠢人看看吧，也让他的母亲看看。让她看看，他比阿里斯泰尔优秀得多，一直以来都是这样，也会永远比所有人都优秀，这是毋庸置疑的。

议长点了第一个后座议员起来提问，问题还没提出来，厄克特就已经清楚自己要说什么了。不过，这些人问的问题总是那么老套。一定是关于国王的，而议长女士会提出反对，不过他还是会回答。他会强调议会的原则，强调要将君主置于政治之外。他会反对他们想将首相卷进党派战争的不良企图。他会迂回婉转地暗示所有人，包括傻瓜都能指出问题，而只有负责任的人才会去寻找解决方法。他会刺激他们，让他们尽量叫出来、喊出来，要多闹腾有多闹腾，就算一整个下午都遭受各类言语侮辱。他必须要让这些人跟国王变成完全绑在一条绳子上的蚂蚱，难解难分。到那时，也只有到那时，他才会瞅准时机，把国王陛下狠狠推下高高的山顶。

"妈的！妈的！妈的！"斯坦普尔连爆粗口，咒骂声里的怨气仿佛犀利的子弹，打在墙上，又反弹回来，电视里的评论都听不到了。

萨利和厄克特这次没有独享二人世界，斯坦普尔坐在首相书房的一张很大的皮质扶手椅中，情绪激动地看着新闻，焦虑地啃着手指甲。自从厄克特和萨利初见，她还是第一次遇到三个人同处一室的情况。也许厄克特想让别人知道这风流韵事，也许她变成了一个身份的象征，是他展现男子气概、满足自负虚荣的一件物品。又或者，他可能只是想多一个观众来见证他又一次的胜利。如果最后这个猜测成立，但此刻的他看着电视里的新闻，可能要犯心绞痛了吧。

"今日下午，王室巡游的'压轴演出'令所有人震惊。国王的新闻官戴维·米克罗夫宣布辞职。"电视屏幕上，新闻主持人字正腔圆。

"我是一名同性恋。"米克罗夫的样子并不清晰，大巴车车窗的反光太严重了，但这不重要。米克罗夫周围坐的都是共事多年的记者，某种程度上来说是"战友"，与他们一起分享新闻也是做了无数次的事情。作为个中老手，他知道如何吸引观众。他神色淡定，表情平静，眼中没有丝毫慌乱，额头上看不到一滴汗水。他不是被逼到绝路无处可逃的可怜虫，而是一个争取主动、镇定勇敢的成功者。

"我曾经希望能对自己的私生活保密，不让其影响到我对国王陛下的责任，但现在我已不能很好地做出平衡，所以我决定辞职。"

"国王怎么说？"一位记者尖锐地问道。

"还不知道，我还没告诉他。上次我说要辞职，他回绝了。你们都很清楚，他是个非常有同情心、很善解人意的人。但君主的职责比什么都要重要，我这么一个小小的新闻官更是责无旁贷。所以，我想要自己来向你们公开宣布辞职的消息，不要给他增添任何负担。我唯一的希望就是陛下能够理解我的苦衷。"

"但是，同性恋怎么就阻碍你的工作了呢？"

米克罗夫脸上出现扭曲的表情，他在沉思。"你问我吗？"他笑了起来，好像刚听到一个还不错的笑话。他没有表现出任何憎恶，也没让人感到困兽犹斗的绝望与孤注一掷。天哪，他的演技真是出神入化。"一个新闻官必定要充当新闻散播的渠道，绝不能成为新闻界的目标。如果外界对我私生活不断猜测和探询，我绝不可能履行自己的工作职责。"

"那你为什么隐藏了这么多年呢？"大巴后排的罗切斯特不甘心地问道。

"隐藏？我没有。不久前，我多年的婚姻破裂了，但在这段婚姻中，我一直忠于我的妻子，也非常感激她和我一起共度了欢乐的时光。婚姻的破裂，让我重新去审视自己，了解自己，抓住最后的机会，做了内心深处大概一直渴望着的事情。我已经做出了选择，我不后悔。"

很显然，他这一番话发自肺腑，真诚无比，却如温柔一刀，把任何恶意都击退了。无论如何，在座的大多数人都是老同事、好朋友，什么都挡不住车里弥漫的理解与祝福。米克罗夫真是占尽了天时地利人和。

主持人接着开始颂扬国王巡游的丰功伟绩，形容这位君主"备受尊重，深受爱戴"，屏幕上出现刚刚结束的巡游中的一些影像素材。厄克特站起来关掉了电视。

"自私自利的浑蛋。"斯坦普尔喃喃自语。

"我还以为你们想让他滚蛋呢。"萨利插了句嘴。

"我们是希望把他挂起来示众，不是在人们的掌声和欢呼中走向辉煌的落日。"斯坦普尔毫不客气地厉声说。萨利觉得他有点烦躁，因为很显然之前都是他和厄克特独享这样的时刻，结果现在她这个"第三者"加入进来了。

"别慌，蒂姆。"厄克特说，"我们的目标不是米克罗夫，而是国王。就算现在他正站在人生的巅峰俯瞰整个王国，脚下的土地也在开始坍塌了。是该再帮他一把了，比如从背后推一下。"

"但只有一个星期就要……你看这些巡游的录像，真是要把你逼上绝路啊，弗朗西斯。"萨利轻轻说道，很是佩服他的镇定。

他眯起眼睛，眼神凛冽地看着她，仿佛在责备她信心不足。"但毕竟是有录像的，亲爱的萨利，这是有录像的。"他的脸上荡开一个阴暗的笑容，但一双眼睛仍然冷得像石头。他走到书桌边，从钱包里拿出一把小小的钥匙，慢慢打开最上面的一个抽屉，从里面取出一个马尼拉纸大信封，把里面的东西铺展在桌子上。他的每个动作都小心翼翼，好像一个珠宝工匠在展示自己最珍贵的宝石。那是一些照片，大概有十几张吧，都是彩色的。他在里面翻找了一下，选了两张，举到萨利和斯坦普尔的眼前。

"你们觉得怎么样？"

她不知道他是问的照片，还是照片里那对乳房。眼前这两张以及桌上那一堆照片上，夏洛特王妃正无拘无束地展露自己的魅力。这些照片主题鲜明，唯一的变化就是她和一位年轻男子身体的位置。

"啊，我说……"斯坦普尔深吸了一口气。

"首相要承担很多重担，其中之一就是别人会告诉你很多秘密，都是些从未公之于众的故事。比如这个故事，一位年轻的警卫官，害怕自己保不住守护在王妃身边的位子，也担心在她身上骑不稳，用这些照片去买了份保险。"

"啊，我说……"斯坦普尔翻看着其他照片，又重复了一遍。

"警卫官运气不大好啊。"厄克特继续道，"他找错保人了。那人是一个调查记者，碰巧曾经在安保局做过侦探。所以这些照片就跑到我抽屉里来了，而那个害了相思病的可怜小伙子则得到背叛者斩钉截铁的回复，赌咒发誓说，要是哪家媒体拿到了这些照片，他就把自己的蛋割下来。"斯坦普尔也看得太久了，厄克特看似不经意地抽回了照片："我有个想法，蒂莫西，几天后，他将遭遇前所未有的尴尬，换了我简直生不如死。"

两个男人猥琐地大笑起来，但厄克特注意到萨利好像并不享受这一刻。

"有什么不开心的吗，萨利？"

"我感觉这样做不对。与你作对的是国王，不是米克罗夫或者王妃。"

"先砍断他的左膀右臂……"

"但她什么也没做啊，她又没牵扯进来。"

"很快就他妈的要牵扯进来啦。"斯坦普尔不屑地哼了一声。

"你就当这是她做王妃必然遇到的'职业病'吧。"他脸上的笑意没那么浓了。

"我不得不考虑她的家庭，这会对她的孩子们造成多大的影响啊。"她声音里带着越来越坚定的固执，饱满而生动的嘴唇不屑地撇着。

他开口了，回答得缓慢而坚定，冰冷得不带一丝情感："战争就会滋生痛苦，很多倒霉鬼都要做牺牲品。"

"弗朗西斯，她唯一的罪恶，就是受不了那个近亲交配出生的赢弱丈夫，满足了自己作为一个女人健康正常的性需要。"

"她的罪恶是被发现了。"

"只不过因为她是个女人！"

"你能别把女权主义那一套搬出来吗？"厄克特恼羞成怒地打断了她，"她这一辈子都坐享王室身份，吃穿不愁，荣华富贵。现在她该付账了。"

她本想再辩驳几句，却看到他眼中的怒火，只好忍住了。这场争论她必输无疑，要是继续负隅顽抗，她失去的可能更多。她告诫自己别那么幼稚，一个女人的性，总被作为工具或武器，供男人把玩利用，这个道理她还不清楚吗？于是她转过身，表示缴械投降。

"蒂姆，一定要把这几张大肆传播出去，好吗？暂时就这几张，其他的先别管。"

斯坦普尔点点头，抓住这个机会，俯着身子把桌上的照片又看了一遍。

"好了，蒂姆，麻烦你去办事吧。"

斯坦普尔猛地抬起头，眼中闪烁着困惑的神色，先看了看厄克特，再看看萨利，又回到厄克特身上。电光石火间，他明白了，困惑的神色变成了恍然大悟，以及敌意。这个女人正横空插进他和上司的关系之中，而且斯坦普尔就算发动全盘的智慧与狡猾，都无法与其先天的优势抗衡。

"我马上就去办，弗朗西斯。"他拿起两张照片，狠狠瞪了萨利一眼，"祝你……你们，晚安。"说着就扬长而去。

剩下的两人很长时间没说话。厄克特努力做出若无其事的样子，特别认真地整理起已经像刀锋一样尖锐整齐的裤边折痕。他本想说些威胁恐吓的重话，但最终说出口的却是一句笑里藏刀的"软话"："别在这时与我忸怩作态，哦，我的吉卜赛女郎。"

"这件事对她很不公平。"

"不是他们死，就是我完蛋。"

"我知道。"

"那你站在哪一边？"

她用行动做出了回答。她慢慢走到他跟前，与他激情拥吻，身体紧紧贴着他，舌头在他的嘴里探寻。短短几秒之内，他的双手就开始疯狂地抚摸和揉捏她的身体。她知道这来源于他的怒气与兽性。他粗暴地将她推倒在桌面上，把钢笔盒与电话都扫到一边，还撞倒了一个镶有妻子照片的相框。他在她身后撩起裙子，将她压得不能动弹，撕掉她的内裤，狠狠地进入她的身体。他如此用力地揉捏着她丰满的臀部，指甲掐得她生疼，她不禁双眉紧皱。她俯卧在书桌上，鼻子和双颊快在皮质面上压扁了。她突然想起来了，少女时代，大概十三岁的时候，她在电影院的路上曾经抄了近道，经过多尔切斯特市的一些偏僻小巷，在那里遇到一个女人，弯腰俯卧在一辆车的引擎盖上。那是个黑人女性，双唇涂成明艳的亮红，画着过于俗艳的眼妆，一双眼睛充满了冷漠、不耐烦和厌倦。她身后的那个男人肥头大耳，对萨利破口大骂，都是些不堪入耳的脏话，不过他没有停下，还继续蹂躏着那女人的身体。这回忆突然浮现在她的脑海中，清晰如昨，令她浑身发冷。厄克特的指甲更深地掐进她的皮肤，她的脸被压在桌上散落的那堆照片上，好痛。她很想哭，不是因为高潮激动，而是因为身体的疼痛和对自己的鄙视。但她当然没有，只是紧紧地咬住了嘴唇。

第四十一章

继承君主制这个概念有点像一瓶上等的香槟，不过开瓶太久，都变味了。

米克罗夫在巴尔莫勒尔的高地荒野上找到了他，他心烦意乱，想一个人待着的时候总是造访此地。冬天，荒原上积雪覆盖，肆虐的罡风一路毫无阻挡，直入腹地，带着在两千多英里①外乌拉尔山脉积蓄的力量，横冲直撞，咆哮翻卷。这么恶劣的天气，他却丝毫不在乎。有一次，他说这里游荡着永恒的精魂，潜伏在地面上花岗岩的裂缝中，追逐着风的脚步，在粗糙的石头丛中歌唱奔跑，不去理会早已逃往低处牧场寻求安稳日子的鹿群。国王看见他向自己走来，却一声不吭，连基本的问候都没有。

"我没得选，我们没得选。"

"我们？你什么时候问过我了？"他那属于帝王的威严语气中露出一丝被羞辱的苦涩。作为朋友，他显然是受了伤。他的怒气——

---

① 1英里，约为1.6千米。

或者仅仅是狂风呢？——在脸上留下属于农夫的红晕。他一字一顿地慢慢说道：“你差点让我犯了中风。”

“你以为我想不到吗？”现在轮到米克罗夫发泄怒气了，“所以我才绝对不能让您做决定。这次一定要听从理性，不能感情用事。”

“你什么错也没有，戴维，什么法都没犯。”

“犯法不犯法有什么重要的？我会成为一个永远的谈资。他们不会听您讲什么道理的，只会在我背后指指戳戳，嘲笑讽刺。您冒着个人名誉受损的风险，才到了今天这举国称颂的地步，传递了您想要告诉国民的信息，而我呢，我会成为您的一个障碍，成为他们贬损您名誉、混淆民众视听的一个借口。您看不出来吗？我不是不顾您的感受辞了职，恰恰是因为您才辞的。”他顿了顿，高地荒野雾气弥漫，在两人周围萦绕不去，他把借来的滑雪衫裹紧了些，“另外，当然，还有一个人，我也必须要保护他，为他着想。”

“我都有点吃醋了。”

“我从来没想过，竟然会用如此不同的方式同时爱着两个男人。”米克罗夫伸出手抓住另一个男人的手臂。臣子对君主如此无礼，是不可饶恕的。然而，在刺骨的寒风与这番肺腑之言当中，礼仪纲常，已经完全不重要了。

“他叫什么？”

“肯尼。”

“欢迎你带他来做客，宫里的大门永远为你们敞开。”

国王把手放在米克罗夫的手臂上，前新闻官低着头，满怀感激，百感交集。

"我和他纯粹是私人的关系，不能被狗仔追来追去上头条，把他的私生活翻个底朝天。"米克罗夫解释道。

"我理解。如果全世界都在冷嘲热讽，媒体也在铺天盖地地围追堵截，感情的种子也不会发芽了。"

"我很怕他承受不了这一切，但谢谢您刚才的邀请。"

风在石头丛中叹息，仿佛一曲低低的挽歌。天光渐暗，仿佛夜的恶魔蠢蠢欲动，准备从光明之神那里收复失地。

"这真是很令人伤心的意外事件，戴维。"

"有趣的是，我竟然有种解脱的感觉，很轻松，不后悔。不过，这不是意外。"

"什么意思？"

"我从来不相信巧合的。他们追着来，就是要在您的巡游结束后马上爆料，想毁了我，同时也毁了您。"

"是谁呢？"

"就是想毁了您的人啊。只要有机会，他就会出手。这个人认识达格南的议员，也能够动用手段，追踪一个私人电话号码。"

"那这个人一定隐藏得很深。"

"深不见底。毫无疑问，他会继续盯着您的，还会有更多的招数。"

"那么希望我能有你的勇气。"

"您已经有了，您需要的仅仅是面对自己的勇气。您说过的，要做一个男人，这是您的原话。面对自己比面对别人要艰难得多，会经受很多折磨。相信我，但我知道您早就明白这个道理了。"

"我会需要你的建议，戴维，比以往任何时候都需要。就像你说的，一定会越来越艰难的。"

下雨了。一开始还是间或的雨点，但随着水汽的聚集，豆大的雨珠在寒风中几乎冻硬了，砸在两个孤独的人身上。夜幕正迅速降临。

"那么，陛下，我对您最好的建议，就是赶快逃离这该死的鬼地方，否则我们都冻死在这儿了。弗朗西斯·厄克特可是不费吹灰之力啊。"

第四十二章

二月第二个星期

先给他们点甜头尝尝。

电话铃声大作，一秒之内就有人接了起来。这是泰晤士河边伦敦一家顶尖金融公司的外币交易室。三个多世纪前，这附近曾烧起了一场大火，毁了几乎半个伦敦。周围的人爱开玩笑说，现在要毁掉这个城市可不需要大火了，照现在的趋势，富有的日本人大概就要给伦敦改头换面了。

这里的电话永远是第一时间被接起来的，失败与成功往往就那么几秒的差距。这里的首席货币交易官需要时刻掌握市场的变化，还要留意另外十七个货币交易官的动向。他们都对这个位子虎视眈眈，毕竟他赚的佣金太过丰厚，常常盆满钵满。他刚刚答应购买一辆炫目拉风、紧跟潮流的游艇，此刻却不得不把思绪从那上面拉回来，认真地听电话那头的声音。然而，那边不是来做交易的，而是跟他相熟的一个媒体记者要打听消息。

"吉姆，你有没有听到什么风声？宫里闹出大事儿了。"

"什么大事儿？"

"还不确定。据说是特别大的新闻，这吹的风儿能把王室这游艇给弄翻呢。"电话那头的记者看不到交易官脸上的抽搐，"编辑让我们四处打听打听，真是想布下天罗地网，钓个大鱼。虽然方向还不太明确，但感觉上是'山雨欲来风满楼'啦。"

交易官的眼睛又跑到屏幕上去了，他审视着上面跳动的红色、黑色与黄色的数字。英镑看上去走势不错，比较平稳；莫斯科刚刚爆发了一场争抢食品的骚乱，所以今天所有人的注意力都在卢布上。俄罗斯的冬天严寒难耐，领导人的大脑仿佛被冻僵了无法思考，而该国的外汇交易也进入了十分艰难的凛冬。交易官揉了揉眼睛确认自己没看错，盯了这么久的屏幕，眼部干涩痒痛是家常便饭，但他在办公室里可不敢戴近视眼镜。在这个位子上，他必须要保持绝对自信。他已经三十七岁了，绝不能显露一点点变老或体力不支的迹象。毕竟，他后面还排着一长溜的人，瞅准机会就会把他推下宝座的。

"我这边什么也没听说呢，皮特。市场上没什么动静。"

"我就这么跟你说吧，这边的苍蝇都嗡嗡叫了，飞得满天都是。"

"可能又是那些关于王室的猜测吧，多半是胡说八道，信口开河。"

"嗯，可能是吧。"记者回答道，听上去十二万分的不信，"听到什么风声就通知我，好吗？"

交易官按下按钮切断了通话，继续揉着疲惫的双眼，一边想着怎么拆东墙补西墙，来填补上一次疯狂消费留下的个人财务缺口，同时又幻想着在装潢精致、应有尽有的游艇上寻欢作乐，一脸媚笑的裸女们涂着椰子油任他享用。突然间电话又响了，这次是个客户，听说了类似的谣言，想知道是不是应该马上把资金转移到美元或者日元上去。不知又是哪只苍蝇飞到他那儿去了。交易官又看了一眼屏幕，发现英镑的数字开始变红了。走低，但不是很剧烈，一点点而已。但这也是预兆之一。

他能忽略吗？他妈的，老了，冒不起这个险了。也许他应该收拾细软，在加勒比海上航行作乐一年，之后再找份不这么折磨人的正常工作。不过现在还不是时候，他一定要最后再干一笔大的，把船买了，把房贷还了。他揉揉发疼的脑仁儿，按了个按钮，接通了外汇经纪人，想探听一下最新的买入和卖出价格。

"电缆？"他问道。这是交易人员之间的"行话"，问的是英镑的价格。多年以前，伦敦和纽约两大金融帝国唯一的纽带，就是一条海底电缆。当然，还有源源不绝的贪欲，这是丝毫没有改变的。

"20/25①。"那头的声音不太清楚。这都是宇航时代了，人都能上天了，咫尺之遥的经纪人办公室和外汇交易室之间的线路竟然还这么烂。不过，是不是他的耳朵不好了呢？

他叹了口气。一不做，二不休，出手吧。

大规模的抛售拉开了序幕。

编辑办公室的门嘭地一声关上了，但没什么用，几分钟之后，这栋大楼里的每个人都会收到消息。副总编、文字和图片编辑都站

① 这是外汇交易的一种术语，20/25，前面是卖出价，后面是买入价。

305

在总编办公桌周围，好像印第安人围攻马车队，但总编一定要拼死抗争。

"我绝对不允许在头版登这个，实在太恶心了，是在侵犯他人隐私。"

"这可是最劲爆的新闻。"副总编从牙缝里恶狠狠地挤出几个字。

"你也知道大家早餐的时候喜欢看什么。"

"你想想，要是两个老太太吃早饭的时候看到这个，会作何感想？不能登在头版上。"总编反驳道。

"所以现在只有老太太才看我们的报纸了！"

总编真想掐着这个咄咄逼人的副总编的喉咙，让他把刚才的话一个字一个字地咽回去。不过他说的是实话，老年人口确实占了他们报纸读者的很大比重，而且比例越来越大。他无力反驳，只是再看了一眼那两张巴掌大小的照片，关键的部位都用红色笔迹圈起来，提醒观者别去注意床、乱翻翻的枕头和纠缠在一起的腿，只关注王妃的身体和脸。

"我们不能这样做，真的太下作了。"

图片编辑一句话也没说，俯身靠在办公桌上，拿着一支红色铅笔和一把尺子，在两张图片上各画了一条线，刚好就在王妃的乳头上面。剩下的部分都是人们之前看过无数次的，王妃在海滩的照片都是这么暴露。不过这也没什么本质的不同，她脸上的表情，拱起的背部和她耳朵里那条舌头，真是一目了然，连文字说明都可以省了。

"宫里有什么反应吗？"总编疲惫地问道。

"屁都没放一个。自从米克罗夫炒了自己的鱿鱼之后，他们那边基本上就是一团糟了。"

"先是米克罗夫，现在又唱这一出……"总编摇摇头。他心里很清楚，要是这样的东西以自己的名义发了出去，以后就别想有脸在社交晚宴上出现了。他又爆发了新一轮的抵抗："听我说，这他妈的又不是什么法国大革命，我绝不把王室拽上断头台。"

"但这的确是件很劲爆的大事啊，会引起很大反响的。"文字编辑插了进来，倒是比副总编温和一些。

"国王日理万机，什么都在参与，引起了很多政治上的争议，结果却忘了看看自己屋檐下发生的事情。他应该是这个国家道德的化身，结果自己的家人却这么伤风败俗。咱们的陛下真是眼瞎了。"

总编低下头。谣言四起，英镑已经下跌得厉害，事态已经异常严重了。

"没人要你领导革命，只不过是要跟上形势。"副总编又开始唇枪舌剑地敲打上司了，"这些照片早就传遍全球了。明早我们说不定是唯一一家没有登的报纸。"

"我不同意。我根本不在乎外国那些破报纸，这是英国自己的事情。城里的每一个编辑都知道启用这些照片的后果，不会有人轻举妄动的，至少英国的报纸不会。不会的！"他用爱国的骄傲支撑着双肩，坚定地摇摇头，"在我们确知别人也会用这些照片之前，我们不要用。是啊，这样说不定独家新闻就泡汤了，但这样的独家新闻我可不想登，以后入了土，刻在墓碑上都觉得丢脸。"

副总编本来想说，会计人员早就把报纸的发行数字刻在总编的墓碑上了，但门猛地开了，八卦专栏的作者急匆匆地跑了进来。他兴奋得上气不接下气，语无伦次，舌头打结，表意不清，终于他恼羞成怒地举起手，又放下，拿起总编桌上的电视遥控器，打开电视，调到某个新闻卫视。这个电视台位于德国卢森堡，信号覆盖半个欧洲，包括英国南部的大部分地区。电视屏幕上，映入眼帘的当然是心醉神迷的夏洛特王妃，乳头与敏感部位看得清清楚楚。副总编再也没说一句话，拿起照片，如离弦之箭一般冲去改头版了。

"哦，太棒了，莫蒂玛，我真是太喜欢了。"

凌晨一点，各家的报纸已经出来了，莫蒂玛也是这时候才回家的，不过他一点都不介意，边看报道边开怀大笑。

"今天早上，请国王接受玩忽职守的指责。"厄克特大声读着《泰晤士报》上的文字。"为了追求个人名利，满足政治野心，他不仅仅把自己置身风口浪尖，甚至让整个君主制度都成为众矢之的。上几周和他一起同乘'花车'，歌功颂德的政客和媒体人们都是彻头彻尾没有原则的机会主义者。坚定地维护宪法原则是需要勇气的，还需要同样的勇气去提醒整个国家，君主不应该作秀，也不应该把自己塑造成社会良心，而应该客观公正，不问政事，做好象征性的国家元首。弗朗西斯·厄克特表现了这样的勇气，我们应当为他鼓掌喝彩。"厄克特又笑了起来，"是啊，我喜欢这文章。不过我本来就应该喜欢啊，亲爱的。大半篇都是我亲自执笔的。"

"我比较喜欢《今日报》这篇。"莫蒂玛回答道，"王室放纵不羁的日子该结束了。请他们都低调一些，先把衣服穿好再说吧！"

"疯子国王。"厄克特又开始读另一份报纸，"王子殿下应该

308

赶快跟王妃说说体己的话了，不过他前面可排着长队呢，必须得插队吧……"

莫蒂玛一阵阵地笑个不停。她的手上拿着《太阳报》，标题起得太劲爆了："着'鸡'国王""哦，我的天哪。"她笑得上气不接下气，半天才说出来一句，"这场仗你真是大获全胜了。"

他突然间严肃起来，好像有人按到了他身体上某个开关。"莫蒂玛，这仗我还没开始打呢。"他拿起电话，对那头的接线员说，"帮我找下财政大臣，看下他还活着没。"他把电话小心翼翼地放下，不到半分钟，铃声就想起来了。

"你好吗，弗朗西斯？"电话那头是一个疲倦的声音，显然刚被吵醒。

"好得很，还会更好。听清楚了，我们现在面临一个非常严峻的危机，你看看树上那些猴儿们，全都坐不住了，我们要赶在树倒猢狲散之前采取行动。估计英镑马上又要大跌一次，这样的话，我们还继续让文莱的那些朋友持有英镑就太不礼貌了，也毫无用处，还会威胁到这个重要的国际联盟。请你现在给苏丹的官员打电话，让他们立刻抛掉手里的三亿英镑。"

"我的老天啊，弗朗西斯，那会把英镑全毁了的。"现在他声音里丝毫听不出疲惫了。

"市场自然有办法自我调整。很不幸的是，英镑大跌会让普通选民心中恐慌，因为他们的按揭就要直线飙升了。更不幸的是，这一切都会被归咎于国王和那些支持他的人。"

电话那头长久地沉默。

"听明白了吗？"

"当然。"那边简短地回答道。

厄克特认真地看了听筒一会儿，然后轻轻放回机座上，莫蒂玛正看着他，脸上有掩藏不住的崇拜和欣赏。

"战争时期，我们都必须做出牺牲，莫蒂玛。"他把指尖压在鼻头上。莫蒂玛心想，他已经下意识地在模仿国王的某些言行举止了。"下面的话我不知道该怎么委婉地说。"他继续道，"所以，请你理解，我要直话直说了。要打一场硬仗，自身必须无坚不摧。所以，希望你不要再对意大利咏叹调那么感兴趣了，你最近对歌剧的兴趣很容易被……误解的，说不定会让大家阵脚大乱。"

一直拿着红酒杯在小酌的莫蒂玛，轻轻把杯子放在桌上。

"政府的司机都非常八卦。"他补充道，像在解释，又像是借口。

"我知道了。"

"没关系吧？"

"都这么多年了，"她歪着头，"当然没关系。"

"你真是善解人意，亲爱的。"

"我必须这样。"她拿起手包，从里面取出一只耳环，样式大胆，非常时髦，涂着搪瓷的彩饰，一看就是出自富勒姆路上的"巴特勒与威尔逊"定制配饰。耳环是萨利的。"那天清洁工给了我这个，夹在某个家具的夹缝里，她还以为这是我的呢。我也不知道该怎么委婉地说，弗朗西斯……"

他的脸涨红了，垂下眼睑，什么也没说。

"你也是依样画葫芦吧，还是只加拿大葫芦？"

"她是……美国人。"他支支吾吾地说。

"没什么两样。"

"莫蒂玛，她对我来说很重要，她做了非常重要的工作。"

"但别骑在她身上做啊，弗朗西斯。要想打硬仗，自己必须无坚不摧。"

他直视着自己的妻子，很久没有谁这样把他逼到无路可退了，他很不习惯。最后他长叹一声，这也是别无选择的事。

"莫蒂玛，你唯一需要做的，就是说一声'请'。你还记得怎么说'请'吧，对吗？"

"真是越来越乱了。"

"真是越来越糟了。"

"你确定吗？"

"从没这么确定过。"

"为什么？"

"因为他还不能确定对选举稳操胜券，还需要做更多准备工作，民意调查还得多领先几个点。他现在不能停下来，冒让王室反击的风险，还有……"她犹豫了一下，"他可是个刽子手，他的目标不是王妃，而是国王本人。我看他已经杀红了眼，不知道还收不收得了手。"

对方很沉默，掂量着她这些话的轻重："萨利，你说的这些都千真万确吗？"

"关于他的计划？是的。关于他这个人嘛……"她仿佛还能感觉到他的手指掐进自己臀部的那种疼痛，"我确定。"

"那我就有活干了。"

他翻身下床，伸手拿裤子，片刻之后他已经匆匆离开了。

货币交易官翻了个身，看着电子钟发出幽幽的蓝光，凌晨四点三十分。真他妈的，这个时候他就睡不着了。一整晚他都辗转反侧，脑子里不断想着自己那辆游艇，和自己几小时前本想骗上床却"功败垂成"的那个年轻护士。两人在尼基塔餐厅吃了一顿贵得离谱的晚餐，她喝了很多樱桃伏特加，出来以后吐个不停。真是太倒霉了。

他按开自己巴掌大的怀表，在迷你屏幕上查看市场最新动向，也许他真正的烦恼来自于此。天哪，远东市场的英镑价格又下降了几乎两百个点，他现在真希望自己刚才也少喝点伏特加。现在他手里还握着二千万英镑，现在就像被撕光了衣服似的毫无安全感。他狠狠拍了拍床头电话的记忆键，接通了他在新加坡的分公司，那里的时间要早八个小时。"到底出什么事儿了？"

"开市以后，文莱就一直在稳定抛售。"一个口音浓重的人告诉他，"所以马来西亚中央银行也开始行动了……"

"现在英镑价格如何？"他问道。

"65/70。"

六十五卖出，七十买入，但根本没人买入，也该随大流了。"去他妈的，我们也行动吧，六十五，卖！"他放下电话，心想英镑一定还会下跌，不然他刚刚卖出的二千万英镑白费工夫了。

要是真的继续跌，那他晚上身边就不愁有佳人相伴了。最好早点去办公室，免得全世界起床的时候看到这个情况都头痛欲裂，大批人群开始惊慌恐惧。也许他还应该打给那个非常特殊的客户，在这个十分不正式的交易中，他一直从旁支持。客户玩得很大，所以这个时候被叫醒，他也不会介意的。如果两人这步棋走对了，交易官就再也不用为游艇或者那个傻儿吧唧的护士而发愁了。

《旗帜晚报·城市》
二月九日

英镑下跌，王妃堕落

一夜之间，远东率先抛售英镑，伦敦市场紧随其后，英镑继续承受巨大压力。国王新闻官上个星期引咎辞职，夏洛特王妃的不雅照又登在今早大多数报纸上。外币交易人士对此忧心忡忡，认为有关王室的一系列性丑闻可能会引发全面的宪政危机。

今日一开市，英格兰银行①和其他的欧洲银行都开始全力支持英镑，然而根本不能阻止一波又一波的恐慌抛售，英镑仍然持续下跌，就快接近欧共体规定的最低限度。据报道，远东地区一位大量持有英镑的金主正疯狂抛售。业内十分惶恐，认为要挽救病入膏肓的英镑，恐怕只能大幅提高利率。

_____

① 英国的中央银行。

"我们还是第一次遇到这样的情况。"一位股票交易员评论道，
"市场最忌讳不确定的情况，而今早竟然遭受了跌宕起伏的骚乱。
各个富商巨贾都在说，要是白金汉宫分崩离析，英国央行又能有多
安全呢？几个月之前的圣诞节，这座城市的气氛就跟一个衰败的农
场差不多了……"

第四十三章

> 这人的固执实在讨厌！如果我把他钉在十字架上，他也会在三天后复活。[①]

今天真是施绞刑的好日子，麦吉林心想。会议室里人头攒动，座无虚席，有的议员还没有座位，只能站在栏杆后面，挤在过道上，或者聚集在议长专座的旁边。这么多男性挤在一起，荷尔蒙爆棚，形成一种兴奋而焦急、喧闹而狂暴的气氛，空气中弥漫着某种快要爆发的期待。据说，很久很久以前，在伦敦泰伯恩行刑场的三脚绞刑架上处死可怜人时，也会出现类似的场景，甚至还有人不惜花钱，就是要亲眼见证门板松开，尸体悬挂在空中，飘来荡去。

今天的受刑名单很长。货币市场上一浪高过一浪的恐慌潮已经波及了证券市场，午餐时间，股价已经在大幅走低。整个城市都回荡着炒股小户们哭天抢地的悲痛呼号，这种情绪的扩张速度说不定能超过爱丁堡音乐节上少女们的美腿。建筑业和地产业都纷纷召开

---

① 这里用了耶稣被钉在十字架上但三天后复活的典故。

紧急会议，按揭利率的提高势在必行，唯一的问题是提高多少。这不是国王的错，当然不是，但在突如其来的厄运与灾难中，人们早已丧失了纯真的信仰，必须找个人来发泄。这意味着麦吉林也处于风口浪尖，首当其冲地承受着枪林弹雨。他悲哀地回忆着自己最近在公共场合肆无忌惮地表现出对王室的全力支持，整个人都畏缩着、抽搐着，无法正常思考。整个上午他都在想，要以迎战的姿态出现，全速前进，咄咄逼人，坚决站在国王的这一边，但他很快改变了主意，国王周围布满了太多敌意的枪口。他背后的军队并非所向披靡的传奇队伍，他自己也不是什么身怀绝技的大侠，就算他英勇顽抗，身负重伤，那也是无济于事的，还不如保存实力，改日再战。今天就虚晃一枪，也许谈谈人权这种高尚的问题，再提一提首相下周即将对俄罗斯进行的"闪电访问"。这样就行了，让他稍稍远离战场上纷飞的炮火，免于被送上绞刑架的命运……他静静等待那一刻的到来，身边涌动着大腹便便的议员，引起的潮热让他汗流浃背，深感压抑。

　　下午三点十五分，厄克特准时出现了。他艰难地穿过议长专座周围的人群，结果发现前座的内阁成员也用参差不齐的腿堵住了去路，他只好把自己缩成一团，尽量挤了过去。他站在公文箱边，向麦吉林报以微笑，两片薄薄的嘴唇一张，露出白白的牙齿。这算是今天下午给出的第一个警告吧。厄克特身后坐着多赛特北区的女议员，上司就座时她一脸谄媚讨好的表情，连身体都情不自禁地颤抖起来。她穿着一身华丽得有些夸张的深红色套装，在一群灰不啦叽的西装中，就像一座交通信号塔，在电视屏幕上看一定很显眼。整个上午她都在镜子前练习自己全心全意支持首相的表情。客观地说，她的长相还算美丽端庄，四十出头，声音却像土狼一般尖利刺耳。有谣言说她在床上能飙到高音 C，就连反对党有些议员都声称自己见识过。她从没进入过部长级别的领导层，不过要是她来写本回忆录，绝对比那些上司们的畅销多了。

麦吉林靠在椅背上，尽量做出轻松的样子，抬眼看着上面的记者席。精雕细刻的栏杆后面，全都是些肮脏粗鄙的"狗仔"，脸上满含期待，铅笔削得和头脑里的偏见一样尖锐。他不会让他们等太久的，时机一到，他就会主动迎战，展示自己的聪明睿智，在真正的战斗开始之前全身而退，以免情况失控。人权问题，就是这个。真是绝妙的主意。

议长女士已经在叫人起来问第一个问题了，问的是首相一天的活动和安排。厄克特给出了非常标准而又毫无用处的答案，说自己"除了来下议院接受质询之外"，还在办公室约见了一些人，并详细描述了一下。

"这他妈的可真是开天辟地头一遭啊。"说话的是"野兽"，他坐在反对党的后座上，那里一直都是他独有的地盘。他脸上一副堵得慌的表情，是中午吃的三明治让他消化不良，还是心中的苦涩令他无处发泄？

之后，一个尽职尽责、在自己选区拥有微弱优势的议员问了关于当地电路的建设问题，厄克特草草地敷衍过去。现在轮到麦吉林了，他向前欠着身子，头朝着议长女士。

"反对党领袖。"议长女士的声音召唤着他走向公文箱。结果他两条腿还没站直，一个声音就盖过喧哗和吵闹响了起来。

"您怎么能把他认作反对党领袖呢？这个只知道拍马屁的狗奴才！"

麦吉林感到自己的双颊因为愤怒而涨红了，紧接着又露出一脸惊愕。是"野兽"，他这边的自己人！

"秩序！秩序！"议长女士大喊着，在如此一触即发的气氛中，在那么多热血上头、摩拳擦掌、彼此虎视眈眈的议员中，她很清楚，必须要在第一次有人扰乱会场时就树立自己的权威，"我听到了，请议员先生立刻收回刚才的话！"

"那对这么一个抛弃自己所有的原则，去给王室舔鞋的人，您能叫他什么？您也看到了，之前他立场多么坚定啊。"

反对党议员们近乎完全沉默地坐着，他们都惊呆了，而政府一方的后座议员也不太确定，不知道该附和"野兽"，还是该声讨他出言不逊。不过，他们很清楚，一定要尽量发出声音，把气氛搞得热烈一些，造出群情激奋的声势。在越来越高昂的呐喊声中，"野兽"继续站立着，捋了捋长得遮住脸的乱糟糟的额发，没去理会没扣扣子、松垮垮散着的运动衫，更没理会议长女士的要求。

"但，大家都见证了不可辩驳的事实……"

"别再说了！"议长尖叫起来，半月形的眼镜已经顺着鼻梁滑了下来，假发下面的脸涨红了，看上去相当不舒服，"请议员先生立刻收回他的话，否则我将毫不犹豫地驱逐他！"

"但是……"

"收回！"要求他撤回不当言论的要求从四面八方涌来。侍卫长和议会治安官穿着黑色的制服，丝质长裤，随身佩带象征性的宝剑，一副刽子手的打扮。他们正站在栏杆边上待命，只等女议长一声令下。

"但是……""野兽"又开口了。

"收回！收回！"全场哗然，叫喊声此起彼伏。"野兽"环视四周，看上去竟然异常平静，就好像根本听不到这震耳的呼号，也看不到那半空中疯狂舞动的手和秩序册。他笑了，接着好像终于明白这游戏玩不下去了似的，赞同地点起了头。人群稍微安静了一点儿，大家在等着他说话。

"好的。"他看着议长，"您想让我收回什么话？拍马屁？狗？还是奴才？"

又一轮的愤怒狂吼淹没了议长的喊叫。"所有的话！把所有的话都收回！""野兽"终于还是听到了她的话。

"全部吗？您想让我收回全部的话？"

"现在，立刻，马上！"议长愤怒地摇晃着脑袋，假发都歪到一边去了。她赶忙伸出手去整理，用尽全身的力气来控制自己的情绪，维护自己的优雅和威严。

"好吧，好吧。""野兽"伸出手示意大家少安毋躁。"你们都知道，我对向王室拍马屁是什么态度，不过……"他目光炯炯地瞪着下议院这群恨不得将他生吞活剥的猎狗，"如果你们认为我不能说这样的话，让我必须要收回，那我就收回吧。"

"现在，现在就收回！"两边都传来附和的声音。

"野兽"转身指着麦吉林："是的，我说错了。你当然能把他错认为反对党领袖。这个只知道拍马屁的狗奴才！"

四面八方涌来此起彼伏的吼叫，一浪高过一浪，根本没人能听到议长在说什么。但"野兽"根本没等议长点自己的名，从地上拾起文件，带着骄傲与不屑意味深长地看了自己的党魁一眼，然后走出了会议室。侍卫长从议长的唇形里接到了命令，尾随"野兽"出去了，保证他在未来五个工作日内不得进出威斯敏斯特宫。

"野兽"的背影消失在一道又一道的门后面，会议室里暂时恢复了表面的平静。议长女士的假发仍然有些歪斜，她看着麦吉林，好像在询问他的意图。反对党党魁摇了摇头，他再也不想问什么关于人权的问题了。他自己的人权呢？他现在唯一的愿望，就是赶快结束这从未遇到过的残酷惩罚，希望有人赶过来，温柔地剪掉绞刑架的绳子，把他摇摆的尸体取下来，并且把他埋在个稍微像样点儿的地方。

"你是怎么做到的，弗朗西斯？"斯坦普尔大步流星地走进下议院首相办公室，迫不及待地问道。

"做什么？"

"让'野兽'铆足了劲儿骂自己人。他简直比十几个屠夫加起来还凶悍，真是把那麦吉林千刀万剐了。"

"我亲爱的蒂姆啊，真是可悲，你变成这么一个愤世嫉俗的老油子。无论什么你都拿阴谋论那一套去解释。如果你愿意相信的话，我就告诉你真相，我根本不用去跟他勾兑，他自己就已经铆足了劲了。哦不，应该这么说吧，我为这场喜剧提供了一些边缘性的帮助。"他指了指电视上播的最新消息：建筑和房地产的相关部门已经开完紧急会议，会议的决定明白无误地出现在屏幕上。

"天哪，按揭上调两个百分点？简直是喝凉水也要塞牙缝，上厕所掉到粪坑里去啦！"

"说得对。我们来看看，要是大家自己都交不起房贷，喝不起啤酒了，还能有多么关心无家可归的可怜人。到今晚，大家就会觉得国王所谓的同情心真是毫无用处，也是上流社会才搞得起的奢侈玩意儿。"

"我以前在你面前说过些不好听的话，很抱歉。"

"我接受你的道歉。选民会欣赏立场坚定、观点清晰的人，蒂姆。这样才能帮助他们专注解决眼前的问题。我给他们的选择非常清楚：国王与我，可能一个是难得一见的空谷幽兰，一个是随处可见的大白菜，但在大家伙都挨饿的时候，大白菜绝对是他们的唯一选择。"

"选了大白菜，空谷幽兰就要被摧残了。"

"我亲爱的蒂姆，你怎么说都行。关于这个问题我不可能发表任何评论。"

同样坐在电视机前的还有国王。首相质询时间的电视转播一开始，他就一言不发，只是默默看着。他之前已经打好招呼，不要来打扰他，但私人秘书一直如坐针毡，最终克制不住内心的不安，敲了敲门，进来恭敬地行了个礼。

"陛下，我很抱歉，但必须通知您，媒体的电话都快打爆了。他们希望我们能回应一下，问问您对下议院事件的看法。我们一直保持沉默的话，他们是不会罢休的，现在我们又没有新闻官……"

国王好像根本没注意到他突然的闯入，只是定定地看着屏幕，眼睛都不眨一下。他全身紧绷，太阳穴的血管突出，蓝幽幽的，衬得脸色越发灰败。私人秘书知道他不是生气，他熟悉国王生气时眼中闪动的火焰。现在他一动也不动，像是换了一个人，深深沉浸在自己的世界里。他全身紧绷，很明显之前一直在努力平和自己的情绪，但没能成功。

私人秘书一动不动地站着，看着眼前陷入极大痛苦的君主，对于自己没头没脑地闯进来，他感到十分尴尬，现在真是进也不是，退也不是。

终于，国王开口了，声音听起来好似耳语，但不是对秘书说的。"没用的，戴维。"他的声音干枯嘶哑，"做不到。他们不会允许一个国王做男人，也不会允许任何人做国王了。做不到，根本做不到。你明白的，是吧，老朋友……？"

接着便是无尽的沉默。国王没有动，仍然茫然地瞪着屏幕。私人秘书等了像几个世纪那么漫长的几秒钟，接着就离开了，他轻轻关上了门，好像在为国王盖上棺木。

第四十四章

我当然也心怀崇敬之心，国王陛下出现的时候，我总会抬一抬膝盖以示尊重。

萨利一收到那边的召唤，就冲到了下议院。她本来正在和一个潜在的新客户谈业务，那可是英国顶尖的加工豌豆生产商之一。但这位客户非常善解人意，甚至很欣赏她这种雷厉风行的做派，向她保证说一定会与她合作。毕竟，这女人在下议院有人，还有什么证书资质比得上这样的关系呢？

一个秘书正在圣史蒂芬大教堂的门口等着她，以迎接 VIP 贵宾的规格护送着她，穿过参观者排成的长队，走过安全门，两人急匆匆地穿过几百年厚重的历史。这对她来说，还是头一次。她默默地对自己承诺，总有一天要回到这里，静静地体验一下古英格兰的无限华美与荣光。那时候，她一定会有耐心，和其他人一样排几个小时的队。不过，此时此刻她还是更喜欢这种特殊优待。

在一干人等的指引下，她径直来到他的办公室。厄克特正在打电话，在房间里走来走去，电话线在身后拖着。他很是激动，正在对电话那头发号施令。

"是的，布莱恩。我很好，我的妻子也很好，非常感谢你的问候。现在闭嘴听我说，这很重要。你明天下午就会接到一个新的民意调查，内容会很详细。这是市场恐慌之后的一个电话调查，结果会很令人吃惊的，政府会领先反对党十个点。当然是他妈的头条新闻了，不然我干吗给你呢？头版登民意调查的结果，再在另外一版登你们的社论，可以提到'按揭利率与君主'之类的字眼。你的社论要把英镑大跌的问题和全球信心的下降都完全归咎于国王和他的人品，当然，别忘了向那些机会主义的政客也开一枪，谴责一下，说他们居然鼓励和支持这样一个国王，而这么一群人竟然想和民心所向的政府作斗争，真是鸡蛋碰石头。你在听吗？"

电话那头传来轻声的抗议，厄克特不耐烦地翻着白眼。

"你字里行间一定要暗示，他们对国王没有原则地支持已经完全毁掉了反对党和麦吉林的公信力。更严重的是，扰乱了国家宪法，并引发进一步的经济危机。接着你要显得很不情愿、万分痛苦地号召大家对君主制进行一次全面的审视，限制其权力、影响、规模和收入。你要字斟句酌，好好给我写。嗯，我有时间……"他停顿了一下，"现在要说重要的部分了，布莱恩，竖起耳朵给我听好了。在你社论的结尾，要得出结论，现在经济和宪政已经万分不稳定，必须要立刻采取行动，解决问题。大家没时间没完没了地争论了，也没有时间让调查委员会介入了，因为英国的每一位股东和付按揭的人都是同一条绳子上垂死挣扎的蚂蚱。必须要痛下决心，干净利落地解决此事，只有这样才符合国家利益。你要明确暗示说，决定谁来管理不列颠的唯一可行办法就是举行选举。你明白吗？一次选举。"
他看到萨利，眨了眨眼睛。

"我亲爱的布莱恩，这当然令人吃惊啦，所以我才给你个机会让你平复一下，好好准备。不过直到明天，除了我们不能有第三个人知道这件事，你可不能忍不住发起提前选举的赌局什么的。我们还有很多小秘密呢，这也算一个，好吗？要是你有什么问题的话，你要打给我，只能打给我。不管白天还是晚上，都可以。好吗？再见。"

他面带期待的表情，转身面对萨利。她严肃而凌厉地回看着他，甚至带着点愤怒。

"谁会帮你一夜之间就弄好这个奇幻的民意调查呢，弗朗西斯？"

"问这个干吗呢？你啊，亲爱的。当然是你。"

她那一双昆虫般的大眼睛不断往眼袋里缩，仿佛想找个地方藏起来。午夜已过，从员工下班起，她就在电脑前独自坐到现在，她需要一点空间来思考。

准备调查问卷也不是什么难事，没什么特别花里胡哨或标新立异的内容。她的架子上摆满了电脑光盘，随便取下一个，利用里面的随机数字拨号装置，就能够轻易模拟出一个样本，得出预测的结论；还能决定到底更偏重上流社会还是低收入人群；主要调查城市里租房的人们，还是郊区养尊处优的中产阶级；是只询问公司的管理层，还是失业者。问题在于，她不太清楚要得到需要的结果，到底需要了解多少样本。厄克特明显是领先的，但领先多少呢？不管领先多少，也绝对达不到他之前跟《泰晤士报》说的那个数字。空气中弥漫着不安与焦虑，这时候就应该停止工作，出去走走。

她在自己乱糟糟的办公室里走来走去。公司的总开销控制得很低，所有光鲜亮丽的东西都在前面的接待区，所有的质量都由他们的策略和思考这些软实力来保证。至于办公条件之类的，那简直太差了。她沿着一排排开放的小隔间漫步，很多隔间周围盖着大块的布料用来隔音。明天鱼龙混杂的兼职人员就会聚集在这里，坐在自己的电脑屏幕前，按照主机给出来的电话号码，随机地打电话，漫不经心地读出问卷上设计好的问题，再以同样的态度把对方的回答输入电脑。他们绝不会有任何质疑，这些人有的是走投无路的瘾君子；有的是新西兰的失业女护士，例假很久没来，担心意外怀孕；有因为别人的错误而自己倾家荡产的生意人；还有迫切想自己赚钱独立生活，却还一脸稚嫩的学生。他们是谁无足轻重，重要的是他们有简单的电脑操作常识，还能随叫随到；他们完全没有渠道得知他们获取的信息是用来干吗的，也不在乎。她踱着步子，脚下的地毯年代久远，已经十分破旧，还粘满了脏兮兮的口香糖。走到一个角落时，她顺便看了看那里不知去向的硬胶贴面，那里的下水管堵了很久了，没有修；还伸出手指摸了摸没有门的金属架，上面摆满了电脑操作手册和电话通讯簿；分派记事表甩得到处都是，好像狂风大作时无依无靠的糖纸。这里几乎不透自然光，没有外人看到民意调查产业是如何运作的。她对客户说，这都是出于安全的考虑，但事实上原因很简单，就是因为这里就是个狗窝。当初搬进来的一盆植物努力在这里挣扎着生存，却最终枯萎并死亡了，现在权充作烟灰缸。这里，就是她的帝国。

也还是有些好处的，这个四季有空调、全电脑化、无纸办公的帝国。几年前她为了完成客户的任务，可能得调用一吨的纸呢。现在她只需要动动手指，按几个按键（当然要按得对），想要的就出来了。你的结果，厄克特的结果。不过这次有点棘手，他列出了想要的具体数字，而且不愿意让步，都已经放出风声给布莱恩福德－琼斯了。不管她怎么操纵具体数据，或者巧妙地调整一下样本人群的比重，这种小打小闹都已经达不到厄克特所要求的数字了。她可能需要做自己从未做过的事情，完完全全地伪造一个结果了。先把政府和反对党的结果数字列出来，再往回推导。这次真是大动作了，要是被发现了，她就永远别想在这行混了，甚至可能会被判欺诈罪。撒谎、作弊、伪造老百姓的观点，这都是为了弗朗西斯·厄克特。难道这就是她的梦想吗？

　　她再次环视整个房间，墙上刷了黑漆，好掩盖明显的裂缝；弥漫的霉臭连强力厕所除臭剂都消不掉；早就无法工作的过滤网和二手家具；摆满了塑料杯子和丢掉的烟盒的角落；砖红色的消防报警系统在一片暗淡中显得很扎眼，这还是 20 世纪 70 年代的产物，估计扔进维苏威火山都不会工作。她拿起那盆死掉的植物，扯掉枯萎的枝叶，弄掉周围乱七八糟的东西，认真整理了一下，就好像这是一位有些声名狼藉的老朋友，接着她把整盆植物都扔到了离得最近的垃圾桶里。这里是她的帝国，但这个帝国已经满足不了她了，也从来没满足过她。

　　从萨利的眼睛一眼就能看出她睡眠不足。她戴了一副浅色镜片的眼镜来遮丑，显得嘴唇更为饱满，活泼的鼻子更为迷人。她走过唐宁街那栋公寓的门廊，一个看门人用手肘碰了碰另一个看门人。他们肯定都是听说过她的风言风语，但这还是她第一次白天出现在这里，而且莫蒂玛·厄克特也在家。他们对她报以鼓励的微笑，两人都希望能找个借口给她搜个身，美其名曰"防止携带危险武器"。

他在内阁会议室里，那里和上次两人见面时不太一样了。那一次这里一片黑暗，只有远处的街灯传来微弱的光亮。他们用指尖与舌尖温柔触摸对方的身体，同享鱼水之欢。此时他仍然坐在自己的专座上，但这次是一个公务人员为她拉开了对面的一把椅子。她感觉两人虽间咫尺，却如隔天涯。

"下午好，奎因小姐。"

"首相先生。"她羞涩地点点头。公务人员任务完成，出去了。

他有些尴尬地挥了挥手臂："对不起，那个……呃……工作需要。今天很忙。"

"你的调查，弗朗西斯。"她打开公文包，拿出一张纸，用力推到桌子那头去。他努力伸长手臂才拿到了，简单看了看。

"是啊，这些就是我要求的数据。不过，真实的数字呢，萨利？"

"你拿着的就是真实的数字，弗朗西斯。真是荒唐啊，对不对？我根本不用去做什么假，领先十个点，和你要求的一样。你真的是大获全胜。"

他迅速眨着眼睛，消化着这些信息。他脸上露出一个笑容，好像黎明的曙光慢慢洒遍了他的脸。他非常高兴地点着头，好像这是预料之中的事情。

"这么说我还能保住自己的清白了。"

他从那张纸上抬起头来，眉头紧皱。她好像有事要说，而他却毫无头绪。她提供的东西对他很重要，一系列的数字，成千上万民意调查中最重要的一份。选择性的数据，政府部门完全依靠直觉来做的事情。他拿出一张五颜六色的手帕，一丝不苟甚至小心得有些夸张地擦了擦自己的鼻子。他很想庆祝这次胜利，但一看到萨利，欢喜之情就烟消云散了。所以，两人之间隔着一张宽宽的会议桌，也许会让接下来的谈话容易些。

"我给你送过去的那些新客户怎么样？"

她惊讶地扬起眉毛，这问得也太突兀了："很好，真的非常好，谢谢。"

"该说谢谢的是我，萨利。以后还会有更多……客户的，我想一直帮助你。"他低头看着那些数字，没有看她。很明显他浑身不自在，一会儿解掉表带，揉揉手腕；一会儿又松松领口，好像有幽闭恐惧症。这房间里除了她就没别人了，还犯幽闭恐惧症？

"怎么了，弗朗西斯？"她喊他喊得比平时更娇嗔了些。他心想，反倒没那么吸引人了。

"我们不能再见面了。"

"为什么？"

"太多人知道了。"

"以前也没见你为这烦恼过啊。"

"莫蒂玛知道了。"

"我明白了。"

"还有选举，很艰难的。"

"伪造你那该死的数据也不容易啊。"

长久的沉默。他仍旧死命地盯着那张纸，就是不看她。

"多久？我们不见面，要维持多久？"

他抬起头来，眼中闪过一丝不安，嘴唇很尴尬地伸展开："恐怕……永远不能再见了。莫蒂玛非要这样。"

"哦，如果莫蒂玛非要这样的话……"她的语气充满轻蔑。

"我和莫蒂玛的关系非常牢固、成熟。我们互相理解，也绝对不会背叛这种理解。"

"我的天哪，弗朗西斯，你他妈的以为我们在这儿、那儿、这栋楼里的每一个地方都干的是什么呢？甚至还有你坐的那把椅子上。那难道不是在背叛你的妻子？或者说那只是你逢场作戏，为了利用我？"

他承受不住她咄咄逼人的目光，开始假装摆弄起面前的铅笔，担心她会开始歇斯底里地尖叫。不行，干什么都行，就是别那样，他可应付不了歇斯底里的女人。

"选举以后都不行吗，弗朗西斯？"

"我从来没这样背叛过她，至少没有在她已经把意愿说清楚了之后背叛她。"

"但她永远也不用知道啊。我俩的合作，一切的一切，都很棒，真是前无古人。"

"我也很感激……"

"但远远不止这些，弗朗西斯。至少对我来说是这样。你和我接触过的所有男人都不一样，我不想失去你，你比他们都要好。你知道的，对吗？"

她的鼻子非常敏感地上下颤动，充满了性暗示的意味，他感到自己全身又被雄性激素充满了。他和莫蒂玛的关系是他向上爬的基石，多年来，这关系让他多少弥补了些无法生育的罪恶感和失败感，为他提供了一个避风港，让他能承受住所有政治野心带来的狂风骤雨，并一路摧枯拉朽，过关斩将。这个婚姻让他成为一个男人。说句掏心窝子的话，他实在是欠她良多。两个人对他事业所做的付出不相上下，她甚至还要牺牲得更多。然而，当他看着萨利时，这一切都好像模糊了起来。萨利俯身向前，一对酥胸仿佛在召唤着他，引诱着他，在内阁会议桌的支撑下，显得更丰满，更魅惑。

"我愿意等，弗朗西斯。你值得等。"

她真是说到他心坎上去了。他的确对莫蒂玛亏欠良多，但与眼前这个女人，却是从未有过的感受，那种原始的、不羁的、征服一切的欲望。

"还有我俩的合作，是那么完美。我们能找到彼此很幸运的，一定要继续下去。"

他从没背叛过妻子，从来没有！但有种似曾相识又无可抗拒的感觉在心中滋长，越来越强烈，强烈到莫蒂玛仿佛属于另一个世界，他爬上首相位子之前的世界。现在一切都改变了，不同的工作，不同的规矩和责任。他满足了莫蒂玛的愿望，让她能在唐宁街这个地方拥有自己小小的王国。她难道还有权利要求更多吗？而且不知为什么，他还知道自己永远找不到另一个萨利了。时间不允许，也不会有机会。也许能有旁人代替她的头脑，但她的身体呢？给他带来的那种感觉呢？她让他觉得自己所向披靡，仿佛重获青春，而且他也可以向莫蒂玛解释，现在放掉萨利，惹她不高兴，这个女人可能会动用所有手段复仇，所以不是时候，对谁都不好。

"会很艰难的，萨利。"他咽了咽口水，"但我可以试试。"

"这是你的第一次吗，弗朗西斯？你要丢掉自己的清白了？"

"如果你非要这么说的话。"

他一直盯着她的双乳，直勾勾地，完全不遮掩那垂涎欲滴的样子。她笑了，关上公文包，锁上扣，仿佛把他的清白关在里面。接着她站了起来，慢慢绕着长长的会议桌，往他身边走去。今天她穿了一条紧身连裤长袜，上身套着哈维·尼克斯的宽松丝棉外套。他从来没见谁这么打扮过。她越走越近，一路宽衣解带，外套下露出动人的胴体。他知道自己做出了正确的决定。这个女人对一切都有好处，她会继续给他支持，也会对所有的交易保密。莫蒂玛会理解的——如果她发现了的话。

萨利已经来到他跟前，伸出一只手："我真是迫不及待了，合作伙伴。"

他站起来，两人握了手。他感到心中奏响了胜利的凯歌，是那么有力，仿佛不会再有他对付不了的挑战、走不过去的窘境。

"这个女人真是了不起，这个美国女人，简直可以到英国的竞技场上去拼杀了。"他脸上的笑容泄露了心里话。

这精虫上脑的英国佬。她满面春风地想着。

第四十五章

不遗余力，无坚不摧。

这些年，布莱恩的红胡子越长越长，一绺绺地挂着显得很是滑稽，但他的提问却一直那么尖锐，令人无法招架。否则他怎么能稳坐晨间广播节目的第一把交椅呢？在每天第一杯咖啡还是热腾腾冒着蒸气的时候，无数的政客赶着来受他的折磨，被他玩弄于股掌，再无情撕碎。他坐在广播大楼属于自己的录播室中，仿佛高人隐士位于栖居的洞穴，在寻找一些难以触摸的真相。桌上很是脏乱，水杯和没用的笔记摆得到处都是，仔细看看，仿佛还能看到很多人在这里被毁掉的名誉。他透过控制室模糊的玻璃窗，怒视着节目的制作人。墙上挂着一口巨大的老式橡木时钟，给了这里一种英国火车站候车室的感觉，秒针正无情地迅速走动着。

"又到了我们的晨报阅读时间，今天是星期四，照样是马修·帕里斯带我们读报。王室好像又遇到麻烦了，马修。"

"是的，布莱恩。最近这些事情可真像在看肥皂剧啊，今早又是一出纠结大戏，不过也显露出一些大结局的迹象。据推断，至少有一位关键的演员会淡出观众的视线。因为《泰晤士报》登载的最新民意调查结果显示，反对党落后了整整十个点，对于反对党来说，这可能就是压死骆驼的最后一根稻草。就是不知道戈登·麦吉林愿不愿意被称作骆驼，不过这种颠沛流离的动物好像很适合他，因为估计他很快就没地方去了。他可能已经在想什么时候可以跟王室成员一起住到天桥下面去了，那里也可能比今天下午的下议院舒服得多。不过，真正刺激了其他报纸的是《泰晤士报》在内版发表的社论，里面询问道：'是否该进行一场选举，拨云见日了？'大家都非常肯定，这一举动会给民众一次机会，不仅是评判和监督麦吉林先生的领导力，也是看国王到底得不得人心。《镜报》还不算出言不逊：'在目前的国家体制下，他也许是全国最鄙夷的讨厌鬼，却身居高位赖着不走。用他自己的话来说，必须要采取措施。'其他的报纸可就没这么客气了。你们还记不记得短短几天前，《太阳报》的头版哭着喊着称颂'良心国王'？《太阳报》的编辑显然已经忘了，因为他今天又启用了类似的标题，只不过换了两个字，'骗子国王'。看来，在王室政治中，一个星期就能改朝换代了。其他报纸还有更多……"

离广播大楼几公里远的一座写字楼里，兰德里斯关掉了收音机。天边刚刚晨光熹微，他就已经坐在办公桌前了。他的第一份工作是八岁时送报纸，在黑暗的街巷中一路狂奔，就因为父母买不起自行车。在往信箱塞报纸的时候，他往往透过厚重窗帘的缝隙，看到里面衣衫不整或干脆一丝不挂的人们。那时候他就开始积攒自己的财富，现如今富得流油，体重也一样迅速增长，唯一不变的习惯就是早起，好占尽先机。办公室里除了他只有一个人，是三个秘书中最年长的，她每天都上早班。这个秘书很安静，头发已经花白，这让他得以更好地思考。他站了起来，看着桌上摊开的《泰晤士报》，又读了一遍，把每一根手指的关节捏得咔咔响。他在试图找出这一切的幕后推手，等手指的关节都捏了个遍，他俯下身子，按动了内部通话机。

"我知道现在时间还早，麦克姆恩小姐，他们可能都还在就着牛奶吃全麦粟米片，挠着他们高贵的痒痒呢。不过劳烦你看看能不能打通宫里的电话……"

曾经，他脑子里短暂地闪过一个跟谁也没讲过的想法，自己是否应该去找他们，征求他们的意见，但那只是一闪念。他环视着围坐在会议桌边的同僚们，觉得自己肯定没耐心听他们在那儿无休止地辩论和啰唆。他们总是想寻找捷径，但总是没有结果，于是又用妥协的态度来逃避挑战，这一切都让他由衷地厌烦。他们都拿着自己的红色内阁专属文件夹，里面装着正式的内阁文件，还有各种各样成文的言论，有些是用来保住自己的位置，有些则能稍微贬损下那些与自己竞争的同僚。哈，还说是同僚呢！他们之所以没有爆发让幼儿园小孩都羞愧难忍的口角，都是因为有他的霸气和威严坐镇。不管怎么说，这些人的言论无足轻重，因为他们丝毫不清楚今天他将改变整个议程。

寻求他们的意见没有丝毫的意义，他们的反应猜都猜得到，全是一群懦夫。操之过急，时机未到，把握太小，对君主制破坏太大，这些都是他们会提出来的说辞。这样做的风险的确很大，他们中的很多人可能很快就坐不上自己的部长级豪车了。啊，这些一点信心都没有的可怜虫啊！他们需要一个当机立断的主心骨，需要很多很多的勇气。就是要吓一吓他们，激发他们尘封已久的政治敏锐与智慧。

他耐心等着这些人微笑着祝贺彼此在民意调查中取得绝对领先。真是可笑，这又不是他们的领先！他先让财政大臣向大家叙述接下来将面临的艰难困境，特别是市场刚刚遭遇了这样的混乱，所有产业信心尽失。财政大臣说目前这个"财政隧道"很深、很长，谁也没有想到，而且缺乏明灯指路。下个月中旬即将出台的预算又将让他们"衣不蔽体"，要是还有衣服穿的话。

刚才还满面春风的官员们顿时如丧考妣，脸上的表情就像养尊处优的名犬吃到了令人恶心的骨头。他又向就业部长询问相关数字。学校将于三月十五日放假，将有三十万左右的学生离开学校，潮水一般涌向就业市场。这就业前景实在不容乐观，失业总人数将上升到两百万以上。这又让选举获胜的把握少了一层。接着他又宣读了司法部长的报告，上面对加斯帕·哈罗德爵士的审判做出了预测。一两个人的表情禁不住抽搐一二，他怀疑在这些"祖宗"之中，还有些人收了他的钱，但还没见光。审判定在三月二十八日，星期四。不，绝对拖不得了。只要法官木槌一敲，短短几天内，党内的家丑就要示众。加斯帕爵士说得很清楚，他要死，也得拉两个垫背的。

同僚们都露出万分痛苦的表情，一个个就像在逼仄小船上航海，偏偏又遇到了九级大风，结果厄克特又继续雪上加霜。最近流言甚嚣尘上，说麦吉林在考虑复活节辞职。只有愚蠢的环保部长迪奇觉

336

得这是个好消息，其他人立刻认识到背后的深意。麦吉林引咎辞职，反对党新官上任，重获新生，与旧党魁的错误与失败一刀两断，一跃进入改头换面的新纪元。再笨的人也一眼就看出这背后的企图，除了那个迪奇。他是留不得了，选举完了之后就滚蛋吧。

　　大家沉默良久，他终于抛出了一线生机，给了他们一个被拉到陆地上的机会——那就是选举。三月十四日，星期四，进行选举。抓紧的话时间还算充足，大家要争分夺秒地填补工作上的空白，把该修整的都修整好，别搞得一副"山雨欲来风满楼"的恐慌样子，要淡定从容，这样在风暴中才能逃出生天，高奏凯歌。这不是一个建议，也不是征求意见，只是一个通知。让他们见识见识，这就是他大师般的策略和手腕；这就是他当上首相，而其他人全都不够格的原因。民意调查遥遥领先；群龙无首的反对党；王室替罪羊随时待命；时间表清清楚楚。另外，大约一个小时之后，国王召集了众人，还要发表一个声明。目前的情况下，他们还能想到别的办法吗？是的，他知道时间很紧，但是够了，刚刚够。

第四十六章

欲让国王成竞技场上手下败将，必先寻天下极品良驹一匹。

"陛下。"

"厄克特。"

两人坐都懒得坐下来，国王没有示意他坐下，厄克特也只需要短短几秒说完想说的话。

"我只想说一件事，我要马上进行选举，就在三月十四日。"

国王盯着他，一个字都没说。

"公平起见，我必须告诉您，政府的竞选声明里将提到，要建立一个议会委员会，对君主及王室的职责进行监督和审查。我将为该委员会制定章程，严格限制您和您的亲戚们的活动、社会角色和财务。你们出了太多丑闻，引起太多恐慌了。现在，是时候把决定权交到人民手里了。"

国王做出了回应，他的声音异常轻柔，非常平静自制："政客们总能够借人民的名义来宣扬自己的观点，就算他们说出来的都是狗屁不通的弥天大谎，这一点真是一直都让我吃惊，而我这个继承王位的君主呢，就算是从《圣经》里照本宣科，也有人对我的话表示怀疑。"

他这番话说得不疾不徐，因此杀伤力格外持久。厄克特脸上挂着不羁的笑容，却没有回答。

"所以，这彻底演变成一场战争了，是不是？你和我。国王和他的克伦威尔。我们英格兰传统的谦和有礼、妥协让步的美德呢？去哪儿了？"

"我是苏格兰人。"

"那么你会毁了我，并篡改世世代代支撑这个国家的宪法制度。"

"君主立宪制的基础本来就是错的，大家都拿尊严和完美血统这种鬼话太当回事了。你们这些所谓的王室血统全都蠢到用下半身思考，这根本不是我的错。"

国王像被谁突然扇了一耳光似的，往后一退，厄克特意识到自己话说得可能太重了。毕竟，现在来说这些话，还有什么意义呢？

"我不想再打搅您了，陛下。我只是来告诉您选举时间的，三月十四日，您要解散议会。"

"嗯，这是你说的，但我觉得你没法称心如意。"

厄克特根本没被这句话吓到，他很清楚自己有哪些权利："这是什么鬼话？"

"你认为我今天马上会发表一个王室声明？"

"当然。"

"我可能会，但也可能不会。这一点很有趣，你不觉得吗？因为我也有宪法规定的权利，接受首相的磋商，并给予建议和警告。"

"我就是在跟您磋商啊，您想怎么建议就怎么建议吧。警告我，甚至可以威胁我，但话说完了，您还是要像我说的那样解散议会。这是首相的权利。"

"请你讲点道理，首相先生。这是我第一次遇到这样的事情，我还是个新手呢。我自己也需要去征求其他人的建议，确保我的行动遵循宪法。我想，应该……下周左右就能满足你的要求了。这不算不讲道理吧，是不是？也就几天嘛。"

"不行！"

"为什么不行？"

"那是濯足节①啊，大家全玩儿得七扭八歪地准备复活节呢，还怎么进行选举啊？不能推迟了，我不允许。你听见没有？！"

厄克特已经完全无法控制自己了，他惊慌失措地紧握双拳，踮起脚，好像下一秒就要打在国王身上。国王毫不惧怕，也没有后退，而是大笑起来，冰冷空洞的笑声在高高的天花板上回荡。

"请你原谅我，厄克特。开了个小小的玩笑。我当然会马上满足你的要求，只是想看看你的反应。"他脸上仍然留着笑容，但没有丝毫温度，一双眼睛更是冷若冰霜，"你好像有点着急啊，那么，我必须告诉你，你的焦急和贪婪帮助我迅速做出了一个决定。听着，厄克特，我鄙视你和你所捍卫的一切，鄙视你为了达到目的，冷酷无情，不择手段，坏事做尽。我认为我有责任在自己的权力范围内，尽一切力量去阻止你。"

---

① 基督教纪念耶稣建立圣体圣血之圣餐礼的节日。因礼仪中有濯足礼而命名。时间是复活节前的星期四。

厄克特摇着头："但你不能推迟选举的时间。"

"的确不能，但我也不能接受以下的事实，你毁掉了我的朋友、我的家庭，现在你还企图毁掉我以及君主制度。你知道吗？夏洛特也许是个笨女人，但她不坏，你不应该那样对她。米克罗夫也是一样。"他停顿了一两秒，"我看你根本懒得否认自己做下了这一切。"

"我没什么话好说的，你什么证据都没有。"

"我不需要有证据，自己心里明白就行了。你看，厄克特，你利用了那些我所爱的人。你踩了脏水，就把他们当门垫来擦鞋。现在你又想把我踩在脚下了，我不会允许的。"

"你什么也做不了。这次选举过后，君主再也没办法插足政治了。"

"首相先生，在这一点上，我们算是达成共识了。当然，过去这几个月我所做的一切，我所珍视的理想，我希望保护的利益和传播的社会责任，要让我承认这些是政治，还真是非常痛苦的一件事。很多事情都没有明确的界限了，真是令人忧伤，就算我在公共场合发表一个关于天气的看法，这都是在涉足政治。"

"您终于有进步了。"

"我的确在进步，但不知道你在进步没有呢？我有职责，甚至可以说是神圣的职责，要尽我所能去保护这顶君主的王冠。同样，我也对自己和自己所信仰的事情有百折不挠的坚持。然而，现代的王冠之下，良心很难找到容身之处。你帮我确定了这一点。"

"人民会帮你确定这一点。"

"也许吧，但不是在三月十四号。"

厄克特恼怒地擦了擦嘴："你在挑战我的耐心。必须在三月十四日。"

"不行。你必须推迟解散议会，因为会有突发事件。"

"什么事件？"

"退位。"

"这又是你愚蠢的玩笑！"

"大家都知道我没有那么强的幽默感。"

"你会退位？"厄克特第一次感到自己沉不住气了，他的下巴不争气地颤抖起来。

"为了保护君主的王冠和我的良心，也为了反击你和你这样的人，我不惜采用任何手段，而这是唯一的手段。"

这番话说得十分诚挚，这一直是国王的弱点，完全无法掩饰自己，过于真诚。厄克特迅速转动着眼珠和头脑，想算算附带的政治后果，推迟一天，会给他的计划带来什么样的影响呢？他还是会稳操胜券的，不是吗？只需要再在日历上划出一星期，就算那是濯足节也没关系，这天不正是耶稣展现自己的伟大之处，让各路国王都显得渺小的日子吗？除非……天哪，他不会代替麦吉林成为反对党领袖吧？不不不，那太荒唐了。

"那竞选活动中你想干些什么？"这个问题问得十分犹豫。

"我要做的事情无足轻重，主要把我关心的问题说一说，贫穷、年轻人缺少机会、城市建设和环境保护方面的弊端。我会请戴维·米克罗夫来帮我。这人算是宣传方面的一把好手，你不觉得吗？"国王像变了一个人似的，脸上没有平时的紧张，显得舒缓轻松，再也没有噩梦缠身和自我附加的愧疚感，他似乎非常高兴和享受，"我做的事情都会很得体，绝不和你发生任何冲突或争论。不过，我怀疑别人就没这么温柔了。"他转身走到窗帘旁边，按动了后面一个隐藏的按钮，门立刻就开了，本杰明·兰德里斯走了进来。

"你？！"

"是我。"他点了点头，"好久不见啊，弗朗西斯。好像都过了一辈子似的，天地都变了。"

"你们这奸情还真奇怪啊。国王和你这样一个身份低微的垃圾。"

"总得先满足需求啊。"

"所以你会喋喋不休地为王室辩护啰。"

"可能吧，弗朗西斯。但还有其他重要新闻要发布。"

厄克特终于注意到兰德里斯手里拿着什么东西……是一叠纸吗？

"照片，弗朗西斯。你对照片这个东西挺熟悉的，是吧？"

兰德里斯把照片递给厄克特，对方像接一杯毒酒似的接了过去。他看着这些照片，陷入了完全的沉默，就算无数的话语在喉咙口打转，也没有力气说出来了。

"最近这种事情还真是频繁，是不是，陛下？"兰德里斯先开了口。

"真遗憾。"国王回答。

"弗朗西斯，你自然是认得出你妻子的。另外一个人，下面那个人……哦，对不起，你正在看的这张他是在上面，他是个意大利人。你可能见过他吧？是在唱歌还是干吗？这人谢幕的时候，帘子没关好呢。"

厄克特双手颤抖，照片险些散落在地上。他愤怒地吼叫一声，用拳头把照片紧紧攥成团，狠狠扔到屋子那头："我会跟她离婚的。大家会理解我，也会同情我。这跟政治无关。"

国王掩饰不住自己的轻蔑，从鼻子里哼出一声。

"我衷心希望你说得对，弗兰基。"兰德里斯继续道，"但我也有疑问，要是大家发现了你自己做的事情，他们可能会大跌眼镜，不太高兴吧？"

"什么意思？"厄克特眼里出现心神不宁的阴影。

"意思就是，自从你入主唐宁街之后，一位富有魅力的年轻女士就经常出入那里，而且最近她还在外汇市场上大赚了一笔。大家都怀疑她可能知道内部消息……或者认识内部的人。你是不是也会抛弃她呢？"

厄克特的脸色瞬间暗淡下来，他从颤抖的嘴唇里挤出语无伦次的话："怎么回事？到底……你不可能知道……"

熊一般的粗壮手臂揽住厄克特的肩膀，兰德里斯开始低声对他耳语，仿佛在阴谋计划什么，而国王就像事先排练好似的，走到窗边，背对着他们，欣赏花园里的美景。

"我就给你透露个小秘密吧，老朋友。一直以来，她是你的伙伴，也是我的伙伴。我必须感谢你。她帮我及时抛售了英镑，避免了一场危机啊。"

"这么做没必要啊。"他倒吸一口凉气，很是困惑，"你跟着我干不也能好好的吗？"

兰德里斯将身边这个男人从头到尾认真打量一番："不。你不是我喜欢的型啊，弗朗西斯。"

"为什么，本？你为什么要这样对我？"

"你想要多少个理由？"兰德里斯举起手，一根根掰着肥胖的指头，"因为你很明显地喜欢侮辱我，折磨我。因为首相是流水的，像你就马上要下台了，而王室是铁打的。"他抬起一颗大头，朝国王的背影努努嘴，"也许最大的原因是，他欢迎我，尊重我，接受我本来的身份，来自贝斯纳尔格林的大坏蛋胖子本杰明。他没有高高在上地低看我，而对于您和您那至高无上的妻子来说，我一直都是个配不上你们的人。"他把手握成爪子的形状，"所以我要把你捏碎，尽我全部的力量。"

"为什么，为什么啊？"厄克特呆呆地嘟囔着，仿佛只会说这一句了。

兰德里斯的拳头握得更紧了。"因为你存在，弗朗西斯，因为你还没彻底完蛋。"他咯咯笑了起来，"对了，我有萨利的好消息。"

厄克特说不出话来，只能抬起一双如丧考妣的眼睛，表示询问。

"她怀孕了。"

"不是我的！"他又倒抽了一口凉气。

"不，当然不是你的。"之前那高人一等的声音现在变成了嘲笑，"你这个人干什么都不像个男人。"

所以，他也知道了。厄克特转过身，背对自己的敌手，想减轻这赤裸裸的羞辱，但兰德里斯正全力开火。

"她把你当猴儿耍呢，弗兰基。政治上如此，床上也如此，不管你们在什么地方做过，都是如此。你不应该利用她，这么一个漂亮又有头脑的女人，结果被你白白丢掉了。"

厄克特不停地摇头，就像一条狗想甩掉主人强行给自己套上的项圈。

"她有了新业务、新客户和新的资金，还有了个新的男人。她全新的生活开始了，弗兰基，而且，还怀孕了……嗯，你也知道，女人对这种事情有多看重。不过，你可能也不太清楚，但相信我，她们是很看重的。这位出类拔萃的女士，现在非常开心。"

"谁？她和谁……？"他好像一句整话都说不出来了。

"她没选你，选了谁？"兰德里斯帮他说完，大笑起来，"你这个傻瓜，你连这都看不明白是吗？"

厄克特整个人都开始萎缩了，他的双肩垮了下来，嘴巴呆呆地张着，他没办法接受现实。

报业大亨那强悍的脸上露出胜利的表情："一切的一切我都比你强，弗兰基，包括让萨利开心这件事。"

厄克特突然感到一种无法抗拒的力量在催促着他，赶快离开，找个阴暗的地方躲起来，什么地方都行，尽快地把所受的侮辱埋葬，埋得越深越好。但他不能离开，现在还不行。他要先做一件事情，这也许是他最后的机会了，还能争取些时间。

他努力挺起胸膛，抬起肩膀，身体僵硬地走到房间那头，面对着国王的背影。他努力控制着自己，面部都变得有些扭曲，深吸一口气，他开口道："陛下，我改变主意了，我收回解散议会的请求。"

国王转过头来，好像阅兵时骄傲的军官："哦，是吗，首相先生？那可真是太难办了，我已经着手在做这件事了呢。首相当然是有权要求选举的，宪法上写得很清楚，但是我完全不记得上面说过首相

346

还能中途取消的呢。不管怎么说，是我来解散议会，签署王室声明的啊，我要做的就是这些。你要是觉得我的行动违反了宪法，或者违反了你本人的意图，那么退位辩论的时候，拜托你投票让我下台吧。"

"我将收回自己对宪法改革的建议。"厄克特精疲力竭地说，"如果有必要的话，我将对任何……误会发表公开道歉。"

"你这姿态做得太好了，厄克特。咱们就别再在这儿白费力气了，我和兰德里斯先生也不愿意耽误这个时间。我希望你在宣布《退位法案》的时候发表这些道歉。"

"但没必要了啊，你赢了。我们可以回到过去。"

"你还不明白，是吗？不管你愿不愿意，我都会退位的。我其实不适合这个生来就注定要承担的职责。这一路我看清楚了，我没有一个国王该有的城府，我的退位是对王位的守护，不用再心烦意乱地去蹚宪法这趟浑水。已经有人去联系我儿子了，即位的文件也在编纂之中。他比我更有耐心，更年轻，也更灵活。他可能会成为一个我永远也无法企及的国王。"他戳戳自己的胸口，"这对我，一个男人来说，是个最好的选择。"接着那根手指又直指厄克特，"这也是我能毁掉你和你的一切的最好方法。"

厄克特的双唇不停颤抖："你曾经是个理想主义者。"

"而你，厄克特先生，曾经是个优秀的政客。"

尾 声

外面传来一阵试探性的敲门声，很轻很轻，肯尼放下书去应门。黑暗中站在门阶上的那个人，穿着一身新的大衣，抵御着漫天的暴雨。米克罗夫来了。

他非常谨慎仔细地准备了满腹的解释和道歉。随着国王宣布逊位，新的首相选举迫在眉睫，一切都改变了。媒体有新的大鱼要去钓，不会来招惹他和肯尼了。只要肯尼能明白、理解和原谅。但他抬头的一瞬间，看到肯尼惊愕的眼中深深的痛苦，本来打好的腹稿一个字都说不出来了。

他们四目相对，都害怕对方先开口说出自己不愿听到的话，甚至不愿意暴露尚未愈合的伤口。米克罗夫感觉已经过了几世几劫，肯尼才终于先开了口。

"这样狂风暴雨的晚上，你打算在这儿站一夜吗，戴维？熊宝的茶都快凉了。"

图书在版编目（CIP）数据

纸牌屋.2,玩转国王/（英）道布斯著；何雨珈译.——南昌：百花洲文艺出版社，2015.1
ISBN 978-7-5500-1211-0

Ⅰ.①纸… Ⅱ.①道… ②何… Ⅲ.①长篇小说—英国—现代
Ⅳ.①I561.45

中国版本图书馆 CIP 数据核字（2014）第 313671 号

江西省版权局著作权合同登记号：14-2014-361

Originally published in the English language by Fontana under the title: To Play The King
First Published in Great Britain by HarperCollins*Publishers* 1992
Copyright © Michael Dobbs 1992
Translation © BEIJING RUYIXINXIN PUBLISHING CO., LTD 2014

出 版 者　百花洲文艺出版社
社　　址　南昌市红谷滩世贸路 898 号博能中心九楼　　邮编：330038
电　　话　0791-86895108（发行热线）　　0791-86894790（编辑热线）
网　　址　http:www.bhzwy.com
E－m a i l　bhz@bhzwy.com

书　　名　纸牌屋 2：玩转国王
作　　者　〔英〕迈克尔·道布斯
译　　者　何雨珈
出 版 人　姚雪雪
出 品 人　柯利明　林苑中
特约监制　苏　辛
责任编辑　游灵通　程　玥
特约策划　彭晓蓝
特约编辑　彭晓蓝
营销统筹　卢　渔
营销推广　杨　蕊　徐江宁
封面设计　熊猫布克
责任印制　张军伟
经　　销　全国新华书店
印　　刷　北京彩虹伟业印刷有限公司
开　　本　1/32　880mm×1230mm
印　　张　11
字　　数　280 千字
版　　次　2015 年 3 月第 1 版
印　　次　2015 年 3 月第 1 次印刷
定　　价　39.80 元
ISBN 978-7-5500-1211-0

赣版权登字：05-2014-327